Pierre Assouline

Le portrait

Gallimard

Pierre Assouline est journaliste et écrivain. Il est l'auteur d'une vingtaine de livres, des biographies, notamment du collectionneur Moïse de Camondo et du photographe Henri Cartier-Bresson, ainsi que des romans *La cliente, Double vie, État limite, Lutetia, Le portrait, Les invités*.

Aux Trois Grâces,
Angela, Meryl et Kate

Sie waren längst gestorben
Und wußten es selber kaum.

Ils étaient morts depuis longtemps
Mais le savaient eux-mêmes à peine.

HEINRICH HEINE, *La Lorelei*

Rien ne console parce que rien ne remplace. Même les départs forcés sont vécus comme des abandons. À l'instant de ma mort, je ne suis pourtant pas pétrie de remords. Juste sereine et apaisée en dépit de cette émeute de signes qui se manifeste autour de moi. Comment ne pas deviner, derrière ces larmes mal réprimées et ces murmures à peine contenus, l'esprit dévasté de mes enfants et le désastre intime de leurs enfants ? Ils furent la seule cause des derniers feux de mon inquiétude. Me voilà libérée du clapotement du temps et de ses frémissements, réduite à ma plus simple expression, prête à me présenter devant ma descendance avec des ailes de papillon.

Cela fait quelques heures à peine que mon âme et mon corps se sont dissociés pour se rejoindre là où personne n'ira les chercher. Je vis en effet maintenant en majesté sur un mur du grand salon de notre maison au 19 de la rue Laffitte à Paris, dans le *Portrait de la baronne James de Rothschild*.

Je vivrai bientôt chez mon fils Alphonse, rue Saint-Florentin, à l'angle de la place de la Concorde, puis au château de Ferrières avant que l'on ne m'exile pour quelques années dans celui de Neuschwanstein, voyage qui en précédera d'autres, exquis et volontaires ceux-là, dans les plus beaux musées du monde, jusqu'à ce que mes jours s'écoulent plus paisiblement dans l'île de la Cité, du côté de l'hôtel Lambert.

Peut-être les âmes naturellement portées à la nostalgie développent-elles une aptitude à la réminiscence. Le fait est que dans chacun des lieux que j'ai traversés il a suffi d'un détail ou d'une couleur, d'une silhouette ou d'un regard, d'un mot ou d'une odeur, pour me transporter dans mes souvenirs, m'ouvrir une porte cachée et me permettre d'entrer à nouveau chez moi par le travail incertain et obscur de la mémoire. J'aime dans le présent le lien secret qu'il entretient avec le passé, et la douceur avec laquelle il nous renvoie aux instants les mieux enfouis d'une vie. On reçoit, on célèbre, on transmet : si c'est là l'accomplissement d'une vie il ne reste plus, ensuite, qu'à se laisser partir.

Ingres m'a peinte entre 1844 et 1848 mais j'habite vraiment le tableau depuis ce matin seulement, ce premier jour du mois de septembre 1886, qui est celui de ma mort. Cette femme qui me représente et moi, nous ne faisons qu'une désormais, vivante à jamais, tant que les miens prendront soin de nous et qu'ils sauront nous soustraire aux barbares. Par un paradoxe dû à cette situation particulière, je suis tout à la fois hors du monde et au centre de la vie de cette famille.

Je suis le portrait.

1

Rue Laffitte

Je ne tenais pas à entrer dans la mort les yeux ouverts. Et quand bien même, je ne l'aurais probablement pas reconnue. Les dernières années, consciente qu'il me restait si peu de temps pour aller au bout de moi-même, j'étais obsédée par l'idée de perdre la vue; malgré une opération de la cataracte, la perspective de ne plus voir mes Sèvres me hantait, ce service de porcelaine verte dont Boucher avait fait de chaque pièce quelque chose d'unique. Elle m'eût fait mourir au monde plus sûrement que la plus envahissante des gangrènes.

Au fond, je suis partie comme je l'espérais, dans le calme de notre château de Boulogne, emmitouflée de l'affection des êtres qui me sont chers. Cela faisait bien un an que des attaques de goutte me torturaient. De violentes douleurs à la poitrine m'interdisaient de m'allonger tout à fait, mais je rêvais d'une agonie discrète, pudique et silencieuse derrière les courtines de reps de mon grand lit. Il faut savoir garder son rang, et conserver un soupçon d'ironie, jusque dans la disgrâce. Mes journées s'écoulaient dans un grand fauteuil, et mes nuits sur une chaise longue. Je m'étais progressivement retirée afin de me réserver à ma famille et à un cercle d'amis anciens et triés. Ce n'est pas le monde que je fuyais mais le tapage mondain. Vient toujours un moment dans une vie où l'on se désencombre sans peine de l'inutile.

Je n'avais pas quitté ma chambre au premier étage depuis plusieurs semaines. Les deux dernières, le grand rabbin me rendit visite tous les jours. La colline de Saint-Cloud se dessinait au loin à travers les fenêtres. Il était cinq heures et demie quand ma fille et ma belle-fille m'ont fermé les yeux.

Les romanciers parlent volontiers de carcasse d'homme, jamais de carcasse de femme ; il s'agit pourtant bien d'un même squelette sous son enveloppe déjà distendue. Mlle Blum s'occupa soigneusement de ma toilette funéraire selon notre rite : une chemise en batiste garnie de malines, deux tabliers en toile blanche l'un devant et l'autre derrière, une cordelière en fil blanc autour de la taille, un fichu de dentelle sur la poitrine, un scapulaire noir et blanc au cou, un bonnet à tuyautés blancs sur la tête. C'est à mes enfants que revint le soin d'enfiler à mes pieds des chaussons en toile blanche. Puis on me posa sur un lit en fer. Une lampe fut allumée juste à côté pour durer un an.

Une soixantaine de domestiques défilèrent pour me faire leurs adieux. Les obsèques furent fixées au surlendemain de ma mort à onze heures trente.

On croit toujours qu'on dispose de beaucoup de temps devant soi quand on se souvient qu'on en a beaucoup derrière. Je me sens hors d'âge, dans la plénitude. Mais, lorsque nos genoux se dérobent et que la rumeur du monde ne nous parvient plus qu'assourdie, il faut savoir se retirer; ou du moins avoir l'élégance de ne pas trop insister sans s'imaginer que tout nous afflige et conspire à nous nuire. Le pire m'est déjà advenu, après quoi rien ne peut m'atteindre de plus insupportable.

J'ai perdu mon fils Salomon; il avait vingt-neuf ans et moi cinquante-neuf. Ce jour-là pour la première fois, j'ai pu mesurer à quelle profondeur la mort peut aller chercher sa proie. La douleur de perdre mon enfant a silencieusement crevé le tissu de ma vie. En vérité, mon fils ne m'a jamais quittée, tant est grand le rôle des présences invisibles dans notre vie. La consolation, on ne peut l'attendre que du temps.

Au fond, est-il de plus vrai privilège que d'avoir sa mort à soi, bien exécutée et protégée des imprévus? J'ai eu la mienne. Non que la dernière année fût sans souffrance, mais ce n'était rien en regard de mon vœu le plus intense : quitter ce monde en donnant aux miens l'assurance que désormais ils seraient bénis et protégés depuis l'au-delà.

Des registres ont été disposés sur six consoles de part et d'autre de la galerie. Des centaines de gens y font la queue après avoir monté le perron. Il semble que cela se poursuive jusque dans la rue Laffitte. Le salon de gauche, au rez-de-chaussée, a été transformé en chapelle ardente. La cour est noire de délégations. La gratitude des obligés provoque un embouteillage comme on n'en avait pas vu depuis notre dernier grand bal, mais on ne saurait les décourager. Les bénéficiaires de ma philanthropie n'ont aucun mal à se distinguer dans la foule, les Filles de la charité des écoles religieuses de Lagny et l'administrateur de *L'Univers israélite*, les inondés de Belgique et les femmes en couches de Jérusalem, les pauvres de Vincennes et les orphelins polonais, sans oublier toutes ces braves anonymes dont les maris avaient régulièrement des problèmes de fin de mois en début de mois. Je dois avouer que le spectacle de leur coudoiement inattendu me ravit. Tant d'autres encore que j'ai eu à aider ou soutenir à condition que nul ne le sût jamais, à peine les concernés. Si on vous voit donner, vous perdez tout le bénéfice moral de votre action.

Les billets d'enterrement sont adressés aux hommes, lesquels forment l'essentiel du cortège. Ils rentrent juste du cimetière et l'écho de leurs conversations me parvient déjà. Il y avait du monde, des milliers de gens. Funèbre, la pompe n'en est pas moins mondaine. Le char attelé de deux chevaux arborait non pas nos armoiries mais uniquement un R. Il rejoignit le Père-Lachaise en empruntant les Grands Boulevards, la place de la République, le boulevard Voltaire et la rue de la Roquette. Le curé de Notre-Dame-de-Lorette suivit le cortège jusqu'à l'entrée du cimetière. Les enfants de nos orphelinats de la rue Picpus, garçons et filles en uniforme, formaient une double haie de part et d'autre du corbillard que j'avais demandé le plus simplement orné.

Sept voitures aux lanternes allumées mais voilées de crêpe suivaient à distance, ainsi que dix voitures de deuil. Serviteurs, valets et piqueurs en livrée sombre suivaient mon cercueil en chêne capitonné de velours blanc et orné de griffes en argent. Seuls mes enfants savent que j'y ai fait placer à mes côtés les précieuses lettres de ma mère, enfermées dans une boîte en ébène, après que celles de mon mari, de mon père et de mon frère furent brûlées.

Vidal, mon fidèle valet de chambre pendant mes dix-neuf dernières années, était à leur tête, immédiatement suivi des gardes-chasses de Ferrières. Puis ma famille, mes trois fils, le baron Arthur, les Lambert et les Ephrussi. Derrière enfin, une foule de proches et de curieux évaluée à quelque quatre mille personnes. On y reconnaissait au premier rang Victorien Sardou et Ludovic Halévy, Jules Claretie et le baron Reille, le comte de Camondo et les Cahen d'Anvers, et puis les Bischoffsheim ainsi qu'un certain nombre de ministres sans maroquin, d'ambassadeurs en rupture de poste et d'académiciens traînant l'épée sur les pavés de l'allée centrale. Le comte de Paris, empêché par les lois d'exil, s'était fait représenter par le marquis de Beauvoir et le vicomte de Chevilly. Des employés de la famille fermaient la marche.

Le haut personnel de la grande synagogue de la rue de la Victoire m'attendait, ministre-officiant, chantre et grand rabbin en habits sacerdotaux entouré de la maîtrise. Il n'y eut pas de discours car je l'avais interdit pour en avoir beaucoup subi dans le passé, prononcés par d'éminents religieux qui s'avéraient le plus souvent les moins bien placés pour évoquer le défunt; et, comme rien n'atteindra jamais la noblesse tragique de l'*Oraison funèbre de Madame*, autant décourager nos petits Bossuet et que nul ne dépose ses phrases sur moi. Le grand rabbin de Paris Zadoc Kahn tenta tout de même une brève allocution à seule fin de regretter l'absence de discours, on ne se refait pas, fût-on en contact permanent avec l'au-delà. Pas plus de fleurs ou de couronnes que de discours, j'y avais opposé ma ferme volonté. Cela surprend parfois les étrangers à notre culte mais cela ne se fait pas, du moins pas chez nous. Tout à côté de notre caveau repose une Phèdre étincelante, la tragédienne Mlle Rachel, qui d'ailleurs fréquenta mon salon.

C'était il y a quelques heures à peine. En écoutant ceux qui en revenaient, je revécus mon enterrement comme si j'y avais été. Tout s'est déroulé ainsi que je l'avais souhaité, ou plutôt stipulé dans deux pages d'instructions jointes à mon testament mais tenues à part dans une grande enveloppe bleue. On n'est jamais trop précis. Il faut tenir son rang jusqu'à la fin.

Les dames viennent à peine de rentrer du service funèbre, la procession au cimetière leur étant épargnée ; déjà, elles préparent la carte, cornée à gauche au-dessous du nom, qu'elles s'apprêtent à déposer ici, manière de dire à notre famille qu'elles sont passées présenter leurs condoléances comme le veut le savoir-vivre dans les sept jours, ainsi que l'exige la tradition juive.

La synagogue offre un confort inconnu au Père-Lachaise. Entre les tentures de drap noir rehaussées de broderies d'argent, ces dames ont reconnu les grands banquiers protestants, les Hottinguer et les Vernes, solidaires de la famille comme savent l'être les minoritaires entre eux, le chef couvert comme les autres (nul ne l'a oublié dans ce petit monde : à la mort de la marquise, mon mari et Guizot, le juif et le protestant, étaient de la foule qui présentait ses condoléances à l'hôtel de Castellane mais leur absence fut remarquée à l'église de la Madeleine).

Le grand rabbin étant chez lui, il alla de son discours : « ... Mme de Rothschild a rempli le rôle de la femme juive dans l'Histoire. Elle a été épouse et mère. Elle a aimé et protégé le beau, elle a soutenu le pauvre... On l'a appelée la plus grande Juive des temps modernes... » Tout ce que je voulais éviter, justement. Au début des années 80, Dentu a édité *Les grandes Juives*, plaquette à l'usage des jeunes filles dans laquelle Alexandre Weill m'enrôlait dès l'ouverture aux côtés de Gracia Nassi, Rébecca, Esther et Miriam ainsi que la mère des Maccabées, Pucinelle de Blois, la belle Marie Nunez et Dona Sol Hatschwell ; le recueil de poèmes avait été tiré à deux cents exemplaires, ce qui était largement suffisant, mais il m'était dédié, et je compris en le recevant l'étrangeté que l'on éprouve à subir un honneur ; il faut croire que cette ridicule étiquette de « grande Juive » me poursuivra jusqu'à la fin... Puis il y eut des prières, en hébreu et en français, et ce *kaddish*, si pur et si intense, dont tout le monde ne sait pas qu'il est tout à la gloire de Dieu avant d'être la prière des morts, et qu'il est fait pour l'essentiel d'araméen.

Qui n'a jamais rêvé d'assister à son propre enterrement? Dénombrer les présents, espionner les commentaires, éprouver les sincérités. Puisque je n'assistais évidemment pas au mien, ma première volupté de tableau vivant date des visites de condoléances. Car s'il est *select* de paraître dans certains endroits, il l'est tout autant de se produire dans une grande maison voilée de crêpe noir.

Être invisible au monde, écouter dire et médire ceux qui vous croient éteinte à jamais, les regarder vivre est une joie plus intense encore que de voler dans le ciel à l'égal d'un oiseau. Il est curieux que les écrivains n'aient pas plus souvent imaginé de faire parler un tableau de maître quand on songe à tout ce qu'on peut entendre dans une vie de tableau de maître. Quelques-uns s'y sont essayés en littérature, Hoffmann et la comtesse de Ségur avec le chat Murr, Pierre Chaine avec les Mémoires d'un rat et Louise d'Aulnay avec ceux d'une poupée. Pourquoi ne serais-je pas un tableau? Après tout, M. de Crébillon a bien inventé de donner une vie de sopha à l'une de ses héroïnes, quand Fougeret de Monbron en faisait autant avec un canapé couleur de feu, et Voisenon avec une baignoire. On sait que seule la littérature dit la vérité. La transmigration d'une âme dans une œuvre d'art ne devrait plus étonner, et, si elle étonne encore, c'est que l'époque manque tragiquement d'imagination. Le romancier n'a-t-il pas tous les droits et le roman n'est-il pas le lieu de l'absolue liberté de l'esprit ? Seuls les mécaniciens de la littérature y verront un procédé. Les autres, collant l'oreille à mon portrait, sentiront peut-être mon cœur battre.

Vue de mon mur, la comédie humaine est d'une saveur inédite.

Cet homme qui s'arrête face à moi, me fixe longuement, seul et immobile, puis passe son chemin, je ne l'ai jamais vu auparavant. Ses silences font davantage d'effet que ses paroles. Que fait-il là ? Un récent parvenu de la finance probablement. Il a la morgue d'un Parisien lancé mais une tête à vendre des faux cols aux Magasins réunis. Celui qui le supplante dans la contemplation de mon portrait en est l'exact opposé. Fin, racé, distingué, ce personnage en redingote couleur fumée-de-Londres semble porté par ses vêtements ; une grâce aérienne, toute de délicatesse dans les gestes, les attentions et le choix des mots, se dégage de sa personne sans que cela n'entame en rien son attitude virile. S'il est vrai que le savoir-vivre ne s'accommode pas de la solitude, et qu'on prend soin de soi car on est à tout moment appelé à rencontrer l'autre, cet homme doit pourtant être de ceux qui se mettent en habit pour souper seuls.

Lui succèdent un père et sa fille qui ne font pas

cas de moi. L'un de ces beaux messieurs au regard clair encadré d'abondants favoris à l'autrichienne, dont on se dit au premier coup d'œil qu'il ferait un beau cadavre, peut-être parce que son visage fait pressentir la noblesse de la mort; elle, petite personne de porcelaine dotée d'une si fine attache du cou, à son langage trop sophistiqué pour son âge on sent qu'elle n'a pas vraiment effectué son enfance. Ils cherchent la bibliothèque dans l'espoir d'y trouver chez saint Augustin ce qui doit l'emporter de la désolation ou de la consolation. Ne dit-on pas qu'il est toujours bon de se laisser habiter par plus grand que soi? Je n'ai quant à moi que méfiance pour ces mots trop élevés qui endorment la pensée. Mais ce que j'ai perçu de leur conversation alors qu'ils s'éloignaient de mon petit salon m'a amusée. Ils parlaient de mon fils aîné, Alphonse. J'imaginais qu'ils flatteraient en lui le grand banquier, ou le président du Consistoire ou, mieux encore, le premier Juif à se faire nommer régent de la Banque de France, il y a trente ans déjà, mais non : « Il a pris le meilleur des deux : l'énergie vitale de son père et les dons de polyglotte de sa mère. » Est-ce donc ce que l'on retiendra de moi?

Pourquoi pas, après tout, sauf que ma prétendue facilité pour les langues n'est en rien un talent particulier, mais plus simplement le fruit d'une éducation que j'ai transmise telle que je l'ai reçue. Chez nous, dans la *Judengasse*, la rue des Juifs du Francfort-sur-le-Main de mon enfance, le yiddish était la langue de la vie quotidienne. Ma mère le parlait parfaitement, ainsi que l'allemand et le français, langues dans lesquelles elle écrivait régulièrement des lettres, tout en étant capable de lire les livres de prières en hébreu. Elle me les fit étudier non sans y ajouter l'anglais, qu'elle ignorait, ainsi que le chant, le piano et la peinture, qui sont des langues à leur manière. Mais, dans certaine société, savoir s'exprimer en cinq langues, c'est aussi savoir se taire en cinq langues. On m'a également appris à manier le silence.

Certaines de ces femmes ont fait l'effort de venir jusqu'ici, coiffées de crêpe, cheveux lisses, ni bouclés ni ondulés, et de porter des bijoux de jais ; n'empêche qu'elles pourraient m'élever une statue pour tout le mal que je ne leur ai pas fait et que j'aurais pu leur faire. Jamais je ne me suis aperçue comme aujourd'hui qu'à leurs yeux ce qui n'est pas noble est ignoble. Chez elles, les murs ne sont pas seuls à avoir subi les outrages du temps. Surtout celle au visage fripé qui me fait face, ignorant que je la toise, assise mais fière et droite comme une autruche digérant son mystère. Son nom me reviendra dans un instant ; en attendant, à l'écouter évoquer les siens comme s'ils venaient de rentrer de la première croisade, je dois constater que son immodestie s'est considérablement atténuée depuis notre dernier dîner, il y a bien sept ou huit ans. Rien n'est suspect comme ces personnes qui excipent à tout propos du passé glorieux de leurs ancêtres. Généralement, il ne faut pas gratter longtemps pour s'apercevoir que leur mère s'est convertie au catholicisme apostolique et romain à la veille de se marier. Qui saura jamais explorer l'aliénation si particulière qui gouverne ceux qui ont jugé opportun de doter leur blason, et celles qui ont cru indispensable de blasonner leur dot, les uns et les autres en trahissant la mémoire de leurs aïeux ?

Elles viennent des trois lieux qui comptent à Paris : le faubourg Saint-Germain, le faubourg Saint-Honoré et la chaussée d'Antin. Le premier est le territoire de l'ancienne noblesse, le deuxième celui d'une aristocratie libérale et étrangère, le troisième celui des artistes et des grands financiers. À l'un le prestige, à l'autre la puissance, étant entendu que la consécration vient lorsque le nom du quartier ne relève plus du cadastre mais désigne un état d'esprit, ce dont seul le faubourg Saint-Germain peut s'enorgueillir. Pendant un certain temps, les salons les plus courus n'étaient pas tenus par des Françaises mais par des étrangères, la comtesse Apponyi, lady Granville et moi-même, en terrain neutre en quelque sorte, d'autant que nous représentions les trois quartiers.

Ces dames se perdent dans des discussions sans fin autour de la largeur du liseré noir. Le souci du protocole est une douce tyrannie que nous nous imposons avec d'autant plus de rigueur que les circonstances sont tragiques. Il nous préoccupe si fort qu'il éloigne momentanément les plus sombres pensées. Qui sait si ce n'est pas sa vocation première. On le croirait, vu la dextérité de quelques-unes à corner du bristol.

Les visiteuses en sombre sont installées de part et d'autre de mon portrait, que le faible éclairage exigé par mes enfants place dans une pénombre sépulcrale. Elles choisissent de s'asseoir un peu à l'écart, loin des érudits et des rabbins qui s'abîment en prière jour et nuit autour de la grande table chargée de livres exhalant un parfum immémorial. Sitôt installées sous mon nez, l'une respire bruyamment en s'épongeant le front comme si elle venait d'échapper à une crise mystique provoquée par la litanie des psalmistes, les autres scrutent les hauteurs de la pièce à la recherche de l'inaccessible canopée, dans le fol espoir que la lumière du dehors s'insinuera à travers la cime des arbres jusqu'au plafond. Et c'est là qu'elles s'adonnent à un passe-temps dont elles ont fait un art de vivre en l'élevant au rang d'un des beaux-arts : la conversation.

« On dit qu'aux obsèques du Grand Baron il y a dix-huit ans un homme en larmes paraissait particulièrement effondré dans la foule des badauds encadrant le cortège ; il éprouvait une peine telle que son corps semblait se réduire à une peau de chagrin ; lorsque son voisin compatissant lui demanda s'il faisait partie de la famille, savez-vous ce que l'homme lui répondit entre deux hoquets ? "Non, justement !"

— Tellement amusant ! Exquise, cette anecdote ! »

Amusant, en effet, si amusant… L'usage immodéré que le monde fait de cet adjectif m'échappe. On le met à toutes les sauces. Encore que l'épisode, évoqué à mots couverts naturellement, n'ait pour but que d'associer les Rothschild à l'argent. Encore et toujours l'argent. On n'en sortira jamais quand bien même la fortune de la famille devait un jour diminuer à proportion de sa puissance. Mais nul ne réussira à nous rendre coupables d'être nés riches et de l'être devenus plus encore. Je n'en ai pas moins transmis à mes enfants ce mot que je tiens de mes parents : « Quand on a, il faut se faire pardonner. » Ce nom de Rothschild est entré dans la légende jusqu'à la consommation des siècles par ce biais bien particulier dont nul ne parviendra à le détacher. Puisque c'est ainsi, autant s'en accommoder, avec le sourire naturellement. Lorsque les événements nous dépassent, feignons d'en être les organisateurs, Chateaubriand le suggérait déjà et il fut souvent de bon conseil.

On leur sert le thé. Quand elles parlent, elles font des gestes avec les yeux. Il suffit qu'une femme ouvre la bouche pour qu'une autre grimace, et l'haleine n'y est pour rien. Je parle, donc je suis jugée. Elles me flattent, surtout depuis que je ne suis plus, mais gardons-nous d'en être dupe; en d'autres lieux et d'autres circonstances, j'en sais une, sinon deux, qui esquissent une telle torsion du visage lorsqu'elles prononcent « née Rothschild » que tout le monde comprend « nez Rothschild ».

« Imaginez-vous que notre ami Théophile Gautier, qui aimait fort Betty, a perdu tant de proches qu'il se dit désormais gorgé de cercueils comme un vieux cimetière !

— Ah mais c'est que vous nous ennuyez avec vos Mémoires d'entre-tombes !

— Tout de même, un peu de discrétion dans vos éclats de rire, n'oubliez pas où nous nous trouvons et pourquoi. »

L'esprit du grand monde ne connaît pas de répit, bien que celui-ci se flatte de ne jamais médire, décrier, nuire ni même contrarier, à la différence du beau monde, si séduit par l'argent. Il y a longtemps que le faubourg Saint-Germain a oublié ce « rien de trop » qui constituait sa devise invisible. Le fait est que la duchesse d'Angoulême s'exprime comme un cuirassier. Pas de trêve pour le sarcasme jusque dans la maison de la morte. On ne respecte rien mais ce n'est pas plus mal ainsi. La vie reprend ses droits et qui sait si autrefois je ne fus pas moi-même dans une telle situation sans m'en émouvoir outre mesure. Tout vaut mieux que l'hypocrite chœur des pleureuses, le regard verni par d'anciennes douleurs. Au moins ces dames me distraient. L'une d'entre elles, je me souviens de l'avoir vue montrer son chien à sa fille et lui dire : « Dis bonjour à ton frère ! » Elle paraît en forme, preuve que la méchanceté conserve. On hésiterait à lui arracher son masque de crainte qu'il ne cache rien.

« L'idéal, de son point de vue, eût été que l'on dise d'elle "la baronne Betty" avec le même ton d'évidence que l'on dit la "princesse Mathilde", comme s'il n'y en eût jamais qu'une et que préciser l'identité plus avant eût été inconvenant.

— Vous avez déjà oublié qu'elle était mariée. D'ailleurs, ne l'appelait-on pas plutôt la "baronne James" ? Il lui arrivait même de signer ses cartes "Baronne", je peux en témoigner.

— Elle a su s'imposer très vite et durablement à Paris alors qu'elle n'était même pas française…

— Pas allemande non plus, je peux vous l'assurer ! tranche la plus péremptoire de la petite assemblée avant d'être reprise par le doute. Autrichienne peut-être puisque son mari était consul de Vienne. Une légère pointe d'accent à

33

son arrivée à Paris, le français n'était tout de même pas sa langue natale, mais cela disparut très vite. De toute façon, les lettres n'ont pas d'accent, n'est-ce pas?

— Ses enfants et ses petits-enfants sont français mais en fait Betty n'a jamais eu de statut officiel, la seule de sa famille dans ce cas, probablement. N'empêche qu'elle se sentait parfaitement israélite française, souvenez-vous de son patriotisme en 1870! »

À l'affectation qu'elle mettait à prononcer soit « izraélite » soit « isssraélite », on comprenait qu'elle ne les portait pas dans son cœur, sans même qu'une moue eût appuyé sa pensée; pourtant, si elle ne devait n'en conserver qu'une, je crois bien que je devais être celle-là, sa Juive.

« Je m'en souviens parfaitement. Elle avait refusé de quitter Paris. On raconte qu'un jour elle était rentrée chez elle en conduisant elle-même son attelage, la populace lui faisant escorte...

— Ils ne l'ont tout de même pas portée en triomphe? s'enquit la comtesse de V. avec la causticité dont elle était coutumière.

— Non, mais c'était tout comme. Les gens l'avaient arrêtée en plein bois de Boulogne et avaient vitupéré sa conduite : se promener quand tant d'hommes et de femmes mouraient de faim! Et, comme le ton montait et qu'ils étaient prêts à renverser sa voiture, Betty monta sur ses grands chevaux, si je puis dire, et leur lança : "Prenez-les si vous voulez mais ne me faites pas la leçon. Je suis aussi patriote que vous, ma maison est un hôpital militaire et j'ai trois fils sous les drapeaux qui défendent notre pays." Un triomphe !

— Parfaite en toutes circonstances, notre Betty. C'est tout de même elle qui a créé la position mondaine des Rothschild, leur situation unique en France. Tout le monde loue sa grâce d'épistolière et l'esprit qu'elle déployait dans son salon, à juste titre, à juste titre ! je n'en disconviens pas, n'empêche que dès que l'occasion s'en présentait elle avait cœur à parler en... comment disent-ils ?... yiddish, qui est une sorte d'allemand, au fond... »

C'est alors que M. Jodkowitz, mon fondé de pouvoir en philanthropie, qui tendait l'oreille depuis un moment, s'approche d'elles, repose sa tasse de thé sur la soucoupe qu'il tient à la main et leur lance avant de repartir :

« Sa générosité lui valut même le statut de résident permanent, ce qui était bien le moins, n'est-ce pas, mesdames ? »

Au ton sur lequel il leur décoche ce trait, chacune est persuadée dans l'instant que l'autre a bénéficié de mes libéralités. Loué soit M. Jodkowitz d'avoir su ainsi instiller le poison du doute chez les commères de Laffitte ! Lui seul sait le nombre d'individus, souvent inconnus de moi et peu introduits dans la société, que j'ai secourus d'un ou deux chèques parce que leur lettre était bien tournée et qu'elle exprimait le plus sincère des désarrois. Alors ces dames-là…

Leur haute extraction ne les préserve pas du ragot dans ce qu'il a de plus vil, dussent-elles parer la médisance de toutes les grâces du *small talk*. Les plus exaltées se consolent vite de leurs excès en se persuadant qu'elles vivent intensément ; les plus discrètes offrent le curieux spectacle d'une accumulation de mystères d'où ne se dégage aucun mystère. Leur vie est faite de si peu d'événements que le moindre petit fait suscite mille et un échos. Elles ont pourtant l'esprit vif et ouvert, je peux en témoigner pour avoir été maintes fois de leurs commensales, sinon leur amie. Elles savent qu'elles ne doivent jamais être inférieures à leur rôle. Mais tout les ramène aux intermittences du cœur et aux séismes anodins de la raison.

Comment peuvent-elles encore douter de ma qualité de Française, du moins de cœur et d'esprit, encore que ce « moins »-là n'ait rien de restrictif ? S'il me fallait dater ce sentiment, exercice des plus improbables, auquel le regard des autres nous contraint, je remonterais à 1828. Cette année-là, quatre ans après notre mariage, James et moi fîmes l'acquisition la moins onéreuse et la plus importante pour lui depuis son installation à Paris : une concession au cimetière du Père-Lachaise sur laquelle nous fîmes édifier un caveau de famille susceptible d'accueillir les nôtres pour les siècles à venir. Nos places étaient prévues au fond, côte à côte, c'est le cas de le dire. De part et d'autre de la chapelle devaient être disposés six panneaux de marbre blanc où figureraient des citations hébraïques avec leur traduction en français. On peut changer de maison, la revendre ou la détruire, on ne change pas de tombeau. Ainsi s'enracine-t-on dans une terre.

Je viens d'un endroit où je ne puis retourner. Non qu'il ait été rayé de la carte, mais il s'est dissous pour moi. La France fut notre choix. Je suis française comme les Grecs étaient grecs : parce qu'ils partageaient non une origine commune mais une culture commune. J'aime la langue française comme seule une étrangère peut l'aimer ; je l'aime pour sa tendresse et pour son exceptionnelle mémoire historique. Mais elle ne se laisse pas facilement habiter ; elle réclame un certain temps avant de permettre à l'étranger de s'y installer.

Il faut laisser les choses doucement s'inscrire en nous.

On peut suivre l'âme de notre famille de génération en génération, comme je n'ai cessé de le répéter à mes neveux et nièces de toutes les branches, jamais rassasiés des conseils de « tante Betty ». Le vrai chef-d'œuvre, c'est de durer. Les Rothschild se sont dès le début inscrits dans la durée avec une détermination qui laisse pantois plus d'un généalogiste. Mayer Amschel, qui a fait ses classes à la banque Oppenheimer à Hanovre vers 1760, avait une vision. Des principes. Une ligne de conduite. Le premier des Rothschild imposa son prénom en second à tous ses fils afin de graver dans leur inconscient le principe de la lignée. La famille est supérieure à chacun de ses membres : elle les transcende. Le plus extraordinaire est qu'il ait réussi à transmettre ces valeurs à ses héritiers. Je dis bien : ses héritiers, et non ses descendants. Un héritier digne de ce nom aura à cœur de porter très haut son héritage en tâchant de ne pas le trahir, tandis qu'un descendant se contente de descendre sans se soucier de renforcer une illustration déjà bien établie dont il se contente de recueillir les fruits, en numéraires ou en symboles, selon les aléas de la vie. Cela vaut autant pour l'héritage des valeurs que pour celui des œuvres d'art : pour les posséder vraiment, il faut d'abord se les approprier.

Puissent les miens demeurer toute leur vie des héritiers de Mayer Amschel dans sa remarquable capacité d'entreprendre en toutes choses. Le marquis d'Havrincourt l'avait joliment exposé dans une lettre à l'évêque d'Arras : « En France, maintenant, on n'hérite de ce qu'ont été ses pères qu'à la condition d'être quelque chose par soi-même. » Dire qu'il écrivait cela en 1865, si ma mémoire est bonne… Il n'avait qu'un petit demi-siècle d'avance. Ne dater que de soi, quoi de plus vain? Mais ne dater que des siens, quoi de plus vain? L'art consiste à se tenir dans cet équilibre incertain que l'on appelle le juste milieu, mais à s'y tenir droit. Après cela, on pourra toujours expliquer qu'un vrai gentleman est un homme qui se sert d'une pince à sucre même lorsqu'il est seul.

Un étrange sentiment me gagne, d'être née entre deux mondes, celui qui s'en va et celui qui vient. Les circonstances n'expliquent pas tout, mais la nostalgie du paradis perdu est une bien curieuse affectation. Qu'y puis-je si la mémoire m'émeut? Je suis issue d'un temps où les manières ne s'appelaient pas encore des mœurs. J'aurai quasiment couvert mon siècle, que Mme Hanska prétend « stupide », qu'importe si l'Histoire lui donne raison ou non, seul compte le moment fatal où la France a basculé et ce fut pour moi la Révolution. De là datent son embarras, ses ennuis, sa décadence.

Les huit jours de deuil sont passés. Les domestiques retirent les draps qui voilaient les miroirs trop lourds pour être déplacés. Deux de mes fils bien-aimés, Alphonse et son frère Gustave, s'assoient devant moi, un dossier dans la main de l'aîné.

« Nous avons le temps avant de commander la gravure et de prévenir le marbrier, mais puisque tu m'as posé la question, voici ce qu'il en est. Au

Père-Lachaise, Maman est placée à côté de notre père au fond de la chapelle, à droite ; une fenêtre les sépare. Voici le texte que nous avons mis au point… »

Est-ce le trop-plein d'émotion qui étreint mon cher Alphonse ? Il articule mais les sons ne sortent pas de sa bouche, baisse la tête tandis que Gustave pose sa main sur son bras. Charlotte, leur sœur, qui s'est jointe à eux, se saisit du papier d'autorité et le lit debout d'une voix assurée :

« À la mémoire de la plus tendre des mères. Baronne Betty de Rothschild, décédée à Boulogne-Billancourt le 1er septembre 1886 à l'âge de quatre-vingt-un ans. La bonté de son cœur n'eut d'égal que le charme de son esprit. Elle se montra toujours supérieure aux épreuves de la vie par cette fermeté d'âme que donne une foi religieuse profonde. Pour la noblesse de ses sentiments. Par l'élévation de sa pensée elle fut la gloire de sa famille, la providence des pauvres. Innombrables furent ses bienfaits, dont sa bonne grâce à donner doublait encore le prix. Son souvenir béni par tous est conservé par ses enfants comme un culte sacré. »

Alors Charlotte laisse tomber la feuille et, un ton en dessous, murmure un « Amen » aussitôt repris par ses frères. Puis le silence. Mais un silence qui, dans l'instant, confère une légèreté inattendue à cette maison soudain vidée de la noria ininterrompue des visiteurs, une maison qui a tant vu et tant vécu, une maison désertée à jamais par un père et une mère qui en furent l'âme.

Ils ont attendu le délai de décence outre le délai légal pour ouvrir mon testament. Tout y est prévu dans les moindres détails jusqu'à la plus petite cuillère. Tout y est anticipé afin d'éviter les conflits. Tout, jusqu'à l'envoi dans le Bordelais, à Lafite, du portrait de mon cher mari, la réouverture de mes appartements de Ferrières et de Boulogne une fois l'année de deuil expirée, l'agrandissement des bureaux de la banque à l'issue de ce même délai. Il ne sera pas dit que je leur lègue des disputes.

Le notaire a eu la gentillesse de se déplacer jusqu'à la rue Laffitte afin d'en donner connaissance aux enfants. Alphonse, désormais l'incontesté chef de famille, même si j'ai pu douter qu'aucun de mes enfants ait jamais l'envergure pour s'imposer comme successeur de James, souhaitait que la cérémonie se déroulât devant mon portrait. En ma présence en quelque sorte. Ce genre d'acte tient du rituel dès l'ouverture du document que nous avons clos, scellé et cacheté avec de la cire noire portant l'empreinte de nos armes ; c'était il y a deux ans de cela, ici même mais dans un salon du premier étage, en présence de six témoins que nous avions tout simplement requis parmi les ingénieurs et chefs de service de la

Compagnie des chemins de fer du sud de l'Autriche appartenant à mon mari. Un vrai rituel, chacun l'entend bien ainsi, si l'on en juge par la solennité qui s'en dégage. Il n'y aura pas de mauvaises surprises. Mes enfants savent ce qu'il en est. Ils en furent déjà instruits par leur père puis par moi-même. C'est bien le moins dans une grande famille où tout se décide de concert. À ceci près que chez nous la principale richesse n'est pas un domaine aux terres innombrables, ni une collection digne d'un mécène de la Renaissance, mais quelque chose de nettement moins spectaculaire. Juste un principe venu du fond des âges, d'une rigueur et d'une exigence telles qu'il n'est pas inutile de le coucher par écrit devant notaire pour le faire respecter.

Plus de trente minutes déjà que Me Corrard dresse l'inventaire détaillé des châteaux, villas, terrains, bijoux, mobiliers, comptes courants, valeurs de portefeuille, et déjà Charlotte n'y tient plus. Elle se lève, fait les cent pas et, tout en tendant le bras vers mon portrait :

« Toutes ces histoires de masse active et de masse passive et de rétablissement de droits de mutation, ici même, alors que Maman est encore là… »

L'un de ses frères la raisonne et la ramène dans le cercle tandis que le notaire poursuit au chapitre des legs, souligne le fait que pour mes fils j'ai tenu compte de la représentation dispendieuse à laquelle ils sont tenus dans le monde des affaires, et que les 2 millions de francs que je laisse à chacun de mes petits-enfants ne seront effectifs qu'à compter de leur mariage et sous réserve…

« C'est précisé dans l'article 8, insiste Me Corrard comme je le lui avais demandé. "Si ce qu'à Dieu ne plaise un de mes petits-enfants faisait un mariage contraire au vœu de ses parents, il serait déchu de son legs, qui irait accroître les legs de ses frères et sœurs. J'ai l'entière confiance que mes bien-aimés enfants approuveront cette disposition prévoyante et qu'ils n'y verront comme moi qu'un acte de justice. La confiance d'ailleurs que l'impartialité de mon maternel amour doit leur inspirer me permet d'espérer qu'il ne s'élèvera jamais dans leurs cœurs le moindre doute sur l'équité de mes dispositions en général et de celle-ci en particulier." »

Puis le notaire rappelle que, afin qu'un jour mes arrière-petits-enfants éprouvent le même bonheur que leurs parents à se retrouver dans notre petit château de Boulogne, j'ai pris soin de léguer une rente temporaire de 30 000 francs pour l'entretien du parc dans l'éventualité où les lieux demeureraient provisoirement inhabités. Après quoi, il poursuit avec l'évocation d'autres legs :

« 6 000 francs au grand rabbin Zadoc Kahn, 300 au père Roullier, curé de Ferrières, 50 000 francs à l'Assistance publique… aux responsables de mon orphelinat… une pension viagère de 3 000 francs à mon fidèle Vidal ainsi que les meubles de sa chambre et 20 000 francs… Je souhaite également léguer à mes amis… 5 000 francs à lady Cadogan, 12 000 francs à M. de Veyran, 6 000 francs à la baronne de Beyens et autant à la comtesse de Kisselef… un souvenir en argenterie au baron de Weisweiller, si attaché à notre famille et à moi personnellement, ainsi qu'à Ignace Bauer, si attaché à feu mon mari, à Horace Landau, que j'aime à distinguer parmi nos amis, au docteur Meyer pour le remercier de ses soins, 2 000 francs à M. Veyran, mon lecteur… 5 000 francs à mon homme d'affaires, M. Jodkowitz… un diamant d'une valeur de 6 000 francs à Alfred Mayrargues pour son attachement à ma personne et pour l'éducation qu'il a donnée à mon fils Edmond, un diamant de 10 000 francs à mon vieil ami Bignani, une pièce en argenterie à Émile Strauss en mémoire de mon mari, un tête-à-tête de vieux Sèvres au décor à oiseaux à Mme Ettling pour nos conversations cannoises… Je prie ma bien chère amie la comtesse de la Redorte de recevoir en souvenir de notre vieille et tendre amitié et des doux rapports qui pendant tant d'années ont fait le charme de nos existences une bague garnie d'une émeraude, dernier gage d'affection de notre chère et si regrettée amie Delphine, dont le souvenir est si précieux… un petit nœud de cou en diamant avec une pendeloque en perle à mon amie Marion Coleman en mémoire de sa chère sœur Aggy, qui a été ma meilleure amie... le pastel de Quentin de La Tour qui est dans le salon du premier étage à Eugène Lami pour le remercier de sa tendresse et de ses travaux artistiques... »

L'expression des visages évolue au fur et à mesure de la lecture par le notaire, de sa voix un peu fluette mais d'une fermeté toute juridique. J'observe mes enfants tour à tour, guettant les haussements de sourcils de l'un ou l'impatience de l'autre. Ils n'entendent déjà plus Mᵉ Corrard leur transmettre mon exigence concernant mes chevaux : ce sont de bons et vieux serviteurs et, comme je ne voudrais pas qu'ils tombent entre de mauvaises mains, j'interdis qu'on les vende et demande qu'on les fasse admettre plutôt à la Tafarette.

Chacun réagit à ce qui le touche personnellement, en fonction de souvenirs intimes dont j'ai été la seule dépositaire, mais, à chaque nouvelle requête, tous sursautent d'un même mouvement, puis ils échangent un regard complice, à l'évocation d'une preuve de tendresse ou d'une protestation d'amitié vis-à-vis de quelques hommes. Inutile de traduire, ils comprennent. J'ai aimé et j'ai été aimée, disons-le ainsi. Nous n'en avons jamais parlé, et comment aurions-nous pu ?, mais je savais qu'ils savaient, nous nous sommes compris à mi-mot malgré leur jeune âge à l'époque. Il est bon que ces choses-là soient sues à condition de n'être jamais explicitées. Un seul mot serait déjà le mot de trop et gâcherait tout. Confinées dans le secret du roman familial, elles doivent y demeurer de notre vivant à tous, sous peine de fausser les rapports d'autorité et les relations d'affection qui nous régissent. Ce n'est pas la meilleure solution mais c'est la moins dommageable à court terme. J'ignore ce qu'il en sera dans un siècle ou deux mais nos héritiers sauront certainement s'accommoder de ce petit tas de secrets. Et puis quoi, connaît-on beaucoup de familles où l'on ne trouverait des choses qui feraient rougir si l'on fouillait bien dans l'origine? De toute façon, la rumeur instille lentement son venin; un jour ou l'autre, elle finira par les atteindre, déformant aussi sûrement qu'elle informera.

Pour l'heure, je les vois et ils en sourient.

« Il y a ceci encore, mais ma présence n'est plus indispensable », dit Me Corrard en remuant une petite enveloppe entre ses doigts. Comme Alphonse s'en saisit avec le naturel d'un chef de famille déjà bien installé dans son nouveau rôle, le notaire la retient :

« Pardonnez-moi mais je crois que votre sœur serait plus indiquée si je m'en tiens au libellé : "À mon adorée Charlotte et à mes chers fils bien-aimés." »

Alphonse le raccompagne tandis que les enfants restent assis là, à croire qu'en se séparant ils vont entrer pour la première fois définitivement dans une vie sans parents. Je dis « les enfants » alors qu'ils ont tout de même soixante et un ans, cinquante-neuf ans, cinquante-sept ans et quarante et un ans. Qui saura jamais exprimer l'émotion d'une mère en de telles circonstances, en voyant ses trois fils former le cercle autour de leur sœur, comme pour la protéger d'un invisible danger ? Je ne voudrais pas qu'elle s'enferme dans sa peine. Manifestement émue par cette nouvelle inattendue, elle s'assoit tandis que mes trois garçons restent debout à ses côtés.

« Mes derniers adieux », lit-elle sur l'enveloppe, d'une voix vacillante. Elle hésite à la décacheter, la caresse un instant, puis l'ouvre lentement comme si un geste trop brusque pouvait en effacer le précieux contenu.

« Quand vous lirez ces pages, mes bien chers enfants, qui vous apporteront les dernières pensées de mon cœur et la dernière effusion de ma maternelle tendresse... »

Je quitte ce monde l'âme sereine soumise à la seule volonté de D., en louant leur attachement à la religion de nos pères et en formant le vœu ardent que mes enfants sachent guider leurs enfants afin qu'aucun d'entre eux ne jette sur notre nom l'opprobre d'une désertion ; je veux croire qu'ils sauront rester unis et qu'ils maintiendront comme une tradition la réunion hebdomadaire de tous et de chacun autour de la table du chef de famille ; j'aimerais enfin que mes fils n'oublient jamais de solliciter les conseils inspirés de leur sœur, son jugement si sûr dans les moments de grandes décisions. Voilà ce que je voulais encore leur dire, à eux quatre et à eux seuls, d'une écriture que j'espère ferme, sur les feuilles de papier blanc encadrées de noir que j'ai conservées de mon veuvage.

« Et ça ? demande Alphonse en désignant une enveloppe encore plus petite frappée de nos armoiries sans précision de destinataire.

— Je la conserverai », murmure Charlotte aussitôt après l'avoir refermée.

J'y ai placé une mèche de mes cheveux. Ma fille est la dernière à les avoir caressés. Je suis morte dans ses bras.

Cette trace de moi lui suffit. Une mèche et un portrait. L'argent n'est pas la mesure de toutes choses. Même si on l'associe immanquablement à notre nom, ce que l'on ne fera jamais à propos d'autres grandes familles fort pourvues mais chez lesquelles on a appris voilà des générations à ne jamais parler d'argent ni même à le nommer. Eussé-je tenu registre de mes actes et écrit des Mémoires à destination des miens et de quelques-uns que la trace eût été moins forte. Contrairement à d'autres femmes de mon rang qui affrontaient ce qu'elles croyaient être le gâchis de leur vie, je n'ai pas éprouvé le besoin de lui donner forme et beauté pour la justifier. Pas d'enseignements à la manière de ceux qu'Anne de Bourbon rédigea pour sa fille, lançant ainsi une tradition selon laquelle une mère se doit de transmettre la sagesse, le savoir-faire autant que l'orgueil d'une lignée. Juste ces lignes et une mèche de cheveux.

Quel étrange privilège que de voir ses propres enfants comme veufs de leur mère.

Un majordome apporte les journaux que nous avons fait mettre de côté; Gustave s'en empare d'autorité pour en lire des extraits à haute voix. Seule la rubrique des nécrologies l'intéresse aujourd'hui :

« "La vocation du Beau égalait chez elle la vocation du Bien"... Ça, c'est bien *Le Gaulois*!... "L'alliance de la bonté et du goût... ces derniers temps elle avait mis une sourdine à l'éclat de sa situation, autant dire qu'elle brillait par l'éclat de sa discrétion... Cœur, charme, esprit... Seuls les connaisseurs se retournaient sur son élégance... Elle était mesurée, préférait le doux mystère de la pénombre, ce qui ne l'empêcha de prendre à la grandeur des siens et de contribuer au rayonnement du nom..."

— De qui s'agit-il? demande Alphonse de retour parmi nous.

— Certains l'appellent déjà la "bonne baronne"...

49

— Maman », fait doucement Gustave en fixant mon portrait, le journal s'échappant de ses mains pour se disperser sur le tapis.

Alphonse examine les autres feuilles traînant sur le guéridon puis appelle le majordome :

« François, vous n'avez apporté que les bons journaux. Nous voudrions également ceux qui ne nous aiment pas.

— Qu'espères-tu y trouver ? lui lance Gustave. Je te fiche mon billet qu'ils expliqueront la présence au cimetière de grands noms de la noblesse par leur qualité de clients de la banque. »

L'instant d'après, un paquet de presse est déposé sur un plateau. Un geste parmi d'autres pour notre majordome, un mouvement anodin du corps, du bras et de la main s'achevant par une inclination respectueuse qui lui est devenue un réflexe naturel. C'est pourtant la première fois que je l'observe ainsi, probablement grâce à l'invisible recul dont je jouis, et je comprends enfin pourquoi il m'a confié un jour avoir tant de goût à servir, comment il pouvait même y trouver du merveilleux : parce que servir, c'est se dégager de toute volonté.

Chacun s'empare de plusieurs gazettes. Rien de tel que de mourir au monde pour rappeler à ses contemporains qu'on a existé.

« C'est quoi, le tien ?

— *L'Anjou*, d'Angers naturellement, l'article d'un certain Louis Baume. Tu connais ? Non, bien sûr, personne ne connaît, encore un obscur de la grande armée des sans-grade qui veut nous faire payer sa médiocrité. Avec un titre comme "Juiveries", on sait au moins où l'on va, n'est-ce pas?

— Mais qu'est-ce que ça dit?

— Ça se refuse à admirer les Rothschild au motif que ces gens-là, nous par conséquent, tiennent leur seul titre de noblesse de leur fortune, qu'ils ne gagnent pas leur argent avec leur travail mais avec de l'argent. Commission, change, frais et autres jeux d'écriture, tout vient de là, exécuté par une armée de comptables formés à percevoir cet impôt sur l'argent, mais "nous" n'avons rien créé, voilà, le couplet habituel...

— Mais que disent-ils de notre mère?

— Ils jugent que la manière dont sa mort est annoncée confirme la justesse de vue de Drumont dans sa *France juive*... Tiens, ça, c'est intéressant. Écoutez! "La preuve que la presse est aux mains du capital juif, c'est que lorsque la baronne de Rothschild meurt, il n'est question que de ses dons aux bonnes œuvres des pauvres de Paris, des hôpitaux et des mairies, alors que de la prodigalité tout aussi remarquable de la comtesse de Chambord on ne fit guère état à sa mort; elle était pourtant reine de France!" L'argument est... comment dire?...

— J'ai mieux! lance Edmond. Ou pire, si vous préférez, dans *Le Matin*. Savez-vous ce qu'on nous reproche? le préjudice commercial que notre deuil va causer à l'industrie du luxe en raison de la fermeture de nos salons, celui d'Alphonse, le tien, Gustave, et le mien naturellement, et à la suspension des bals et réceptions chez nous cette année. Mais c'est qu'ils sont sérieux, en plus!

— Sérieux ou pas, celui-là n'a pas tout à fait tort : "C'est particulièrement par les femmes, par le rôle qu'elles ont joué dans ce qu'on a appelé non sans raison la tribu des Rothschild, que la finance israélite s'est profondément modifiée et modernisée." Bien vu, monsieur Fouquier Henry de *L'Avenir de Bayonne*! »

Je le vois à leur visage, il est trop tôt pour que je leur manque vraiment. Ils ignorent encore que lorsqu'une personnalité marque l'histoire de sa famille, elle traîne à jamais le cortège des siens dans son sillage. Puisque je les protège, je les surveille. Je ne les abandonnerai pas. Mais que peut un portrait accroché au mur?

L'année de mon deuil vient de s'achever. Mes appartements ont été rouverts, à Boulogne et Ferrières, à Laffitte et Lafite, à Cannes enfin, dans cette villa que j'ai fait construire tardivement dans le quartier des Anglais au pied de la colline de la Croix-des-Gardes, où il me fut si doux de laisser s'écouler mes dernières années.

Je n'ai pas besoin de suivre mes enfants, ici ou

chez eux, pour savoir quelle clause de mon testament est la plus discutée entre eux et autour d'eux. La même que pour celui de James. Ce ne fut pas le cas à la mort de ses propres parents car en ce temps-là un Rothschild n'aurait jamais été tenté de rompre la chaîne. Il n'en aurait guère eu l'occasion tant ils étaient mus par un instinct grégaire, encore très marqués par l'esprit de ghetto ; et même si leurs affaires étaient déjà européennes, et leurs clients des princes, des rois et des empereurs, leurs partenaires étaient le plus souvent des Juifs, sinon des parents.

Mon mari a toujours mis en valeur cette « solide amitié », c'était son expression même, qui doit garantir les frères et les cousins contre les coups du sort. Une amitié au-delà des liens du sang. Ce côté mousquetaires, mais sans autre roi que leur famille, était le gage de leur réussite. Parler à l'un revenait à parler aux autres, la parole de chacun les engageant tous. Il en est toujours ainsi. On dit plus volontiers « les Rothschild » que « Rothschild », comme si la fibre dynastique avait dissous les individualités. À la moindre occasion, ils brandissaient l'une des exhortations favorites de leur père : « Si vous ne pouvez pas vous faire aimer, faites-vous craindre. » James sut rapidement se faire craindre à Paris et cette situation dura jusqu'à son dernier souffle. Je ne me souviens pas qu'en dehors de notre famille il fût sincèrement aimé pour lui-même et non pour ce qu'il représentait.

Ce n'est pas tant cette « solide amitié » qui leur fera problème au prochain siècle, le XXe, que notre inébranlable volonté, à James et à moi, héritée de nos parents qui la tinrent de leurs parents, de ne *jamais* renoncer à la foi de nos ancêtres. Non que nous fussions des orthodoxes à tous crins, plutôt des traditionalistes. De tout ce que j'ai apporté de Vienne à Paris, les deux objets les plus précieux étaient sans conteste la *mezuzah* que je fis poser sur le linteau de la porte d'entrée, et le chandelier à sept branches qui trôna sur la table familiale.

À dire vrai, tout en y étant attaché, James suivait les préceptes religieux avec une certaine distraction. « Pour le judaïsme, voyez ma femme ! » répondait-il lorsqu'on l'interrogeait sur sa pratique. Il savait que je ne me serais jamais affranchie de la subordination du Ciel bien qu'il n'y eût pas de plus grande liberté. Je respectais scrupuleusement le repos et les prières du shabbat, ainsi que ceux des grandes fêtes rythmant l'année juive, et je veillais à ce que nos enfants reçoivent *aussi* cette éducation-là. Je ne m'en arrangeais pas moins pour fondre la commémoration du salut des Juifs de l'Empire perse avec le Mardi gras, et la victoire des Maccabées sur les Syriens avec les étrennes de Noël. La rumeur m'a souvent créditée des plus somptueuses soirées de Paris mais jamais je n'étais aussi pleinement heureuse qu'en recevant les miens autour de la table le vendredi soir rue Laffitte, pour le nouvel an à Boulogne, pour fêter la traversée du désert avec des amis à la campagne, ou pour la célébration de la sortie d'Égypte à Ferrières. Le jour du Grand Pardon était le seul que nous passions séparés, chacun chez soi dans l'isolement propre à l'expiation des fautes. Cette ambiance était baignée de la lumière des ancêtres et cela n'a pas de prix sauf à être sans mémoire, ce qui est plus misérable encore que d'être sans Dieu.

La bar-mitsva de mon fils aîné se déroula rue Laffitte dans la plus stricte intimité. Ces petites fêtes ont une âme quand les grands dîners n'ont que de l'esprit. Pour autant, je fis très tôt certaines concessions à notre situation mondaine, ne voulant pas imposer une cuisine cachère à nos invités et moins encore à notre chef Antonin Carême, malgré les menaces de mon oncle Amschel, resté le plus juif des cinq frères par ses mœurs et le plus exposé à l'antijudaïsme pour n'avoir pas voulu quitter l'Allemagne, Amschel qui faisait de cette règle alimentaire une condition à sa présence à notre table.

En m'installant à Paris, j'avais renoncé à ma ville, à mon pays, à ma langue, à mes amis, à la proximité de mes parents. Tout était désormais derrière moi. Tout sauf mon judaïsme, à charge pour moi de le concilier avec les exigences du monde.

Les étrangers peuvent comprendre qu'au départ nous ayons eu pour règle de nous marier entre nous, entre Rothschild, surtout si ces étrangers sont de la banque ou de la finance et s'ils estiment, comme le dit le marquis de Breteuil, que la fortune édifiée par James atteint des proportions aux limites de l'invraisemblable. C'est la meilleure manière de conserver le capital dans la famille, à condition toutefois, comme nous l'avons toujours fait, de tenir les femmes éloignées des affaires. Non en raison d'une incompétence innée mais pour éviter qu'un étranger n'y mette son nez, s'il arrivait que leurs maris ne soient pas des Rothschild; même si elles épousaient leurs cousins, nos filles apportaient une dot et non des parts d'associés dans la maison de banque. Aussi longtemps que ce principe sera respecté, la dynastie a une chance de se perpétuer au-delà du siècle qui l'a vue naître.

Contrairement à ce que l'on pourrait supposer, nous avons soigneusement évité d'arranger les mariages de nos enfants. Subtilement, nous les avons élevés ensemble en formant des vœux pour que ce compagnonnage ininterrompu depuis l'enfance favorise le coup de foudre. Et puis quoi, lorsqu'un Rothschild épouse sa cousine ou sa nièce, au moins est-il sûr d'épouser un bon parti.

C'est bien ainsi qu'on l'entendit sur les places financières européennes, lorsque fut annoncé le mariage de Betty, fille de Salomon de la maison de Vienne, avec son oncle James de la maison de Paris. Je fus la première de la famille à épouser un parent aussi proche.

Née Betty von Rothschild, je n'eus qu'à devenir Betty de Rothschild. Ce choix de cœur et de raison m'épargna les affres d'avoir à quitter mon nom pour un nom plus illustre.

Évitons le mot d'« intermariage », bien trop laid. Cette endogamie suscita, je m'en souviens, une forte mais cruelle réflexion entendue un soir lors d'un bal, dans la bouche d'un prince sicilien, un Salina, je crois : « La fréquence des mariages entre cousins ne favorise pas la beauté de la race. En les regardant, je songe à des guenons prêtes à se suspendre aux lustres », dit-il en observant la volière des jeunes filles à marier, que d'autres alentour regardaient plutôt comme des effets de commerce qu'on émettrait un jour. La pratique est d'ailleurs très répandue dans nombre de grandes familles de différentes origines, si l'on en juge par la stratégie qui a présidé à leurs alliances matrimoniales. Elles ne faisaient pas moins des Rothschild les Juifs des Juifs puisqu'ils voulaient se marier entre eux au sein d'une religion où l'on se marie déjà entre semblables. Nous sommes à part, nous, les Rothschild, membres d'un peuple que son élection situe déjà à part. Mais il n'y a pas que cela.

Ma mère est née Caroline Stern, elle était la fille de Sarah Kulp. Mon père, le baron Salomon de Rothschild, était le fils de Gutle Schnapper. On est juif par la mère, c'est notre loi. J'ai connu le bonheur de voir les miens s'unir à des Juifs, sinon à des Rothschild.

Bien qu'elle entretînt à vingt ans d'excellentes relations de bal avec le duc de Montpensier, ma fille Charlotte épousa son cousin anglais Nathanael à Boulogne et ce fut le premier mariage Rothschild en terre française. Louise, la fille de ma tante Hannah, convola avec son cousin Mayer Carles de la branche italienne à Londres. Anthony, le fils d'Hannah, s'unit à Louisa Montefiore à Londres également. Mon fils Gustave fut le premier à faire son choix en dehors de la famille en épousant Cécile, une Anspach pleine de qualités, dont le grand défaut était de n'être pas une Rothschild.

Mais j'ai également connu le malheur de voir quelques-uns des miens nous quitter. Hannah Mayer, la fille d'Hannah, fut la première à oser violer notre loi en épousant le député Henry FitzRoy. C'était en 1839 à Londres mais je m'en souviens comme si c'était hier tant la tension fut grande. En dépit de son accablement, sa mère fit l'effort de se déplacer le jour du mariage mais elle demeura stoïquement au seuil de l'église. C'est peu dire que notre famille ressentit cette union comme une trahison. James, mon mari, était fou de rage. J'ai encore ses mots dans le creux de l'oreille : « Nous devons l'oublier, la faire disparaître de notre mémoire ! Je ne veux plus la voir tant que je vivrai, et aucun d'entre vous ne la verra ! » Il ne décoléra pas pendant les jours qui suivirent le mariage et son visage s'assombrissait chaque fois que quelqu'un avait l'indélicatesse de prononcer le prénom d'Hannah Mayer en sa présence. Il fallut que dix bonnes années s'écoulent avant que le couple fût reçu rue Laffitte, noyé parmi d'autres.

Jamais il ne pardonna à celle à qui il reprochait d'avoir, la première, montré qu'une autre voie existait. Son initiative, qui ne manquait pas de courage et d'audace d'un certain point de vue, fit jurisprudence, pour user d'une métaphore chère aux hommes de loi. Car il eût été illusoire de s'imaginer que c'étaient là des mœurs anglaises, propres à l'autre branche.

Depuis mon installation à Paris, j'avais souvent eu l'occasion d'être chagrinée par l'annonce de la conversion de tels fils ou fille de notable israélite. Faut-il préciser que dans la majorité des cas la foi n'entrait pas en ligne de compte ? Ces convertis-là croient savoir où ils vont quand ils ne savent déjà plus d'où ils viennent. Chimère ! Il y en aura toujours et partout pour le leur rappeler. La fièvre généalogique a ceci de particulier qu'elle affecte également les aristocrates et les israélites ; ce sont les deux seules catégories de la population à partager un sens aigu des origines, de l'héritage des valeurs et de leur transmission, de l'inscription de leur nom dans le temps et de ce que leur lignée a d'immémorial. Ils ont le même sentiment d'une chaîne ininterrompue scellée par une alliance supérieure à la loi des hommes, avec le roi pour les uns, avec le Tout-Puissant pour les autres. Les uns et les autres ne placent rien au-dessus de la famille. Mais quand tant d'autres maisons ont disparu, la nôtre est de celles qui tiennent toujours sur leurs fondations. Pourtant rien n'était écrit, il fallut que les frères et les cousins s'imposent pour qu'elle se maintînt ; le défaut d'intelligence fut fatal à la branche de Naples, qui s'éteignit au lendemain du départ des Bourbons. Carl, son fondateur, était un homme insignifiant ; son fils Adolphe, qui lui succéda, le dépassa en médiocrité, et ces deux personnalités sans éclat achevèrent l'histoire des Rothschild en Italie.

Les longues lignées aristocratiques et israélites ont ceci de commun que leurs patronymes les plus glorieux ont souvent une inouïe capacité de résistance aux morts et aux résurrections qui scandent leur vie.

Si j'y pense aujourd'hui, c'est parce que les échos me parviennent des conversations qui agitent la famille. Ma petite-fille Hélène a fait son choix : malgré la forte désapprobation de ses parents et l'opposition de la famille, elle est décidée à épouser Étienne, baron van Zuylen de Nyevelt. Elle sera la première Rothschild française à se marier en dehors de la foi de ses ancêtres. Impossible de lui faire admettre que chez nous il ne peut y avoir de relation avec le Tout-Puissant qui ne passe par la Loi. Quand une froide colère a succédé au chagrin, ma belle-fille Adèle s'est vêtue de noir et a annoncé qu'elle léguerait son hôtel de la rue Berryer à la France afin qu'on en fît un musée. Hélène apprit par la même occasion qu'elle était déshéritée en conformité avec nos testaments et ceux de nos enfants. La fille de mon fils a toutefois attendu la fin de l'année du deuil pour l'annoncer. Maigre consolation.

Jusqu'à présent, ce genre d'accident avait été épargné aux Rothschild français; seuls, croyait-on, nos cousins anglais pouvaient succomber à cette lâche facilité. Il est vrai que le temps avait passé depuis le jour où Lionel, élu à la Chambre des communes, avait refusé de prêter serment autrement que sur la Bible hébraïque, ce qui ne lui fut accordé qu'une dizaine d'années après; son fils Nathanael siégea également aux Communes et fut le premier Rothschild à entrer à la Chambre des lords. Mais du moins ni l'un ni l'autre n'avaient-ils abdiqué de leur être profond qui les distinguait; au contraire même puisqu'ils se firent les champions de l'émancipation des Juifs, ce qui n'était pas rien dans un royaume où il avait fallu attendre Cromwell pour qu'ils y fussent à nouveau admis trois siècles après en avoir été totalement bannis par Edward Ier, lequel avait rendu son pays entièrement et durablement *judenrein*. Ma petite-nièce Annie, fille de sir Anthony Rothschild et de Louisa Montefiore, fit un choix qui me laissa effondrée en épousant l'honorable Eliot Yorke, écuyer du duc d'Édimbourg, député du comté de Cambridge, fils de l'amiral Yorke, quatrième comte d'Hardwicke, mais un chrétien. D'autant que, comme je le pressentais alors, elle donnait le coup d'envoi. Peu après, sa sœur Constance épousa Cyril Flower, lord Battersea ; puis Hannah, fille de Mayer, convola avec Archie Primrose, cinquième comte de Rosebery et fils de la duchesse de Cleveland. Mais nous n'avions pas le monopole du chagrin : les Cleveland se révélèrent aussi affligés que nous par cette union et pour les mêmes raisons ; ils étaient également persuadés que lorsque deux personnes aux traditions si fortes et si puissamment ancrées mais si différentes se marient, un jour ou l'autre, l'une des deux doit nécessairement faire des sacrifices. Une étrange solidarité naquit entre les deux familles : nous nous retrouvions unis dans notre commune détermination à ne pas nous unir. Rothschild et Cleveland usèrent des mêmes arguments auprès de leurs enfants, ajoutant qu'en faisant ce choix les jeunes gens s'exposaient non seulement à être mal jugés par le monde mais à peiner profondément les leurs. En vain.

La branche italienne de la famille s'empressa de suivre cette jurisprudence anglaise. Marguerite crut bon d'unir son destin à Agénor, onzième duc de Gramont, et sa sœur Berthe à Alexandre, troisième prince de Wagram. Nous n'avons pas su les retenir, ni Carl, leur père, ni nous, ni pris la mesure des dangers encourus par qui veut faire son chemin dans la société. Je me sentais pourtant une responsabilité car j'avais donné l'impulsion de notre élan vers le grand monde et l'aristocratie. S'y fondre revenait à s'y perdre. J'avais prévenu qu'il fallait s'y adapter tout en conservant notre rang, notre quartier de noblesse immémoriale, celui que nous avaient transmis nos aïeux depuis des siècles et non l'autre, récemment octroyé pour services rendus par un prince à un Juif de cour. François Ier, dernier empereur du Saint-Empire romain germanique et premier empereur d'Autriche, avait anobli les cinq frères Rothschild en 1816 puis les avait faits barons héréditaires six ans après, titre dont quatre d'entre eux purent s'enorgueillir (seul Nathan, sujet anglais de Sa Majesté, ne pouvant y prétendre sans que cela ne le précipitât dans l'affliction).

Notre famille comptera donc désormais des apostats, car il ne fait guère de doute que ma chère petite-fille n'est que la première des converties. Peut-être lui a-t-il manqué d'affronter la colère de mon père le jour où il découvrit dans le nouveau livre de l'académicien Michaud, *Abrégé chronologique de l'histoire de France*, qu'il était, lui, le baron Salomon de Rothschild, un converti au catholicisme. C'était écrit, page 865, à la date du 17 décembre 1821, après l'annonce du renouvellement du ministère : « M. Salomon Rotschild [*sic*], israélite, l'un des plus riches banquiers de l'Europe, est baptisé à Vienne. Il a pour parrain le prince d'Esterhazy. » Suit une nouvelle qui clôture l'année : les recettes et dépenses du budget 1821... Converti ! Il n'était pas de pire insulte à ses yeux. Je me souviens qu'ayant essuyé la fureur de mon père ce Michaud présenta ses excuses pour cette invraisemblance. Mon père exigea et obtint la publication de leur échange de lettres dans la nouvelle édition. Puis il nous réunit, nous, ses enfants, et nous demanda de léguer un jour ce livre à nos propres enfants à charge pour eux de le transmettre un jour à leur descendance afin que nul n'en ignore : un Rothschild perdrait son honneur à se convertir.

Ils le savent mieux que quiconque, ces messieurs du Jockey qui font cercle devant moi, loin des dames en potins et des religieux en prières. Ils parlent d'argent, ce qui ne m'étonne guère, mais ils parlent du mien, ce qui me surprend un peu. Tout de même, ils pourraient attendre que soit passé le délai de décence. Mais après tout, j'ai probablement succombé moi-même à ce genre de travers pour le pur plaisir de parler. Les voilà qui soupèsent ma fortune supposée en financiers avisés :

« Les 600 millions qu'elle avait hérités de James ont grossi depuis...

— Et pour cause ! C'est le principal fonds de roulement de la maison de banque. Vous savez bien que chez eux, les associations ne sont faites que pour trois ans ; les Rothschild ne se donnent que 3 % de leur argent et laissent le reste s'agréger aux intérêts.

— Vous parlez des hommes, naturellement, car, comme vous le savez, les femmes n'ont pas voix au chapitre de la gestion et, si elles se convertissent, c'est simple, elles n'ont rien. »

C'est alors qu'intervient le marquis de Breteuil, le seul qui soit resté en marge de la conversation, l'air pensif, comme s'il mûrissait son intervention :

« Mais enfin, comment font-ils ? Chez nous, en moins de quatre générations, la fortune est engloutie ! On ne s'en sort que par un mariage d'argent de temps à autre, et eux... Une vraie féodalité financière !

— On ne voit pas comment cela pourrait s'arrêter un jour...

— Le jour où cette famille ne se composera plus que de filles et qu'elles n'épouseront plus que des chrétiens ! »

Alors la conversation roule sur l'inventaire effectué dans ma cave de Boulogne au lendemain de ma mort, et tous ces noms de millésimes privilégiés pour lesquels ils claquent déjà la langue, 1848 pour les Pichon-Longueville, 1858 pour les Romanée, sans oublier ce qui semble les impressionner le plus, quelque mille six cents bouteilles de Lafite 1870 et autant de Margaux 1869.

M. Auguste est là très tôt ce matin, avant même l'arrivée de la fleuriste. Je le vois s'avancer les mains gantées de blanc, ses fameux gants de cardinal en percaline qu'il enfile chaque fois qu'il doit me manipuler. Un inconnu l'accompagne, grand jeune homme à fines lunettes cerclées qui s'avère un expert en tableaux, probablement dépêché chez nous rue Laffitte dans la perspective d'une publication sur Ingres. On me déplace avec mille précautions, on me décroche puis on me pose délicatement debout. En fait, il veut juste vérifier les éventuelles inscriptions au dos du châssis, rien de plus.

Quelques notes griffonnées sur un grand cahier noir et il se retire, me laissant seule avec mon cher M. Auguste, mon gardien, ou plutôt mon ange gardien, un maître artisan spécialisé dans la restauration des tableaux de maître, dont la maison est établie depuis la Révolution du côté de la rue de Charonne; sa haute technicité et ses relations de confiance avec la famille l'ont promu déplaceur en chef, titre rare, dont il s'enorgueillit et qui rassure policiers et assureurs en cas de vol ou de sinistre. Dès qu'un Rothschild doit déplacer une toile de valeur, c'est à lui qu'il fait appel afin d'éviter toute mauvaise surprise lors du décrochage ou de l'accrochage. Il travaille depuis peu pour d'autres, mais d'abord pour nous puisque nous avons assuré sa notoriété. Nul ne le sait, bien entendu, mais nous entretenons, lui et moi, une liaison secrète. Quelque chose s'est noué là qui dépasse la raison pour s'inscrire dans le seul registre de la sensibilité et ce qu'elle a de plus intime.

M. Auguste est la seule personne qui me parle depuis que j'ai quitté ce monde pour l'autre. Il attend que la pièce soit déserte, fait mine de nettoyer le cadre puis il s'adresse à moi comme si j'allais lui répondre. Rien ne m'émeut davantage.

« Tous les mêmes. Ils veulent toujours vérifier de leurs propres yeux. Je leur ai pourtant dit une fois pour toutes ce qu'il y avait au dos, je l'ai soigneusement recopié à leur intention, mais non, ils veulent s'en assurer eux-mêmes ! Comme s'ils allaient découvrir quelque chose qu'un autre n'aurait pas vu ! Ah, les maniaques... »

Un valet de pied annonce deux autres visiteurs.

« M. Eugène Leroy, commissaire expert du Musée royal, venu tout exprès de Bruxelles, a rendez-vous avec M. Auguste...

« — C'est vrai, j'oubliais... »

Un grand maigre assez âgé fait son entrée accompagné d'un jeune qui pourrait être son secrétaire. Il doit procéder à une évaluation de ma propre collection, probablement dans le cadre de ma succession. Il ne perd pas de temps, s'y prend méthodiquement et scrupuleusement, se tournant parfois vers M. Auguste pour lui demander de déplacer une toile, parfois vers son secrétaire pour lui dicter. Il fait disposer plusieurs tableaux devant lui :

« Ce portrait du peintre qui s'est représenté en porte-drapeau, signé et daté Rembrandt 1656, accroché dans la salle de bal, a été acheté à Londres en 1840 à la galerie Simon Clarke après avoir appartenu au roi George IV, c'est probablement la pièce la plus chère, 250 000 francs... La moins chère est un Christophe Amberger, un portrait d'un personnage de distinction représenté à mi-corps, vêtu d'un justaucorps rouge, recouvert d'une houppelande fourrée, il tient un parchemin dans la main droite, 3 000 francs... Et entre ces deux extrêmes donc, vous consignerez l'infante Marguerite en pied de Vélasquez, deux autres Rembrandt, un portrait de vieille femme et un autre du fils de l'artiste, une attaque de cavalerie de Wouwerman, une dame de qualité de Holbein mais l'attribution est contestée, et puis Teniers, Terburg, Steen, une exquise marine de Van de Velde provenant d'une fameuse collection de

La Haye, des vierges de l'école de Bruges, tel est l'état de la collection personnelle de la baronne Betty de Rothschild dans ses appartements, estimation totale 3 036 000 francs, merci de votre aide, cher monsieur. »

Ils s'éloignent pour regagner leur Belgique tandis que M. Auguste remet les tableaux à leur place, rééquilibre des cadres légèrement penchés et se tourne vers moi :

« Bonne journée, madame la baronne. »

M. Auguste est âgé maintenant. Je sens déjà qu'il me manquera. Pour moi, il a toutes les délicatesses et toutes les prévenances. Je comprends maintenant seulement le sens de la visite de ce matin. L'expert m'a discrètement passée à la toise tandis que M. Auguste faisait diversion. Il ne veut rien m'en dire mais j'ai compris : un jour prochain, les déménageurs m'emmèneront chez mon fils aîné, comme il se doit. Une nouvelle vie commencera alors pour moi. La rue Laffitte ne sera plus qu'un souvenir, mais un souvenir vivant. Jamais je ne cesserai d'y penser. Il est indifférent de ne plus habiter une maison dès lors qu'elle vous habite.

La rue Laffitte est en moi et tout m'y ramènera désormais.

2

Rue Saint-Florentin

Jamais notre vie rue Laffitte ne m'a été plus intensément présente que depuis mon installation dans le grand salon de la rue Saint-Florentin. Il fallut ce déménagement, au lendemain de ma mort terrestre, à l'hiver 1886, pour que me fût donné le bonheur de goûter pleinement le passé grain par grain.

L'hôtel, situé à l'angle de la place de la Concorde, de la rue de Rivoli et de la rue Saint-Florentin, a été construit au XVIIIe pour un ministre de Louis XVI, le comte de Saint-Florentin justement. Talleyrand l'habita et c'est auprès de la duchesse de Dino, sa nièce et légataire, que James l'acquit. On parla d'une somme de 1 185 000 francs; il est vrai que peu de particuliers pouvaient jouir d'une vue de plain-pied sur cette place de légende. Nous n'y avons pas vécu, même après qu'il l'eut agrandi en achetant les maisons qui le jouxtaient. Dans son testament, il le léguait à ses trois fils, lesquels s'entendirent pour céder leurs parts à l'aîné,

Alphonse, qui s'y installa peu après son mariage avec Leonora en 1857.

Y aura-t-il un jour un historien pour relever que, lorsque nous étions rue Laffitte et notre fils rue Saint-Florentin, nous vivions chez Fouché et lui chez Talleyrand ?

Rien n'est indiscret comme une vie de tableau. Une telle existence est d'autant plus belle qu'elle est gratuite : tout ce qu'un tableau apprend ne peut servir qu'à sa propre édification dans l'absolu, étant entendu que jamais il ne pourra en faire usage. Or on sait que son désintéressement ajoute à la noblesse d'un geste.

J'ai tant appris depuis que je ne suis plus. Tant de mots, de traits, de bribes d'apartés glanés ici ou là. Jamais personne de notre société ne fut aussi renseigné que moi sur la vraie nature de ses personnages, même si les réceptions, dîners, bals et conversations qui se tinrent rue Saint-Florentin ne sont, étrangement, qu'un faible écho de ceux qui eurent la rue Laffitte pour théâtre.

L'affaire Dreyfus nous prit par surprise. On ne l'avait pas entendue arriver, rien ne l'annonçait vraiment. À Londres, l'élection de notre cousin Lionel de Rothschild à la Chambre des communes m'était apparue comme une brèche dans le mur de l'intolérance. Une petite brèche. C'était en 1847 et il avait été régulièrement réélu mais ne siégea pas avant une dizaine d'années. Jusqu'à ce qu'on ne l'oblige plus à prêter serment « sur la vraie foi d'un chrétien ». Lionel était le premier Juif à entrer au Parlement. Ses voisins auraient laissé brûler leur château plutôt que de lui demander de prêter ses pompes à incendie. Benjamin Disraeli avait beau ne plus appartenir au judaïsme depuis son adolescence, il n'en avait pas moins conservé son nom si éloquent. Cela n'alla pas sans mal malgré l'appui de la reine Victoria. Lady Palmerston, veuve de Premier ministre, se fit la porte-parole de sa classe en exprimant son dégoût à la perspective qu'un Juif devînt Premier ministre. Quand Asquith évoquait Edward Montagu sous le sobriquet de « l'Assyrien », il me rappelait ceux qui nous traitaient de « Levantins ». Comme si depuis la chute du second Temple et l'exil de Babylone, nous n'avions jamais échappé à cette dimension orientale.

Craignant que l'affaire Dreyfus ne dégénère, mon fils Alphonse chargea Neuburger, son bras droit, de détruire un important stock d'archives de la maison de Francfort que nous conservions à Paris, notamment les papiers relatifs à l'indemnité de guerre payée par la France en 1815. Mais de l'Affaire, il était peu question chez nous, moins qu'en dehors. Plus les antidreyfusards s'emploient à associer notre nom à celui de ce malheureux capitaine pour faire croire qu'il est notre parent, plus nous nous fermons.

À force de nous vouloir discrets sur le sujet, nous l'avions si bien intériorisé que nous n'en parlions plus. C'était là, l'homme était innocent, notre religion était faite depuis le début, inutile de jeter de l'huile sur le feu. Jusqu'au jour où il nous devint impossible de demeurer plus longtemps au Jockey tant les antidreyfusards y rendaient l'atmosphère irrespirable. Ils avaient même dénoncé leurs abonnements au *Figaro*, jugé trop favorable au « traître », c'est dire. Tant pis pour les agréments de la vie de cercle. On est du Jockey quand on naît du Jockey, avait-on coutume de dire. C'est fini désormais et pour longtemps. On ne songe pas sans amertume aux premiers jours de ce cercle aristocratique parmi les plus fermés, qui sut trouver deux Juifs sur la place pour financer sa création en 1835, Rothschild et Fould. Dix ans avant l'Affaire, la moitié des actifs du Jockey Club était constituée d'actions des Chemins de fer du Nord.

Ils sont deux à en parler devant moi lorsque le nom de leur ami Clermont-Tonnerre revient dans la conversation :

« N'est-ce pas son aïeul Stanislas qui avait dit un jour à la Constituante de tout donner aux Juifs comme citoyens mais rien comme nation ?

— Pardon ! comme individus…

— C'est pareil ! L'important est dans l'idée de leur retirer ce qui les rend spécifiques comme

groupe afin de mieux garantir leurs libertés indi-
viduelles !

— Les Juifs restent un mystère pour vous,
n'est-ce pas ? Vous ne comprenez pas qu'ils sont
comme tout le monde, seulement un peu plus. »

Certains croient nous faire plaisir en nous
disant qu'avec les quelques autres noms de la
haute société juive de Paris, les Camondo, les
Bischoffsheim, les Stern, les Goudchaux, les
Worms de Romilly, les Cahen d'Anvers, les Koe-
nigswarter et les Ephrussi, nous avons trois quarts
de siècle d'avance mondaine sur nos coreligionnaires, comme si c'était la question ; généralement, ce sont les mêmes qui nous excluent du lot
comme si notre réussite nous préservait à leurs
yeux d'une fatalité génétique. C'est probablement le cas de celui qui se manifeste à présent
devant moi, le secrétaire général du Louvre, cet
aigri d'Horace de Viel-Castel, dit « Fiel-Castel »,
on comprend pourquoi, dont le seul titre de gloire
est de dîner un soir sur deux chez la princesse
Mathilde :

« Depuis que je suis à même de voir les Juifs
de près, je comprends les édits de nos rois qui
les bannissaient. Plus que jamais nous sommes
aujourd'hui leur proie, l'argent de la France passe
entre leurs mains ! En vérité, les Juifs sont odieux
aux Français, et ils le seront toujours, parce qu'ils
sont invariablement usuriers et voleurs à quelque
haute position qu'ils soient parvenus… »

Encore faut-il préciser qu'il baisse le ton vers la fin et observe alentour, tout de même, cet homme que j'ai si souvent invité et qui a si souvent accepté mes invitations. Il relève de cette catégorie d'individus qui, lorsqu'ils ne gagnent pas d'argent, tournent cela en vertu. J'ai toujours su qu'il avait inventé le surnom de « Servum pecus » (servile bétail) donné à James dans certains cercles, mais je me suis bien gardée de le lui répéter. Au fond, si nous avions dû bannir les antisémites de nos maisons, dîners et bals auraient eu lieu en petit comité.

Nos arguments étant impuissants à les convaincre, foin des arguments ! Il est vain de leur expliquer qu'on peut prendre parti sans prendre à partie. Le mieux est encore de se vouloir avec eux, comme Victor Hugo avec Napoléon le petit, d'une clémence implacable. Même s'ils ne respectent rien, même pas la mort d'un enfant, puisqu'ils n'ont pas hésité à faire courir le bruit dans Paris que mon fils Salomon était mort d'émotion à la Bourse en apprenant la chute d'un cours alors qu'il avait succombé à une attaque. On a même raconté de moi qu'ayant renversé un vieillard au Bois je lui avais jeté une bourse pleine d'or mais que je n'avais pas daigné m'arrêter de crainte que son sang ne tachât mes coussins ! Disons que ce sont des gens qui détestent les Juifs plus que nécessaire et n'en parlons plus.

En 1871, lorsque la famille prêta 1 milliard à la

France, ils s'interrogeaient sur le taux d'un air narquois : « Une bonne affaire et non une action d'éclat. » Les frères Goncourt sont incapables de prononcer notre nom sans aussitôt lui accoler l'image du veau d'or ! C'est d'ailleurs le surnom dont on a affublé James, quoique ses détracteurs les plus obstinés aient jugé l'animal encore trop léger et trop joli. Je préfère me souvenir que, par dérision affectueuse, ses neveux l'appelaient « le grand baron », ou « le tout-puissant » ou encore « le très honoré baron ». James avait le cuir tanné ; il lui en aurait fallu bien davantage pour se dire affligé de sa fortune.

En France, davantage encore qu'en Allemagne, ce sont les femmes qui mènent la société. Elles sont les gardiennes de toutes les traditions, celles de la mondanité comme celles de la religion et de la famille, à condition toutefois qu'elles sachent conserver à leur rôle toute sa discrétion et sa mesure. Nous, les femmes, nous sommes porteuses d'un savoir aigu qui nous permet de traverser des degrés de conscience à jamais inaccessibles aux hommes. Mais il y a parfois un prix à payer, une certaine souffrance, qui n'est pas de l'ordre de la douleur.

Peu après mon arrivée à Paris, je compris qu'il me revenait d'assurer la prospérité morale d'une maison à laquelle mon mari ne pouvait apporter qu'une prospérité matérielle. Rothschild née

Rothschild, je possédais cet avantage sur toute jeune mariée dans notre monde d'avoir été très tôt parfaitement instruite de mes futurs devoirs d'épouse et de mère. Mais à vingt-cinq ans, ayant déjà mis au monde trois enfants, je ne comptais pas renoncer aux émotions.

Une maison est comme un tableau : elle doit aussi permettre à son acquéreur de s'inscrire dans la lignée de ses précédents propriétaires. Quand James s'est installé dans le quartier de la chaussée d'Antin, la rue Laffitte s'appelait encore rue d'Artois. C'était déjà l'adresse du banquier Jacques Laffitte et de la reine Hortense de Beauharnais ; plus tard ce serait celle de notre ami Jacques Offenbach, du journaliste Émile de Girardin et de Delphine Gay, ainsi que de l'aventurière Lola Montès et de quelques marchands d'art. James commença par acheter l'hôtel du 19 en 1817 pour une somme légèrement supérieure au million de francs à un confrère à qui Fouché, duc d'Otrante, réfugié à Prague, venait de le vendre. Quinze ans après, il acheta les terrains des 21, 23 et 25, devenant ainsi propriétaire d'un hôtel où vécurent le duc de Rovigo puis les Greffulhe, et d'un autre où habitait le banquier Perier. La réunion de cet ensemble, après moult destructions et réhabilitations, forma ce massif de maisons que la famille a toujours appelé « la rue Laffitte » et qui comprend aussi bien les lieux de vie que les lieux de travail, des passages menant des uns aux autres.

Il me fallut d'abord convaincre mon mari que pour être reçu il faut recevoir. Quatre dîners par semaine, d'une cinquantaine de couverts chacun, furent vite considérés comme la bonne cadence d'un train de cour. Habit noir, cravate blanche, gilet de piqué blanc pour eux, grand décolleté pour nous. Grâce à ses relations cercleuses de l'Union et du Jockey (celles, plus fermées encore, du Cercle agricole lui demeureraient inaccessibles), il pouvait parfois convier des aristocrates à sa table. Les hommes mais jamais leurs femmes. Dans le meilleur des cas, car la plupart du temps il se plaignait auprès de ses frères : « Je n'ai personne, excepté les *brokers*! » Perçu comme un étranger, ce que son fort accent n'arrangeait pas, il demeurait le banquier des anciens ennemis; après tout la fortune avait commencé lorsque la famille, Nathan en tête, avait su s'imposer comme intermédiaire pour le règlement des subsides anglais à l'Autriche en 1814, et pour l'indemnité de guerre due par la France à ses vainqueurs; ils eurent l'idée de payer les soldes de l'armée autrichienne à Colmar par des traites, anticipant sur les échéances des versements français sur l'indemnité.

À ses débuts à Paris, James jouait pourtant la discrétion autant que la prudence, s'employant à avoir « un doigt dans chaque business », pour reprendre ses mots mêmes, regardant à la dépense et évitant d'abuser des prérogatives de la particule et des privilèges attachés au banquier de cour. Ses confrères européens ne les estimaient guère, lui et ses frères, mais ils leur reconnaissaient un instinct exceptionnel appuyé sur une information très sûre.

On écorchait encore son nom. On lui donnait du « Roschill » sans y prendre garde. Il faut dire que ses manières indisposaient ; à l'issue d'un souper, il persistait à complimenter l'hôtesse sur la qualité des mets. Au début des années 1820, le jour où il me présenta au duc d'Orléans, à Neuilly, James alla droit vers lui lorsque le prince pénétra dans le salon :

« Monseigneur, connaissez-vous la baronne de Rothschild ?

— Non. »

Alors mon mari commit la maladresse insigne de se retourner vers moi :

« Madame, je vous présente monseigneur le duc d'Orléans. »

Je ne pouvais croire qu'il l'ait fait exprès ; ignorant des usages du monde, il ne se doutait pas que si un homme doit être d'abord présenté à une femme, les priorités s'inversent en présence des princes. Celui-ci eut la noblesse de n'en rien dire, contrairement au comte Potocki qui, ne supportant plus que James lui donne du Stanislas en public, lui demanda tout haut :

« Apprenez-moi donc votre *nom de baptême*, monsieur de Rothschild. Je voudrais savoir aussi comment vous appeler. »

Quelques mois suffirent à vaincre les premières résistances et amener une partie du faubourg Saint-Germain du côté de la rue Laffitte. J'avais envisagé cette conquête mondaine comme une campagne, mais je n'imaginais pas que la bienveillance, puis l'amitié tournée en affection, de la reine Marie-Amélie suffirait à désarmer les plus vives hostilités. L'esprit de famille, le sens des traditions et une certaine disposition pour la charité nous rapprochèrent d'instinct, d'autant que la cour me tenait à distance, ce qui n'était pas pour lui déplaire. La première fois qu'il fut question de me faire recevoir aux Tuileries, le ministre Villèle ayant commis la maladresse de s'en ouvrir à la duchesse d'Angoulême, celle-ci s'opposa vivement à ce que je fusse autorisée à m'asseoir devant elle lorsqu'elle tenait son cercle : « Vous n'y songez pas ! Le tabouret à une Juive... Oubliez-vous que le roi de France est le Roi Très-Chrétien ? » La famille d'Orléans se montra plus avertie. À l'une la grandeur, aux autres la distinction, dans le meilleur des cas. Mme de Genlis faisait remarquer que la véritable grandeur sait naturellement élever tout ce qui l'approche. La reine Marie-Amélie m'embrassa en public. À contrecœur, la cour suivit. Elle se surprit elle-même à ouvrir sa porte à des Israélites quand elle la fermait encore à de vieux cousins de province. À croire qu'elle était soudainement saisie d'un doute : et si une société sans mélange s'avérait être une société sans éclat ?

Dès lors, on n'écorcha plus notre nom. À l'oral comme à l'écrit. Ceux qui persisteraient à oublier un *h*, ou la particule comme le marquis de Castellane, le feraient exprès. Les mêmes ont le génie de transformer une habitude en principe, et ils s'en félicitent mais ils sont bien les seuls.

À un dîner de 1827, on comprit que le ton était autre désormais. Il y avait là lord Granville, Pozzo di Borgo, le duc de Mouchy capitaine des gardes, le comte de Noailles, le comte de Flahaut, le comte de Girardin premier veneur, la comtesse de Laborde, Mme Delessert, le baron de Fréville maître des requêtes, le baron Gérard, l'une de mes cousines venue de Vienne. Après dîner, Rossini se mit au piano et l'on me demanda de chanter. En prenant congé, le marquis de Castellane fit quelques pas dans la rue avec l'une des convives, s'ouvrant auprès d'elle d'une confidence dont j'eus l'exact compte-rendu dès le lendemain :

« Il est petit, laid, orgueilleux mais il donne des fêtes et des dîners. Les grands seigneurs s'en moquent et, ma foi, ils n'en sont pas moins charmés d'aller chez lui, où il réunit la meilleure compagnie de Paris. Quant à sa femme, elle chante bien, en tremblant beaucoup, mais son accent allemand sonne mal aux oreilles, vous ne trouvez pas ? »

Il ne m'en fallut pas davantage pour être affranchie sur ce monde : si vous n'êtes pas naturellement des leurs, c'est tout simplement que vous n'êtes pas né. D'un mot, on vous signifie que vous n'avez que de l'argent quand eux ont des biens. Je fus pourtant plus épanouie sous la monarchie de Juillet que sous le second Empire : il est plus agréable d'être l'une des rares cosmopolites dans un monde très français, que de l'être dans une société où le cosmopolitisme triomphant est devenu *fashionable*. Signe des temps, le décor changeait, la peinture d'histoire devant bientôt s'effacer progressivement devant la peinture de la petite histoire, Pâris et Hélène devant Mme Charpentier et ses enfants, et David devant Renoir.

Si je nourrissais encore quelques doutes, à commencer par ceux qui touchaient à l'image de notre couple dans le monde, ils ont été balayés depuis. Inouï ce que l'on peut percevoir lorsqu'on observe, à l'insu des autres, lord William Russell, par exemple, disant de nous : « *She handsome, he vulgar* », et le diplomate de Sa Majesté d'expliquer à son voisin, tout en enfumant la pièce de son cigare, que le raffinement de mes manières et la sophistication de ma culture contrastent étrangement avec la grossièreté de mon mari. Il est vrai que Michelet lui-même le jugeait frappant comme une ébauche de Rembrandt en raison de son « profil de singe intelligent ».

L'autre jour encore, sous mes yeux, lors d'un aparté, toujours au moment des cigares, un personnage très distingué, arbitre des élégances fort répandu dans la capitale, se défigura dans l'instant en ricanant : « Le baron James ? Un triste sire qui n'en était pas moins un circoncis. » J'en suis venue à penser que, pour qu'un homme inspire une telle imagination lexicale à ses plus fameux contemporains, c'est qu'il ne devait vraiment pas les laisser indifférents. Où qu'il fût, il occupait l'espace, il mobilisait l'attention, il captait les regards, il existait. Par sa puissance, par son pouvoir ou par sa disgrâce, mais il existait. Il suffit de le reconnaître sans trop en faire dans un sens ou dans l'autre car il y a deux manières de ne rien comprendre aux Rothschild : les maudire ou les célébrer.

Il est probable que nous n'avions pas deux idées en commun sur le gouvernement des hommes. Pourtant, avant de l'aimer comme époux, je l'ai aimé comme oncle. Nous avons toujours été très proches. Petite, je demandais régulièrement de ses nouvelles et nous entretenions une correspondance suivie.

Tout endurer plutôt qu'un mariage sans affection, les héroïnes de Jane Austen ne disent rien d'autre. James était sans aucun doute le plus vif et le plus ouvert des Rothschild de son temps. Même les plus critiques lui reconnaissaient une faculté d'adaptation hors du commun. Cela compensait les fautes de goût et les inélégances, qui allèrent toutefois en s'amenuisant. Ne dit-on pas qu'une femme affine l'homme dont elle partage la vie?

Il est vrai que dans l'ordinaire de la sienne il ne s'intéressait guère qu'aux affaires; l'acquisition et la décoration de nos propriétés relevaient à ses yeux de l'apparat nécessaire à la bonne marche d'une grande maison de banque; il ne lisait rien à l'exception des lettres de la famille, mais il les lisait et les relisait comme un livre dont il se serait raconté l'histoire. Du moins était-ce l'apparence qu'il se donnait. Tous les hommes de la famille n'étaient-ils pas façonnés ainsi, à charge pour les femmes de passer un pacte avec l'esprit, l'élégance et le goût?

Il avait le génie de savoir s'entourer d'hommes de qualité et des meilleurs. Il ne connaissait rien dans de nombreux domaines mais savait quel en était le plus éminent spécialiste; dès lors, la question du transfert des connaissances n'était plus qu'une question d'argent, quel que soit le domaine de compétence, des personnes aussi diverses que le poète Heine pour la conversation, l'avocat Crémieux pour ses procès, l'helléniste Letrone pour la numismatique, le docteur Dupuytren pour ses crises de foie ou Louis-Philippe

pour la direction de la France. Mais se fût-il ⎯
taché les services de toute une maison du noble
faubourg que cela n'eût pas suffi à le pénétrer
d'« esprit Mortemart ». Ses choix, reposant le
plus souvent sur son flair guidé par une expérience longtemps éprouvée, le trompaient rarement. Il avait eu tôt la sagesse de comprendre
qu'il ne suffit pas de payer le plus pour avoir le
mieux.

S'il était encore de ce monde, Antonin Carême
ne me démentirait pas.

James avait jeté son dévolu sur le roi de la pâte
feuilletée, inventeur du vol-au-vent et du mille-
feuille, après que Talleyrand l'eut découvert.
Carême ne passa que cinq années à notre service,
les cinq dernières de son existence, jusqu'à ce
que, trop mal en point pour poursuivre son sacer-
doce, il se fît remplacer par Étienne Magonty,
l'un de ses plus prometteurs élèves, comme il
avait suppléé lui-même un jour son maître Lagui-
pière. Très tôt, si notre table passa pour l'une des
meilleures de Paris, c'est à son génie qu'on le dut.
Il faut dire que dès son arrivée chez nous, en 1826
si ma mémoire est bonne, il réaménagea les cuisines, installa de nouveaux fourneaux et décréta
que l'on ferait systématiquement chauffer les assiettes.

On se le disputait, tant et si bien que, faute de
s'assurer ses services, on se rabattait sur ses assis-

tants. C'est ainsi que Plumerey devint chef des cuisines à l'ambassade de Russie, le tsar Nicolas Ier ayant ordonné au comte Pahlen que sa table fût rivale de la nôtre. Le choix s'avéra judicieux, l'élève ayant en réalité écrit les deux derniers tomes du *Traité élémentaire et pratique des entrées froides, des socles et de l'entremets du sucre* signé par son maître. Mais c'était Plumerey, et Carême était unique. Il avait vraiment élevé la cuisine au rang des beaux-arts ; encore fallait-il entendre « cuisine » au sens le plus large. Le contenu de l'assiette ne le préoccupait pas de manière exclusive. Il attachait une grande importance à l'orfèvrerie du service. Sa réputation de « Palladio des hauts fourneaux », comme on l'avait surnommé, n'était pas usurpée car il envisageait parfois le spectacle de la nourriture en architecte de la Renaissance. Lorsqu'il fallait honorer un général, il inventait des coupes d'entremets portées par un trophée militaire, le remplaçait par une lyre s'il s'agissait d'un artiste, ou de détails égyptiens pour un savant. Il allait jusqu'à faire exécuter des coupes selon ses propres plans chez Odiot, lequel n'avait plus qu'à suivre ses dessins.

Il surveillait tout et veillait au grain les grands soirs et les autres, les truites historiées à la magnonnaise blanche disposées en entrées pour les petites tables de bal, comme les diablotins de blanc-manger aux avelines qui passaient alors pour le plus moelleux des entremets. Il fallait voir le soin qu'il mettait à équilibrer les proportions des socles ! Petite cuisine fait grande maison, dit-on, mais je n'y crois pas. Carême était heureux chez nous, cela se sentait. Pourtant ses gages n'étaient pas très élevés : 375 francs à peine. Mais le Rothschild en James avait eu l'intelligence de compenser son traitement en lui offrant les moyens de son talent comme nul autre ne l'aurait fait alors à Paris : il avait dix personnes à son service et disposait d'un crédit illimité pour s'approvisionner auprès des fournisseurs les plus recherchés. Avant de partir, il eut la délicatesse d'inventer le saumon à la Rothschild, le filet de bœuf Rothschild, servi froid, en tranches, recouvert de foie gras, truffes et gelée, ainsi que le soufflé Rothschild, crème pâtissière et fruits confits macérés dans de l'eau de Dantzig. Il nous devait bien cela.

Il y avait du tyran en James en ce qu'il faisait régner une manière d'absolutisme chez lui et autour de lui, probablement parce que ses vies étaient gouvernées par quelques absolus. Qui oserait dire que cela ne lui a pas réussi ? Avoir une idée de ce qui doit être fait et s'y tenir, on sait de pires vices. Mais j'eus du mal à lui faire admettre la faiblesse d'une pensée qui ne s'exprime que sur le mode autoritaire. La véritable autorité appelle reconnaissance plutôt qu'obéissance, bien que ce type de raisonnement lui parût relever du sophisme. De toute façon, il avait toujours le premier et le dernier mot, fussent-ils prononcés de son terrible accent tudesque que tout le monde moquait dans son dos. Sauf quand il perdait de l'argent au jeu. Les grandes douleurs sont muettes.

Mes enfants prennent le thé à mes pieds. Je les observe attentivement et pour la première fois ce qu'ils ont en commun dans l'expression m'apparaît d'évidence, comme s'il m'avait fallu attendre de devenir invisible pour les voir enfin : une touche d'affabilité dans le bas du visage, un sourire empreint de gentillesse condescendante, le regard lourd comme s'ils en savaient toujours davantage qu'ils n'en disent, les yeux mi-clos comme s'ils ne voulaient pas vraiment voir, une certaine absence au monde, une grande distance par rapport à l'humain, une faculté d'écoute brève et réduite…

Cela deviendra peut-être à jamais la signature du masque des Rothschild.

S'ils savaient le bonheur que j'ai à les contempler ainsi, en dépit du silence imposé à mes émotions par mon état. Ils évoquent leur père et, par un biais qui m'échappe, la conversation glisse sur la délicatesse avec laquelle il avait pris soin de leur laisser à chacun une petite chose en disposition additionnelle à son testament. Une chose infime en regard de ce dont ils ont hérité, mais une chose qu'ils conservent précieusement auprès d'eux :

« Moi, c'est *Le passage du gué*, un dessin de Decamps que j'adorais quand j'étais petite et qui se trouvait dans le salon de son appartement particulier, se souvient Charlotte. Et aussi *La laitière* de Greuze, le premier tableau qu'il ait lui-même acheté. On l'aimait tous les deux...

— Pour les mêmes raisons, j'ai eu la pendule Louis-XIV en pierre dure qui se trouve dans le salon Louis-XVI de Ferrières, et puis toutes ses tabatières, ainsi qu'une garniture de cheminée en porcelaine de vieux sèvres, pour les mêmes raisons que toi, ajoute Gustave.

— Et moi, dit Edmond, les meubles de son appartement de la rue Laffitte ainsi que des gravures. Et à mon fils James des livres et des dessins originaux. Au fond, il a laissé à chacun ce que chacun avait aimé avec lui. S'incarner dans ces détails indéchiffrables par d'autres que nous est sa manière de rester avec nous. Surprenant de la part d'un tyran, comme ils disent, non ? »

Les instants où James a dicté son testament mystique sont encore parfaitement inscrits dans ma mémoire. C'était le 16 juin 1864, un jeudi, à une heure de l'après-midi.

Il nous avait réunis dans la salle à manger jouxtant son cabinet de travail, une pièce dont le notaire avait noté qu'elle était éclairée par deux fenêtres sur cour au premier étage de l'hôtel, de manière que nul autre que les personnes concernées pût y assister. James avait convoqué sept témoins autour de Me Corrard : le baron de Saint-Didier et le vicomte de Saint-Pierre, tous deux propriétaires, le docteur Adolphe Marx, un notaire honoraire, Me Charles Dupont, Léon Say, administrateur des Chemins de fer du Nord, le peintre Louis Lami de Mozan et Félix Mathias, ingénieur aux Chemins de fer du Nord. Tous mâles, majeurs et sujets de l'empereur. Je le revois leur présentant le papier clos, scellé en cinq endroits avec de la cire noire portant l'empreinte d'un cachet aux armes de la famille ; après quoi il confirma que, si ce document était écrit de la main d'un tiers, il était bien signé de lui. Me Corrard en fit une lecture.

Nous n'avions pas de communauté de biens : à notre mariage, James avait assuré les habits, l'anneau et la ceinture nuptiale tandis que mon père, son frère, me dotait d'une somme d'un million et demi de francs. James me léguait bien évidemment en pleine propriété tous les cadeaux et dons, soit en argent soit en valeur d'argent, qu'il m'avait offerts ou qu'il m'offrirait jusqu'à son dernier jour, ainsi que les rentes françaises ou étrangères déposées en mon nom, les quinze cent mille francs de ma dot, augmentés des 750 000 francs des avantages que je lui avais faits par notre contrat de mariage. Il avait prévu que je laisserais ces 2 250 000 francs à 4 % chez

Rothschild Frères afin qu'une rente annuelle de 350 000 francs me soit remise par mes fils. Au vrai, James avait tout prévu, à commencer par la perpétuation de notre mode de vie partie à la ville, partie à la campagne. Outre la rue Laffitte, usufruit excluant naturellement les bureaux de la banque, il me léguait nos châteaux de Boulogne et de Ferrières, ainsi que les chevaux, voitures et le mobilier. Mais le plus important était ailleurs, dans les interstices de ses dernières volontés et non dans les chiffres.

On reconnaissait à James, qui avait été le benjamin de dix enfants, un sens aigu de la fratrie. Il demandait à ses chers fils de s'aimer et de s'entraider, de se réunir à la veille de chaque événement important de leur vie et de leur carrière afin de s'éclairer par leurs lumières et leur attachement mutuels ; il les priait de toujours considérer leur beau-frère anglais Nathanael comme un frère ; l'union devait demeurer dans leur esprit comme un devoir et un gage de bonheur, mais surtout une union quasi mystique autour du nom des Rothschild. Il avait passé sa vie d'adulte à méditer les derniers mots que son père à l'agonie murmura à l'oreille de l'aîné : « Si vous les cinq frères, mes fils, restez solidaires, alors vous deviendrez les hommes les plus riches d'Allemagne. »

S'il est une valeur, une seule, qu'il voulut transmettre à ses héritiers, c'est bien celle-là, la solidarité au sein d'une famille envisagée comme un réseau. De la dispersion elle a fait son ciment : cinq frères dans cinq capitales associés dans des participations croisées et des décisions collectives. De l'humilité, une règle intangible. Quand bien même se sentirait-on différent, meilleur peut-être, voire supérieur, il faut rester solidaire des siens, les plus proches comme les plus lointains. Car, si on ne l'est pas naturellement, un ennemi invisible nous y contraint par le rappel de quelques vérités, ce qui est toujours désagréable et inconfortable.

Il voulait ériger Ferrières et ses dépendances en majorat afin d'en perpétuer la possession par voie d'aînesse de mâle en mâle afin que le chef de famille puisse toujours réunir les siens autour de lui, ce que la loi française ne permettait pas, du moins pas encore. C'est la seule raison pour laquelle Ferrières est allé à Alphonse, et non pour marquer une préférence. James redoutait par-dessus tout que les circonstances obligent un jour ses enfants à diviser le château de famille. Il faisait une fixation sur Ferrières, lieu géométrique de notre unité puisque nous nous y réunissions tous, et donc de notre force. L'abandon de Ferrières, s'il devait jamais advenir, sonnerait le glas d'une certaine idée des Rothschild, il en était convaincu et m'en avait persuadée. Il y avait mis tant de lui-même que l'endroit avait désormais valeur de symbole.

Mon mari connaissait bien ses enfants. On eût dit que chaque ligne de son testament s'adressait à tous et à chacun, comme s'il devait leur être lu tous les matins, même à sa fille et sa petite-fille, qui n'avaient pourtant aucun droit de s'immiscer dans les affaires en dépit de leur important héritage. Il n'était pas l'un des Pereire pour se piquer d'économie politique ou de philosophie morale ; quelques lignes simples mieux qu'un savant traité lui suffisaient à transmettre son art poétique de banquier, ce que le notaire comprit parfaitement en les lisant avec le ton adapté :

« Afin que le placement soit sûr et bien garanti, j'engage Edmond à se contenter d'intérêts moindres et à ne pas chercher les hauts intérêts. Je l'engage aussi à ne pas changer facilement ses valeurs. Car les fréquents échanges faits dans l'espérance d'obtenir des intérêts élevés et d'améliorer sa position amènent fréquemment la perte du capital. Il faut se méfier de ces promoteurs d'affaires qui font des promesses pompeuses de gros bénéfices. Presque toujours, ils n'ont en vue que de se procurer une position et de s'assurer des avantages particuliers. En général, il ne faut entrer que dans les affaires que l'on peut gérer et surveiller par soi-même ou au moins dans lesquelles on est certain d'avance que tout le monde les trouvera bonnes et voudra y prendre part... J'ai une seule prière à adresser à mes enfants, c'est de ne pas faire des affaires en dehors de la maison, soit sur fonds publics, soit sur marchandises ou autres valeurs; une maison ne peut être bien gérée, l'union ne peut être conservée, que quand tous les associés travaillent dans les mêmes intérêts et de la même manière. Je laisserai, je l'espère, à chacun de mes enfants une fortune assez indépendante pour qu'ils n'aient pas besoin de courir après des affaires dangereuses. Je leur recommande de ne pas donner leur nom à toutes les affaires qu'on leur présentera afin que le nom qu'ils portent soit toujours respecté comme il l'est dans le moment actuel. Je les engage à ne pas mettre toute leur fortune en papier et à conserver autant que possible des valeurs courantes qui puissent être réalisées à toute heure. »

S'il est un trait que le premier des Rothschild a réussi à rendre héréditaire jusqu'à en faire une fatalité génétique, c'est bien la prudence, manifestation permanente de sagesse en toutes choses mêlée de discrétion, ce qui jamais ne les préserva des exceptions, excès et dérapages. Chez lui, la prudence se manifesta jusque dans la célérité avec laquelle il fit repeindre au chlore notre hôtel de la rue Laffitte pendant l'épidémie de choléra de 1832. James en hérita et fit tout pour le transmettre à sa descendance. Jamais il n'avait imaginé que ses fils puissent ne pas s'installer de part et d'autre de son bureau rue Laffitte. Ils lui semblaient *naturellement* destinés à la banque, ainsi que leurs enfants, même si naître Rothschild les condamnait tous à voler de nos propres ailes. Mais cela ne l'empêchait pas d'envisager que la maison de banque puisse être un jour liquidée. Dans cette funeste perspective, il les priait par testament de demeurer toujours associés sous la raison sociale de Rothschild Frères.

James léguait également à titre de souvenir une bague de 50 000 francs à son ami Guibert et une autre de même valeur à son ami Fromont, tandis que son valet Félix Draye recevait une pension viagère et annuelle de la moitié de ses gages, mais ces legs et bien d'autres par codicille n'étaient que de peu d'importance, sauf pour leurs bénéfi- ciaires, en regard d'un paragraphe de l'article 15 de son testament, le plus important à nos yeux, celui dans lequel il donnait sa bénédiction à ses enfants tout en les mettant en garde :

« Je vous supplie de nouveau, mes chers en- fants, de ne vous écarter jamais des saines tradi- tions de nos pères. C'est un précieux héritage que je vous laisse et que vous transmettrez à vos en- fants. La volonté de Dieu donne à l'homme sa religion en même temps que la vie ; obéir à ce décret de la Providence est notre premier devoir : déserter son culte est un crime. Aimez donc et servez par de bonnes actions le Dieu de vos ancê- tres. »

Un crime. Le mot me hanta durablement. Je ne cessai de le méditer ; dans l'instant, il me parut trop violent. Je n'en usai pas dans mon propre testament mais notre volonté était bien commune : on n'engage pas sa vie en dehors des siens, sinon des Rothschild, du moins des Juifs. Passer outre ? Autant se renier.

In fine, James rappelait qu'il avait fait son testament conformément aux lois et coutumes de la ville de Francfort qui le régissaient, puisqu'il n'avait jamais voulu devenir français. Mais il prévenait ses proches que si l'un d'entre eux cherchait à en éluder l'une quelconque de ses dispositions, à l'attaquer ou à aller à son encontre, celui-ci serait aussitôt déshérité au profit des autres.

Quatre ans après, il ajouta un codicille léguant le domaine de Château-Lafite à ses trois fils indivisément, ainsi que celui des Carnades qu'il venait d'acheter pour eux dans cette intention.

Il était tout sauf dupe. Vers la fin, alors qu'il semblait courtiser la mort, il lançait : « Dès qu'on commence à crever, les gens deviennent si polis que ça vous achève. » D'ailleurs, ses derniers mots ne furent pas pour des hommes mais pour des chevaux, ceux de ses écuries de Paris et de Boulogne. Il se souciait de leur devenir à en être pathétique. Des instructions murmurées s'échappaient de ses lèvres, que l'on s'empressait de noter : « Cox ne peut se monter et ne s'attelle pas seul, Salvator est un très bon cheval mais assez cornard... Duke ? Il a le feu aux jambes de devant, Négro sera bon s'il est bien conduit, quant à Tigris, c'est un bon cheval grand train... »

Puis il s'éteignit.

Je passai mes deux années de veuvage dans le Bordelais, à Lafite, qu'Alexandre de Ségur avait fait accéder à une belle notoriété et que James emporta de haute lutte aux enchères contre un syndicat de négociants du cru pour plus de 4 millions; une somme, mais cela se passait treize ans après que le classement de 1855 l'eut fait figurer en premier des grands crus du Médoc. Le domaine paraissait relativement modeste à côté de Ferrières mais il me plut infiniment tant il était chargé de siècles, discret et chaleureux; c'était une propriété à taille humaine avec ses cent soixante-quatre hectares, dont quatre-vingt-dix pour la vigne. Lafite a une âme que n'eut jamais la rue Laffitte. Attribuons ce mystère au génie des lieux et n'en parlons plus. Peut-être était-ce dû à ces jéroboams que la poussière du temps semblait avoir gainés de fourrure; ils formaient une haie de part et d'autre d'un escalier de pierre.

Une réflexion d'Hölderlin m'a beaucoup marquée par sa puissante concision : « L'entretien que nous sommes », remarque-t-il, rappelant par là la part mystérieuse que les autres occupent dans nos réflexions les plus solitaires. Conversons donc sans nous emballer puisque nous nous révélons incapables de nous taire ! Le salon est de ces rares lieux où les inimitiés ne doivent pas se raidir.

Contrairement à ce que l'on croit, l'esprit y est plus rare que le trait d'esprit.

On dit que la fermeture de mon salon au lendemain de la mort de James a fait bien des malheureux. Il n'est pas mauvais d'entretenir une nostalgie car bien des habitués seraient peut-être déçus s'il rouvrait. L'époque a changé, elle a perdu en légèreté et nombre de personnages de ce théâtre d'ombres ont disparu. Les survivants sont là, devant moi cet après-midi, peuplant de leurs souvenirs le salon de ma belle-fille. Il n'a pas moins d'éclat, ses fidèles ne sont pas moins brillants, l'esprit qui rend aimable y circule avec autant de brio et la *sprezzatura* y fait de délicieux dégâts, mais c'est simplement autre chose. Peut-être devrait-elle se défendre de reproduire, fût-ce inconsciemment, ce que la rumeur attribue à ce monde d'avant qu'elle n'a pas connu. Les survivantes de cette société de causeurs ne disent rien d'autre aujourd'hui :

« Le salon de Betty, c'était...

— Le rendez-vous des gens d'esprit pendant un demi-siècle, rien de moins. On y sentait un bien-être élégant dans le goût des choses tempérées. Le nom attirait par sa puissance, le prénom retenait par son charme.

— Regardez son portrait par Ingres, là, derrière vous. Oui, retournez-vous, mesdames : grâce souveraine, distinction naturelle, tact supérieur, tout est là. Même si sa cousine Louisa, d'Angleterre, sa confidente, pourtant éblouie par sa conversation, trouvait tout cela un peu *too much*.

— Quand Mlle Arnould-Plessy se rendait rue Laffitte pour y dire des vers, c'était de bonne grâce et non par intérêt. Le lendemain, Betty lui faisait porter un éventail de sa collection augmenté d'un mot de gratitude, manière de ne pas l'embarrasser par l'octroi du billet de mille. C'était tout elle, ça. Voyez-vous, elle avait ceci de particulier qu'elle était aimée, oui, aimée, quand tant d'autres étaient admirées, respectées ou craintes.

— Il va finir par entrer dans la légende, ce salon ! s'échauffa la plus jeune d'entre elles, marrie d'être condamnée à ne jamais le connaître que par ouï-dire.

— Qui y a-t-on croisé ? Voyons... le prince de Talleyrand, le baron Louis, Ingres bien sûr et Halévy, ne pas oublier Dupuytren...

— Rossini...

— Un pilier, comment l'oublierais-je ! reprit-elle plus lentement, en articulant chaque nom afin de laisser le champ aux réminiscences. Et Meyerbeer aussi, Eugène Sue, les Moitessier souvent, Thiers, Cousin, George Sand, et puis Claude Bernard...

— Qui lui doit d'avoir pu se livrer à ses expériences sur le curare dans l'île de Puteaux...

— Prévost-Paradol, qui en fut le principal attrait à un certain moment. J'allais oublier Littré ! Quand on pense qu'elle l'a défendu sans le connaître contre les calomniateurs qui voulaient lui fermer les portes de l'Académie! Sans ses pressions sur Guizot, très prévenu contre lui, il n'aurait pas voté et fait voter ses amis pour Littré au second tour. C'est d'autant plus remarquable que, contrairement à ce que croient les hôtesses, tous les salons ne sont pas des marchepieds pour l'Institut, hélas...

— Et Delacroix qui nous racontait son Maroc...

— Mme Cornu n'avait-elle pas soutenu Delacroix contre Nieuwerkerke pour le poste de surintendant des musées? Chaque époque a les Maintenon qu'elle mérite. Mais je ne vois pas qu'un homme d'État ait vraiment dominé dans le salon de Betty, comme Molé chez la comtesse de Castellane ou Guizot chez la princesse de Lieven...

— Changarnier... », risque la plus caustique, un léger sourire à la commissure des lèvres, qui se reflète aussitôt sur celles des autres, sans appeler d'autres commentaires tant leur muette complicité se suffit à elle-même. Inouï ce qu'il faut déployer comme imagination pour dire la vérité. Ces femmes ne manquent pas d'inspiration, dommage que leur expression soit rarement au niveau de leurs idées.

« Mais après tout, est-ce vraiment indispensable? Voyez Récamier : chez elle, c'est Chateaubriand qui dominait...

— Évidemment, quand on a Dieu à domicile! fait la plus jeune du petit cercle.

— Pour celles qui ont eu le privilège d'y assister, reprend l'une des plus âgées, la joute entre Alexandre de Humboldt et l'abbé de Pradt est inoubliable. Imaginez deux brillants causeurs, aussi bavards l'un que l'autre une heure durant, l'un attendant que l'autre tousse pour s'immiscer dans le flot, jusqu'à ce que celui-ci se mouche, laissant ainsi son vis-à-vis s'engouffrer dans la brèche afin de récupérer la parole… Épastrouillant!

— Une trop grande concentration de grands hommes dans un tel espace nuit à la tenue d'un bureau d'esprit. Ils s'insupportent rapidement et s'excluent, ce qui les rend grossiers. Voyez M. de Balzac, plutôt rustre, assez mal dégrossi, dépourvu de tact et si bruyant!

— C'est vrai, on allait l'oublier, le cher Balzac… »

Pas moi, et pour cause. Le cher homme nous a toujours méprisés mais il mettait son habileté d'homme de cour à n'en laisser rien paraître. James en fut-il jamais dupe? Je n'en jurerais pas; son amitié pour lui était sincère même si elle n'était pas payée de retour. L'ingratitude devait participer de son génie de romancier lorsqu'on songe aux services que mon mari lui rendit à maintes reprises, et pas seulement en lui permettant d'utiliser les courriers particuliers si recherchés liant entre elles les banques Rothschild à travers l'Europe. Balzac le tenait pour un prêteur, et l'on imagine avec quelle grimace du visage et de l'esprit il devait prononcer le mot dans notre dos, non sans consacrer James comme « le roi des Juifs ». L'expression est de lui, même si on doit à Stendhal d'en avoir lancé une qui allait connaître une tout autre fortune, si je puis dire, « riche comme Rothschild » ; il avait eu assez de finesse pour s'inspirer de James lorsqu'il eut à inventer un père à Lucien Leuwen, homme de banque et de plaisir, entre mérite et mondanité, mais sans trop appuyer, lui.

Balzac, nous avons fait sa connaissance en août 1832 chez la duchesse de Castries, celle dont il fit sa duchesse de Langeais, à Aix-les-Bains, où il se trouvait en villégiature. Nous nous revîmes à la fin de la saison aussitôt rentrés à Paris. Notre amitié fut durable car je me souviens que dix ans après très exactement nous nous trouvions avec Las Marismas, Aguado, Varona et Castries naturellement au théâtre de l'Odéon pour le soutenir dans l'échec cuisant de *Quinola* ; il faut dire qu'il avait congédié non seulement la claque mais les critiques, dont il nous avait donné les places, ce qui n'était pas la meilleure manière d'obtenir des échos favorables. Disons aussi que la pièce n'était pas fameuse. Si j'avais voulu ne serait-ce qu'une seule fois renvoyer à Balzac le venin qu'il nous réservait parfois, il m'aurait suffi de faire savoir autour de moi que je n'étais pas allée voir sa pièce et que j'avais passé une très bonne soirée.

Je l'appréciais tout en étant parfaitement consciente de son intérêt à participer à nos dîners. Il s'ébrouait sans mal dans ce pêle-mêle social qu'on appelle « société » par excès de politesse et qui n'est jamais qu'un méli-mélo jusques et y compris là où règne l'esprit de caste. Mon jour l'indifférait. Il savait qu'il pouvait passer chez nous sans prévenir et que je m'y trouvais tous les jours à cinq heures. Mais qu'il vînt à taper James de 30 000 francs, car vu sa situation un prêt relevait du don, ou à implorer mon soutien pour la publication de *Mémoires de deux jeunes mariées*, son regard le trahissait déjà quand son verbe faisait encore illusion. À ses yeux, quoi que nous fissions, nous demeurions à jamais des parvenus, mot terrible dont Marivaux ne mesurait pas lorsqu'il le popularisa les ravages qu'il ferait dans les salons. C'est d'ailleurs comme tels qu'il nous a enrôlés dans le guignol de son œuvre, lui qui se disait le secrétaire de la société. On pouvait craindre le pire, avec lui comme avec tant d'autres écrivains pour qui le Juif est laid et sa femme belle. Le marquis de Castellane s'en faisait l'écho lorsqu'il se répandait : « Salomon est horriblement laid et James, quoique effroyable, est l'Adonis des Rothschild. »

Balzac a fait de moi et pour l'éternité, du moins littéraire, la dédicataire de *L'enfant maudit*, et de

James celui de *Un homme d'affaires*. Mais dans un cas comme dans l'autre, s'il n'a pas omis notre titre, il a perdu en route notre particule. Nous étions flattés de nous découvrir ainsi à l'honneur d'abord au sommaire de *La Revue des Deux Mondes*, puis en volume, même s'il eût fallu avoir l'esprit tordu pour nous associer aux thèmes de ses romans, une histoire de Roméo et Juliette en temps de guerre civile religieuse, une mère devenue une amoureuse, la légitimité d'une naissance, la jalousie… Peut-être l'esquisse d'un clin d'œil à travers le personnage de la douce et jeune Jeanne de Saint-Savin, qui fait un mariage de raison avec un vieux comte, mais c'était mal me connaître ; quant à l'homme d'affaires, espérons que James ne l'a pas pris pour lui, si tant est qu'il ait songé à regarder le récit, car le Cérizet en question est plutôt du genre véreux. D'ailleurs, nul ne songea à ces analogies hasardeuses, ce qui ne fut pas le cas lorsque parut *La maison Nucingen*. Forcément, l'action se déroulait à Paris dans ce milieu de la haute banque où celui qui n'est pas juif est protestant. Au moins, cette fois, on ne pouvait lui reprocher de dépeindre une société où il n'était pas reçu. Il faut dire que Balzac avait eu le mauvais goût de prêter à son personnage principal ce qui caractérisait James aux yeux de tous, outre la jovialité avec laquelle il accueillait toutes les nouvelles, bonnes ou mauvaises : son fort accent tudesque qui lui servait d'état civil.

Ernest Feydeau, son intermédiaire à la Bo[urse], lorsqu'il tenta de déstabiliser les Pereire en ac[he]-tant en quantité des actions du Crédit mobilier, le confirme dans ses *Mémoires d'un coulissier*; cela a accrédité l'idée que Rothschild et Nucingen ne faisaient qu'un. Au moins le même Feydeau reconnaît-il que James n'a jamais été un spéculateur à la Pereire, mais un marchand de capitaux. C'est plus qu'une nuance. Mais pour qui connaissait James, l'analogie avec Nucingen, banquier de papier, ne tenait pas car celui-ci était décrit comme un spécialiste de la liquidation. Or un homme correspondait bien mieux alors à ce portrait, que seuls les financiers connaissaient et pour cause : Fould. Celui-là liquidait avec méthode et esprit de système ; il avait des origines alsaciennes, cultivait le secret, s'était converti au protestantisme, jonglait avec les hommes de paille et les prête-noms, s'était proclamé châtelain du côté de Rocquencourt, et avait fait fortune en quelques coups de Bourse. Au fond, le grand banquier de *La comédie humaine*, c'était Fould en tout point, sauf qu'il était affublé du titre nobiliaire et de l'accent du baron de Rothschild.

James tapait dur, ne négligeait pas le moindre profit, mais ce n'est pas lui qui aurait étranglé la place. Il agissait en marchand de capitaux particulièrement rusé et non en solliciteur d'épargnes. C'était mal le connaître que de le peindre traitant l'humanité comme une clientèle. Il était du genre à tout pardonner aux cyniques, rien aux hypocrites. Sa conception des devoirs incombant à une haute idée de la famille le condamnait à conserver une certaine tenue aux affaires financières.

Des pamphlétaires et des publicistes ont beaucoup fait pour propager contre toute évidence le bruit selon lequel il était Nucingen. Il y en eut même, un certain Mirecourt je crois, pour répandre que James avait bombardé Balzac d'actions de l'emprunt 1845 afin d'obtenir des retouches à son portrait dans les rééditions du roman. En vain, cela va de soi. Mais le mal était fait. Le même prétendait que James avait également inspiré à Horace Vernet le Juif épouvanté se sauvant avec sa cassette dans son tableau *La smala*. Quant à Arkadi, le héros de *L'adolescent* de Dostoïevski, c'est plus clair : il clame lui-même qu'il veut être Rothschild ou rien afin, croit-il, de dominer le monde par l'argent.

Que n'a-t-on raconté sur son compte ? Toutes ces anecdotes ne venaient pas d'antisémites ; parfois des Juifs éminents se laissaient aller à railler son accent et ses manières. Il faut dire qu'à nos débuts à Paris la communauté l'occupait moins que le Grand Orient, dont le réseau était autrement plus efficace.

Aux yeux des « Portugais », ces patriciens sépharades, les plus cultivés, les plus raffinés et les plus suffisants, et à ceux des « Avignonnais », héritiers des Juifs français du XIVᵉ siècle, Rothschild relevait du troisième groupe, le dernier et le plus méprisé, celui des « Allemands », où se mêlaient Alsaciens, Lorrains, Messins et Allemands, autant d'usuriers à leurs yeux, s'exprimant en un patois incompréhensible et que, dans le meilleur des cas, leur fortune protégeait.

S'il est vrai qu'on ne prête qu'aux riches, James se devait d'être comblé de rumeurs. Toutes n'étaient pas infondées. Mais, à partir d'un détail vrai, les insinuations fusaient. Sa grossièreté, son absence d'éducation, son manque d'urbanité, toutes choses constitutives de sa cosmopolitesse, favorisaient ce galop. Il faisait sonner son argent. Mais lui ne se serait jamais permis dans une réception l'attitude du comte d'Orsay qui, fort de sa qualité d'arbitre des élégances, voulant aider quelqu'un à chercher un objet tombé à terre, pallia le manque d'éclairage en allumant un billet de banque.

Paris bruissait de ses bourdes que je subodorais à défaut d'avoir pu en être le témoin. Un soir, comme nous recevions des princes et que James commit la maladresse de s'adresser à l'un d'eux par son prénom, celui-ci se retourna vers son valet et lui dit : « Réponds, tu entends bien que le baron te parle ! » avant de se retirer, ce dont James ne s'offusquait jamais, persuadé que l'altesse reviendrait car, disait-il d'expérience, ils reviennent toujours.

Les invités de mon fils qui, ce soir devant moi, évoquent le souvenir de Balzac savent très bien, eux, à quoi s'en tenir.

« Imaginez-vous qu'un jour il a harcelé le Grand Baron sur un ton des plus pressants. Et savez-vous de quoi il s'agissait ? Une affaire de bureau de tabac qu'il sollicitait pour sa gouvernante ! Et, comme Betty lui assurait qu'elle ferait tout pour l'aider, il la jugea d'une "gracieuseté ravissante" ! À quoi cela tient...

— Mais comment le savez-vous ? interrogea l'épouse d'un financier qui s'était jusque-là tenue sur la réserve. Car enfin, on ne sache pas que M. de Balzac en ait fait publiquement état.

— Des lettres ! trancha l'un des personnages les plus péremptoires du petit cercle agglutiné autour de lui par les éclats de la conversation. Des lettres d'écrivains, on en trouve toutes les semaines dans les maisons de ventes. Ça ne coûte rien et c'est très amusant. J'en achète régulièrement, non pour les collectionner, j'ai déjà suffisamment de vices, mais pour les faire circuler parmi nos amis.

— Et qu'y lit-on d'autre dans l'ordre des amabilités ? demanda une petite voix avec l'air de ne pas y toucher.

— Au début des années 40 par exemple, il annonce à sa maîtresse qu'il a fait somptueusement relier les quatre volumes de *La comédie humaine* pour les offrir à la baronne James car, précise-t-il, "la lettre de crédit va peut-être devenir néces-saire". Et le bougre ajoute : "D'ailleurs, je ne veux rien devoir à ces augustes Juifs!"

— Balzac?

— Et qui croyez-vous? L'argent, l'argent, l'argent! Il ne voyait que cela en eux.

— Toute une vie d'investissements hasardeux à se faire courser par les créanciers pour finir riche en placements de père de famille! Le génie a de ces petitesses dès qu'il quitte son domaine. Au fond, le grand baron n'avait peut-être pas tort dans son cynisme. Il connaissait son monde.

— Tout de même, reprend une dame d'un ton dans l'à-propos qui ferait passer une incongruité pour la pièce centrale d'une argumentation, tout de même ce Balzac n'a-t-il pas un peu exagéré avec les excitants modernes? Ce parallèle qu'il établit entre la diffusion du chocolat et l'avilisse-ment de la nation espagnole, ne serait-ce pas, comment dire, douteux? »

Ces correspondances d'outre-tombe n'ont pas fini de me nuire mais n'est-ce pas notre destin à toutes? La lettre est une conversation secrète avec un absent que le temps et les collectionneurs finissent tôt ou tard par éventer. Du temps où nous fréquentions les Straus, la rumeur me prê-tait une liaison qui trouva un écho immédiat sous la plume de Balzac. Lorsque j'eus vent par un marchand de la rue Saint-André-des-Arts qu'elle circulait dans le milieu des autographes, je voulus faire racheter ladite lettre avec un lot d'autres billets de lui afin de l'y noyer mais un amateur, dont je ne sus jamais le nom, m'avait précédée. L'expert me fit tout de même l'amitié de m'en communiquer la teneur : « Mme James est accouchée d'un gros garçon dont la façon ne me paraît pas avoir coûté grand-chose à James, il faut toujours que ces Juifs gagnent à tout ce qu'ils font, même ce qu'ils ne font pas... » La lettre était datée du 2 septembre 1845, soit vingt-trois jours après la naissance de mon dernier fils, Edmond. Les femmes redoutent ces lettres, qu'elles prennent pour une lourde épée de Damoclès suspendue au-dessus de leur tête ; jusqu'à ce que, fatalistes ou pragmatiques, avec le temps, elles se débarrassent de cette terreur en la regardant comme un simple fleuret, et encore, moucheté.

Ce genre de rumeur s'oublie vite. Avec le temps, le bruit se fait murmure avant de mourir en écho. L'insinuation n'était pas dénuée de fondement ; pour m'en désencombrer, il me suffit de puiser un recours dans certains textes du Grand Siècle où l'amour est avant tout ce léger, délicat et perpétuel mensonge de lui-même. D'autant qu'une contre-rumeur étrangement symétrique ne tarda pas à naître selon laquelle le sang des Rothschild coulait dans les veines d'Émile, le fils des Straus, qui deviendrait l'un de nos avocats.

Ce qu'ils ne pardonnent pas à James, c'est d'avoir vaincu ses ennemis, et parmi eux les Pereire les tout premiers, en les moquant publiquement, en faisant rire la Bourse à leurs dépens ; il ne se contenta pas de les ruiner, encore lui fallut-il les humilier. Quand ils connurent des soucis, un membre de notre famille racheta leur hôtel de la plaine de Monceau. Les deux frères avaient commis une grave erreur en se mettant en tête d'attaquer mon mari via le Crédit mobilier en son fief même, celui du chemin de fer autrichien. La contre-attaque fut foudroyante car James avait cette liberté d'entreprendre que donne l'indépendance absolue. Si d'autres n'y pensaient pas, James ne l'oubliait jamais : la différence fondamentale entre un Rothschild et un Pereire, c'est que le premier demeurerait à jamais un banquier qui travaillait avec son argent tandis que l'autre était fondamentalement un banquier travaillant avec l'argent des particuliers. Un Rothschild ne rend de comptes à personne d'autre qu'à des Rothschild : la leçon de Mayer Ier était gravée à jamais dans l'esprit des enfants et petits-enfants.

Les Pereire n'avaient pas su s'y prendre. Non que les deux frères fussent sots, loin de là, mais un jour leur intelligence en affaires n'y suffit plus ; soudain, il apparut qu'ils n'avaient pas vraiment les moyens de leur orgueil, et ce n'était pas une question d'argent. Ils s'épuisèrent dans cette rivalité absurde avec James à la Bourse et partout où la puissance s'étalait. Tout à côté de Ferrières, où il leur fallait plus et mieux, et jusque dans le Bordelais, où ils acquirent Palmer après que Nathanael eut acheté Mouton, exception faite d'Arcachon, qui demeurait leur chose. Il fallait de l'imagination pour n'y voir qu'une querelle de l'Ancien et des Modernes. James les avait formés et ses caissiers d'autrefois se retournaient contre lui : la faute morale était impardonnable. Ils furent des adversaires de si longue date qu'eux et lui finirent par avoir des connivences conflictuelles ; on les eût dit liés par une solide inimitié.

Le soir de la pendaison de crémaillère de l'hôtel des Pereire au 35, faubourg Saint-Honoré, ceux-ci se flattaient de ce que la file des voitures déposant les invités s'étendît jusqu'au péristyle de la Madeleine ; pourtant, Isaac et Émile eussent été mieux inspirés d'exiger de leurs décorateurs et architectes d'alléger le poids d'or sur les moulures et les portes, ne fût-ce que pour ne pas abîmer leur réunion d'œuvres, des David Teniers et des Gerrit Dou, des Carpaccio et des Botticelli, des Boucher et des Fragonard, dialoguant chacun à leur place, mais on se demandait si quelqu'un dans cette maison avait seulement pris la peine de les regarder. Jamais les deux frères n'auraient imaginé qu'aux yeux du faubourg Saint-Germain ce n'était rien, car pour ces familles-là il n'y a de tableaux que ceux dont on a hérité. C'était typiquement une collection de banquier, comme une preuve de leur solvabilité étalée sur les murs à l'intention des visiteurs, le terme d'« invité » étant inapproprié pour désigner ceux qui n'étaient la plupart du temps chez eux que des clients en habits.

Lorsque j'ai appris le début de leur déconfiture, le jour où fut annoncée la démission d'Isaac de la Compagnie du Nord, j'ai surpris dans un thé en lâchant : « Un de moins! » Qu'espérait-on d'une Rothschild? Nous sommes solidaires dans les amitiés comme dans les inimitiés. L'étoile des Pereire n'aura pas brillé longtemps. Dix? Vingt? Trente ans? Qu'importe : un petit barreau sur l'échelle du temps. À peine née, cette famille n'existe déjà plus, même si les Pereire auront un jour un boulevard à Paris entre la porte Maillot et la porte de Champerret, si long que le cadastre devra distinguer entre Pereire-nord et Pereire-sud, alors que les Rothschild n'ont qu'une minuscule impasse dans le XVIIIᵉ arrondissement. Une impasse...

L'invention d'une dynastie est une longue patience.

James n'était peut-être pas un bon maître de maison, mais c'était un aussi remarquable chef de maison que chef de *sa* maison. Au sens où l'entendent les banquiers et comme l'entendent les aristocrates. Il recevait son monde dans une grande pièce située à l'entresol du 21, rue Laffitte; il la partageait avec ses fils, chacun à leur table de travail, et son ami le docteur Cabarrus, qui restait là chaque après-midi dans un coin pour le prévenir de ses excès. De combien de lourds secrets ce bureau ne fut-il pas le dépositaire? Les autres membres de la famille y étaient admis généralement lorsque de grands événements le commandaient. Ainsi au début du mois de décembre 1851, comme autrefois lors des journées tumultueuses de 1848, je ne bougeais pas de la fenêtre donnant sur une petite rue accédant au grand Opéra. On sentait que la rue Le Peletier préparait ses barricades qui seraient prises à la baïonnette, tandis qu'au loin des mousqueteries se feraient entendre.

James n'en conservait pas moins son sang-froid, insensible à mes vitupérations contre la démagogie du président. Dès cinq heures du matin, il trônait, faisait tout, écoutait tout et tous, lisait lettres et dépêches, y répondait aussitôt, l'intendance suivait, l'organisation étant parfaitement huilée par ses soins. Il tenait son monde, à commencer par ses fils, que leur compétence ne préservait pas d'une soumission absolue à ses décisions. Pères, cousins, frères et fils étaient seuls habilités à signer le courrier et les effets de banque; ils se relayaient pendant les périodes de vacances afin que l'un des leurs soit toujours au poste de vigie. Dans la famille, parents et enfants s'écrivaient couramment en français, en anglais et en allemand; mais chaque fois que les frères se faisaient des confidences, qu'elles fussent d'ordre privé ou professionnel, ils s'écrivaient en yiddish.

Seul un Rothschild doit pouvoir honorer la signature d'un Rothschild. Dans un tel système, jamais un fondé de pouvoir n'aurait pu jouir d'un mandat sans réserve.

De l'aube au soir, jusqu'à la fin de ses jours, il recevait dans un brouhaha assourdissant agents de change, commis, courtiers marrons, tous s'entretenant sur le ton de la confidence de ce qu'ils appelaient le « discrédit lyonnais », pour ne rien dire de la théorie d'amis en quête de bruits de Brongniart, lapidaires et marchands de tableaux lui répondant en plusieurs langues; il accueillait n'importe qui mais pas longtemps, accordant un peu de son temps avec la même désinvolture à un grand qu'à un petit, déployant autant d'énergie à gagner 5 millions qu'à ne pas perdre 50 francs. Seuls les abus manifestes freinaient sa générosité; alors il se refermait, quitte à passer pour l'avaricieux qu'il n'était pas. Dans ces moments-là, exaspéré, il envoyait le quémandeur « avenue de Friedland! », autrement dit à l'hôtel du comte Nicolas Potocki, attaché à l'ambassade d'Autriche-Hongrie, personnage à la prodigalité si légendaire que cette faiblesse lui avait valu le surnom de « Crédit polonais ».

À midi, il autorisait la procession des sollici-

teurs à le poursuivre dans la salle à manger, tous
debout tandis qu'il déjeunait assis en famille,
jetant un œil distrait aux cotes qu'ils lui tendaient,
quand il ne les envoyait pas paître. Sa faconde le
protégeait des fâcheux, son cynisme lui permettait de s'en défaire. De telles humiliations ne
pouvaient que contribuer à sa légende de grossièreté et de brutalité. Beaucoup le haïssaient parce
qu'ils s'en croyaient méprisés. Mais comment en
vouloir au bourreau quand la victime est mé-
diocre?

Il pouvait tout se permettre tant il était assuré
de son empire sur eux tous. Ses certitudes ne dé-
coulaient pas seulement de sa richesse, mais de sa
puissance et de son pouvoir. Il se sentait protégé
en toutes choses et sa qualité de grand étranger
l'y encourageait; ceux qui ne prirent que pour
une manifestation d'orgueil l'insistance avec laquelle il sollicita de Metternich d'être nommé
consul général d'Autriche déchantèrent rapidement lorsqu'ils constatèrent les avantages mondains qu'il savait tirer de cette situation : non pas
tant le port de l'habit en hautes circonstances,
épaulettes et épée, que l'admission en qualité de
diplomate dans les cercles les plus fermés. Un
étranger, c'était exactement ainsi qu'il était perçu,
contrairement au reste de la branche française;
on l'évoquait le plus souvent comme un citoyen
du monde trop à l'étroit dans une seule nationa-

lité, ce que l'opinion commune déduisait tant de sa puissance européenne que du cosmopolitisme naturel prêté aux Juifs. De là à en faire un traître...

Pour autant, un cercleux de la rue Royale ne se serait jamais aventuré à l'inviter à dîner dans la salle à manger réservée aux étrangers. Sous le second Empire, il s'autorisait à manger la salade avec les doigts comme si on était encore sous la monarchie de Juillet. La société en avait exclu pour moins que cela, mais pas lui. De toute façon, il n'était pas le genre d'homme à savoir manger la crème à la fourchette. Pour l'évincer, il eût fallu auparavant le déposséder, ce dont nul en France n'était capable. Lui qui avait assisté au sacre de Charles X, il paraissait indétrônable.

À sa manière, c'était un roi.

Tous ne sont pas des saints de vitrail. Ils connaissent la vie. Je les écoute et je me dis pourtant qu'une dimension essentielle de la condition de riche leur échappe encore : les devoirs qu'elle impose. Il nous faut en permanence la relever, c'est-à-dire dispenser notre générosité autour de nous en entretenant des obligés. Encore faut-il y mettre une précaution, si l'on ne veut pas aller au-devant de graves désillusions : ne pas oublier que les gens ne vous pardonnent jamais le bien que vous leur avez fait. C'est là une constante de la loi d'ingratitude. Quelle que soit votre délicatesse, ils croiront toujours lire dans votre regard le reflet de leurs anciennes misères. Ils vous créditeront d'office d'une mémoire de leurs noms, dates, chiffres, images, lieux et incidents longtemps après que celle-ci vous aura fait défaut. Peut-être se souviennent-ils inconsciemment qu'en vieil allemand *Gift* désigne à la fois le cadeau et le venin? Un bienfait ne reste jamais impuni.

Nul ne soupçonnerait le nombre de gens qui sollicitèrent James, ni leur qualité, et les plus grands ne furent pas les derniers à quémander au banquier le privilège d'être inclus dans ses petits papiers. Sans jamais avoir eu à mettre mon nez dans les livres de comptes de notre société de banque, il m'a suffi d'écouter, et parfois seulement d'entendre James évoquer leur nom associé à une démarche pour m'en souvenir.

Au fond, les petites gens furent les moins oublieux à son endroit. James avait été touché lorsque des habitants de Boulogne étaient venus lui remettre une pétition ornée de plusieurs dizaines de signatures, humble parchemin destiné à lui faire renoncer au projet que la rumeur lui prêtait : la mise en vente du château. Ils se souvenaient des bienfaits et avantages que notre présence avait fait pleuvoir sur leur ville. Non sans une certaine gaucherie, ils avaient rappelé que cinq cents hommes de la Garde nationale avaient pris leurs armes pour défendre le château contre les coups des vandales. Ces Boulonnais avaient tout simplement de la mémoire.

Les petites gens et les plus grands. Quelle ne fut pas la surprise de James lorsqu'il reçut de l'empereur une tapisserie des Gobelins que celui-ci tenait de sa mère, laquelle l'avait eue de Napoléon, accompagnée d'un mot expliquant qu'il n'avait plus de châteaux pour l'y placer, qu'il voulait la voir entre de bonnes mains et qu'au fond, c'était sa manière à lui de lui témoigner sa reconnaissance. Avant d'accéder au pouvoir, Louis-Napoléon comme les autres priait James de le compter parmi les souscripteurs du Chemin de fer du Nord en lui faisant la faveur de l'admettre sur sa liste.

Les autres, on ne leur en voudra pas d'oublier de se souvenir. C'est humain après tout et, lorsque je demandais à James dans ses derniers jours ce que représentaient pour lui les années 1850 et qui aurait quelque importance pour la France et son histoire, je me rendais bien compte que nous gardons rarement les mêmes traces des mêmes moments vécus ensemble. Pour lui, c'était l'installation d'un câble sous la Manche entre la France et l'Angleterre pour lequel il avait étudié un grand projet, la fondation du Crédit foncier suivie de celles du Crédit immobilier et du Crédit industriel et commercial; pour moi, c'était la création du Bon Marché puis celle des Grands Magasins du

Louvre et la nationalisation des biens des Orléans ; pour nous deux, ce fut l'éclairage au gaz des Grands Boulevards et l'installation du télégraphe électrique aux Tuileries.

Tout cela me revient alors que deux de mes fils, à l'heure du café, parlant des affaires courantes devant mon portrait, lâchent le nom de cet écrivain qui semble très lancé à Paris depuis peu, et des cinquante obligations de la Compagnie des chemins de fer de Santa Fé qu'il leur a demandées comme un service.

« À propos, tu as lu son roman ?

— Pas personnellement mais l'une de mes amies m'en a lu quelques pages tout à fait amusantes, une histoire de porte à tambour dans un restaurant parisien où le héros passe de la salle affectée aux Hébreux à celle réservée aux aristocrates, cela m'a paru très bien vu... »

Par une étrange alchimie, un travail souterrain de l'oubli et du souvenir dans les labyrinthes de la mémoire involontaire, le nom de ce Marcel Proust en a ressuscité pour moi dans l'instant beaucoup d'autres qui ne lui étaient pas liés, et pour cause, parmi ceux qui m'étaient fort bien connus, tel celui de Straus, mais c'est une autre histoire. Si j'en crois ce que l'on en dit, cet écrivain-là doit être de ceux qui savent montrer les larmes invisibles.

Quelques clapotements d'accords s'échappent d'un piano installé dans la pièce à côté. Rien n'est touchant comme des notes de musique lorsqu'elles s'évadent du lieu où elles se produisent pour s'insinuer alentour, serpenter dans les couloirs et filer par les fenêtres. L'une de mes petites-filles, est-ce Alice ou Bettina?, vient enfin à bout d'un morceau pourtant dépourvu de la moindre difficulté technique, une pièce que je reconnais sans peine, et pour cause : il me l'a dédiée, la *Valse* en *si* mineur de notre cher Chopin, l'une de ses deux valses dites mélancoliques autrefois si appréciées dans les pensionnats de jeunes filles.

Je l'avais pris sous ma coupe dès son arrivée à Paris au début des années 1830, quand Paris était le centre fiévreux de l'émigration polonaise. La mélancolie de l'exilé m'était familière, non que je me fusse sentie en exil à Paris, tout au contraire, je me suis sentie très vite chez moi en France; en fait, je conservais un mauvais souvenir de Vienne, où j'ai vécu jusqu'à mon mariage avec mes parents à l'hôtel des empereurs romains puisque la loi interdisait aux Juifs d'y acquérir des biens fonciers, et de cette société si hostile aux étrangers; les nôtres y vivaient sous le régime de l'exclusion globale et de l'exception individuelle; mais, bien qu'anobli, mon père n'avait toujours pas accès à la cour alors qu'il en était le banquier.

À son premier concert, les critiques, plus shakespeariens que jamais, avaient baptisé Chopin

« l'Ariel du piano ». Quand il n'illuminait pas mes soirées musicales, il nous donnait des cours particuliers, à ma fille Charlotte, à qui il dédia sa *Ballade* n° 4, à ma nièce Mathilde et à moi-même. Il m'arrivait de me rendre à sa demande chez lui, place Vendôme, pour l'écouter prodiguer son art ou pour souper après le concert avec les Potocki, en un temps où Paris s'interrogeait sur la nature exacte de sa relation avec la comtesse, mon amie Delphine. Il me sut gré de lui avoir fourni d'utiles protecteurs tels que le prince Czartoryski, la comtesse Apponyi, la princesse de Vaudémont ou la maréchale Lannes, d'autres s'étant chargés de l'amener au prince Valentin Radziwill et aux Komar. D'autant plus utiles que Chopin dépensait plus qu'il ne gagnait, et qu'il vivait mieux de ses leçons que de sa musique.

J'étais à son premier concert parisien, je fus au dernier, à Pleyel, seize ans après. Eu égard à la notoriété de nos liens, ma présence aux funérailles à la Madeleine s'imposait ; je m'y abandonnai sans réserve au *Lacrimosa* du *Requiem* en tâchant d'oublier qu'il n'était plus de la main de Mozart après la huitième mesure, avant de me recueillir une dernière fois devant son corps à l'instant du départ de la procession pour le Père-Lachaise, sachant que son cœur, lui, avait été envoyé à Varsovie. Il suffit de quelques notes pour ressusciter un monde disparu. Une âme nostalgique n'en demande pas davantage pour se convaincre que la musique aide aussi à être un peu mieux malheureux.

Apponyi, cela lui allait bien de railler les foules qui se pressaient à nos réceptions. N'est-ce pas lui qui lança la mode des thés dansants de trois cents personnes le dimanche à midi ? La cohue fut telle que les trois salons au premier étage ne furent plus assez vastes pour la contenir ; l'ancien hôtel de Monaco dit désormais hôtel Eckmühl puisqu'ils le louent au maréchal Davout, duc d'Auerstaedt, prince d'Eckmühl, n'est pourtant pas des plus modestes. Les réceptions de Thérèse, la comtesse Apponyi, à l'ambassade d'Autriche n'en étaient pas moins courues pour leur élégance et pour la présence de ses fils, secrétaires de cette chancellerie et danseurs recherchés.

Valse viennoise naturellement, mais aussi polka et menuet, rien ne convenait mieux à la diplomatie en douce de ces bavardages dominicaux. À ceci près que la dure réalité des relations entre États finit par s'immiscer dans la politique mondaine. Tout l'embarras est pour l'aboyeur chargé d'annoncer l'entrée des maréchaux et de leurs épouses : conformément aux ordres, il avale leurs titres. En effet, si les prérogatives de la noblesse d'Empire sont officiellement reconnues en France, ce n'est pas tout à fait le cas vu de Vienne : les titres de ducs et de princes liés à des victoires sont admis à condition qu'ils ne rappellent pas fâcheusement leur domination sur des terres autrichiennes ou italiennes; dans ce morceau de faubourg Saint-Germain compris entre la rue Saint-Dominique et la rue de Grenelle, nous étions en quelque sorte en Autriche et l'évocation de Reggio et de Dalmatie y était proscrite. Soult et Oudinot pouvaient bien tourner les talons, se plaindre aux Affaires étrangères et déclencher un scandale, l'ambassadeur demeurait inflexible en son territoire sur instruction de son gouvernement. Bien qu'elle dépassât la seule question du protocole, l'affaire mobilisa tout de même moins les esprits qu'une autre contrariété créée par ces bals Apponyi : comment la beauté des femmes, étudiée pour se fondre dans la vacillante pénombre des chandelles, allait-elle s'accommoder de l'implacable lumière du jour?

En 1824, au lendemain de notre voyage de noces en Suisse, lorsque je m'installai à Paris, j'eus la chance de le faire au cours de la saison d'été, quand la société est en villégiature. Cela m'accorda le temps nécessaire pour m'accoutumer, et me renseigner sur ce petit monde si plein de lui-même, si sincèrement convaincu d'être le sel de la terre dans un pays qui se veut le centre du meilleur monde; mais qui avait parcouru l'Europe savait que le grand goût à la française avait été emporté avec l'Ancien Régime.

Le nouveau monde parisien n'était au fond qu'une élite de l'argent qui se donnait pour élite de l'esprit. En y pénétrant, je n'eus pas à mourir à moi-même comme se croient tenus de le faire les plus jeunes en pareilles circonstances. Je fus très tôt affranchie sur la rapidité des médisances lorsqu'on me rapporta ce que lady Harriet, comtesse Granville, épouse de l'ambassadeur d'Angleterre, dit de moi après avoir assisté à l'un de nos premiers dîners : « C'était somptueux. Rothschild a épousé sa nièce, une jolie petite Juive née coiffée, ce qui se fait de mieux à Paris et, bien qu'elle soit à peine sortie de sa *nursery*, elle fait les honneurs de sa maison comme si elle n'avait jamais rien fait d'autre. »

Lady Harriet avait plus de rayonnement que de profondeur. Elle affichait avec beaucoup de grâce une sorte de simplicité mêlée d'orgueil. Ce genre de personnalité était assez répandu dans le monde. Elle avait parfaitement compris la leçon des moralistes du Grand Siècle, du moins leur technique, car elle avait le chic pour métamorphoser ses pensées personnelles en maximes par la simple substitution d'un « on » universel à son « je » nettement plus limité. Il fallait briller à condition que cela demeurât éphémère : celle ou celui qui publiait était soupçonné de vendre le peu d'esprit qui lui restait. Je ne mis pas longtemps à comprendre que dans cette société parisienne l'acuité des traits, saillies et reparties lancées à table, entrait dès le lendemain dans le livre invisible des anthologies de la réplique.

Cela me parut évident lors d'un de mes premiers dîners à l'ambassade d'Angleterre justement ; une marquise indisposée par l'état d'ébriété dans lequel se trouvait son voisin lui lança un « Monsieur, vous êtes ivre ! » qui se voulait cinglant, à quoi il répliqua aussitôt d'un ton placide et distinctement : « Et vous, madame, vous êtes laide, mais moi au moins demain je serai sobre. » Le mari suscita une profonde empathie car il apparaissait alors comme l'archétype de ces esthètes qui ont à cœur de s'entourer d'objets à leur échelle, leur femme dût-elle faire exception.

Peu après, une autre convive témoigna de ce que les classiques nous pénètrent à notre insu quand, critiquant la pièce de Shakespeare qu'elle avait vue la veille, elle soupira : « C'était bien mais il y avait trop de citations », ce que je ne sus comment prendre, les Anglais étant les maîtres pour dissimuler leur humour derrière un masque impassible. Pour un seul de ces beaux échanges que l'on se retient d'applaudir, que de grandiloquence subie comme la grandeur de ceux qui n'en ont pas les moyens ! Il n'y a que Balzac pour croire que les gens du monde sont plus spirituels que les gens d'esprit au seul motif qu'eux au moins n'écrivent pas.

Le destin d'une soirée n'était jamais gravé à l'avance. L'ennui pouvait le disputer à l'agrément sans que l'on sût pourquoi, quelle que fût la qualité des invités, y compris ceux de la dernière heure car James ayant loué l'entresol de la rue Saint-Florentin à la princesse de Lieven, il arrivait que ceux-ci aillent de l'un à l'autre. On pouvait passer un moment exquis à l'Opéra sans être sûr de trouver quiconque avec qui partager au souper son enthousiasme pour *Le prophète* de Meyerbeer, et son émotion à la grande scène de la procession vers la cathédrale.

Un snobisme de caste suraigu ne tarda pas à m'intriguer. Il se manifestait par une certaine affectation de grossièreté perdue dans un océan d'éducation. De temps à autre, un mot ou une expression déplacés étaient lâchés dans la conversation, pratiquée comme un art du faux relâchement, au nom de l'impertinence aristocratique, mélange d'insolence et de désinvolture, manière de rappeler que ces personnes de catégorie se situaient au-dessus du commun, qu'elles pouvaient se permettre ces manquements à la politesse, qu'elles s'y autorisaient ponctuellement car tel était leur bon plaisir, à mille lieues des convenances bourgeoises et que, somme toute, c'était faire bien de l'honneur à l'opinion publique que de la braver.

Il en est qui sont capables de vous dire que, la lettre que vous leur avez adressée leur ayant déplu, ils vous seraient donc reconnaissants de leur en écrire une autre. Ils peuvent laisser l'intrus pénétrer dans leur cercle, mais à la moindre familiarité ils lui rappellent sèchement que tout homme n'est pas nécessairement leur compatriote. Le contrôle des apparences ne doit pas se confondre avec le plaisir aristocratique de déplaire. Être bien né ne dispense pas d'être mal élevé. Ce qui les sauve, alors ? Leur esprit probablement, alliage de sens de la repartie, d'élevage de bons mots en serre, d'indifférence au qu'en-dira-t-on et d'inébranlable confiance en son propre rang.

J'en suis convaincue depuis ce grand dîner chez l'une de nos amies. Les noms importent peu, tous étaient bien souchés, seul le souvenir des regards échangés demeure, et ceux-ci étaient appuyés lorsque l'un des commensaux péta alors que l'on servait le dessert. Un pet puissant, long, sonore et envahissant dont l'origine ne faisait aucun doute si l'on se fiait à la direction des vents. Certains dardèrent un œil mauvais en sa direction, d'autres un œil sidéré quand la plupart piquaient du nez dans leur assiette pour y dissimuler un œil amusé. Alors le coupable, personnage qui ne cédait pas facilement à la haine de soi et ne laissait guère aux autres le soin de rendre hommage à son génie, se retourna avec un aplomb implacable vers la personne assise à sa gauche et lui dit assez distinctement : « Ne vous inquiétez pas, madame, je dirai que c'est moi... » La maîtresse de maison ne put que faire diversion par un éclat de rire et passer à autre chose. Que répondre à ce genre d'homme qui envie ceux qu'il honore de son amitié?

Dans les années 1840, un bal rue Laffitte réunissait aisément un millier d'invités. À deux cents, c'était déjà l'intimité. À moins, on entrait dans le registre de la sobriété. Il arriva souvent qu'ils fussent costumés; on ne se prive pas de la curiosité de voir le prince de Joinville en Grand Turc. Leurs mœurs se voulaient royales mais il était piquant de constater que nombre de grandes dames se croyaient tenues de se déguiser en personnages de l'Ancien Testament, toques moabites et turbans Rébecca, parce qu'elles se trouvaient chez nous, des Hébreux à leurs yeux, alors que nous étions ces soirs-là à mille lieues de ce genre de référence. De quelque extraction qu'ils soient, les gens s'imaginent souvent que les Juifs se livrent à d'étranges rituels. L'idée que les autres se font de nous réserve toujours des surprises, à commencer par la chimère de la princesse au type levantin, mangeuse d'hommes et femme fatale. Quand cesseront-ils de nous imaginer en autant de Lilith au vagin denté? Nous sommes comme les autres, seulement un peu plus. Toutes les femmes rivalisaient d'émeraudes et de diamants, mais les lendemains de bal, si les commentaires étaient flatteurs, les gazetiers ne retenaient cet étalage de richesse que sur les Rothschild, jamais sur les Orléans.

Un honneur dont nous nous serions bien passés. Encore faut-il s'entendre sur le mot. On dit que, pour distinguer les frères Rothschild entre eux, il suffit de les placer sur l'échelle de la vanité et de l'orgueil : il y a ceux qui sont très sensibles aux honneurs (Salomon, mon père), sensibles (Carl, de la maison de Naples), peu sensibles (Amschel, de Francfort), insensibles (Nathan, l'Anglais), James étant hors concours tant il court après.

Un bal selon mon goût doit offrir un mélange inédit de luxe, de fraîcheur et d'élégance. Les femmes font un effort pour que leurs atours coïncident avec le génie des lieux, mais il est rare qu'aucune disgrâce physique ne serve d'antichambre aux grâces intérieures. On ne voit pas le travail et l'échafaudage demeure invisible. La vue des bijoux fait oublier l'écrin, et celle de l'écrin, les bijoux. Une soirée d'apparat autorise un certain étalage, les toilettes n'étant pas tenues de respecter l'ascèse dans le luxe.

Une fête pour les jeunes gens, un devoir mondain pour les adultes, un bal peut devenir une ascèse endurée jusqu'à l'aube car on offenserait les hôtes à s'en aller trop tôt. Une double ascèse même puisqu'il faut en permanence plaire et représenter en même temps dans une même attitude.

Les robes les plus décolletées étaient garnies de berthes, de nœuds et de fleurs, les tailles longues et busquées devant et derrière, les jupes bouffantes et étagées. Quelques femmes semblaient vraiment parées de toutes les grâces quand bien d'autres n'étaient belles que vues de dot. Les invités visitaient la maison en caravanes, ceux qui en revenaient vantant l'agrément du voyage à ceux qui s'y rendaient. Les murs résonnaient encore des valses de l'orchestre conduit par Johann Strauss et des soupirs de notre chère voisine Delphine de Girardin : « Ces pauvres riches sont si mal vus sous le règne des envieux. »

Dans un coin, des entichés de généalogie dressaient l'inventaire des illustrations et des anciennetés présentes avec plus de certitude que l'archiviste Borel d'Hauterive n'en mettait à surveiller la dernière édition de son *Annuaire de la noblesse.* De l'autre côté, de brillants causeurs, reconstituant par leur seule réunion une sorte de petit salon, témoignaient de ce que l'on peut avoir de l'esprit à défaut d'avoir du caractère. Ils s'affrontaient autour de l'origine du mot « snob », justement : s'ils s'accordaient à la situer du côté de Cambridge, les uns assuraient que le mot désignait autrefois le « cordonnier » dans l'argot universitaire, autrement dit celui qui n'était pas des leurs, tandis que les autres se disaient convaincus que les professeurs précisaient « s. nob. », pour *sine nobilitate* à côté du nom des élèves roturiers.

Il y en avait toujours un pour faire bande à part et promener un ennui distingué d'un salon à l'autre, remarquable par son splendide isolement, l'air de dire : heureusement que j'étais là, sinon je me serais terriblement ennuyé. Et il y en avait toujours une plus sotte que l'autre, que l'on pouvait promener pendant une heure au moins en l'entretenant de la révocation de lady de Nantes, une bien agréable personne en vérité. Du côté des tables de jeux, les carcels reflétaient le portrait ou le chiffre des tabatières or ou émail des joueurs aux visages couleur de braise.

Plus loin, des familles parfaitement alliancées faisaient tapisserie en attendant l'ouverture des danses et contredanses. Les douairières y présentaient leur petite-fille à marier à leurs vieux amis revenus tout exprès la veille de leur château, note touchante de sincérité dans la société du « vient de paraître ». En certaines tout reflétait le faste ébréché des noblesses décadentes ; leur situation matérielle n'était plus en harmonie avec la grandeur de leur nom : inutile de dîner chez elles pour deviner que si la nappe était délicate elle n'en était pas moins reprisée. Au moins, contrairement à ce que fera un Boni de Castellane avec les Gould, ils ne s'abaissaient pas à vendre leur titre et leur nom pour faire fumer leurs terres. Les regroupements par affinités surprenaient les plus naïfs : la princesse Mathilde avait beau être la maîtresse d'un partisan du comte de Chambord, elle se réjouissait de l'Empire, on n'échappe pas à la vérité de son sang ; mais à la moindre occasion elle laissait éclater sa colère contre Haussmann, qu'elle traitait de canaille pour lui avoir volé mille deux cents mètres de sa rue afin d'en faire un boulevard ; chaque fois que je me rendais à une séance d'ouverture à l'Académie, où Viel-Castel s'arrangeait toujours pour me faire placer près de sa grande amie, elle vitupérait le grand chambardeur de Paris. Des robes à traîne en velours brodé d'argent rivalisaient avec des robes en tulle blanc recouvert de grosses roses à longue tige. Toute une société saisie par le démon du baisemain et des inclinations serpentées.

Un peintre se serait cru dans le motif. Nul n'eût été mieux placé pour dresser des analogies entre les visages des invités et de fameux portraits de musées. Tant de splendeurs éteintes n'attendaient qu'une signature. Un bal réussi était un tableau vivant. Je n'y repense jamais sans émotion car je sais que ces moments n'existeront plus, ce monde-là ayant été emporté. Notre mémoire est pleine de petites Atlantides englouties, libre à nous de les ressusciter dans les larmes ou la douce évocation des bonheurs à jamais enfuis.

C'était un temps où la jeune marquise de Contades pouvait figurer dans un quadrille en ayant pour vis-à-vis un petit monsieur d'un âge certain, tout à ses entrechats, qui avait été dans sa jeunesse page de Marie-Antoinette. On eût dit que toutes ces personnes n'étaient là que pour éprouver le rare bonheur d'évoluer au sein d'une foule sans crainte d'être coudoyées de tous. Un tel décor dans une telle atmosphère rendait caduques certaines professions de foi. L'un de ces personnages s'y serait déclaré amateur de poésie, on l'aurait aussitôt imaginé rongé par les vers.

Seul un Chateaubriand, d'un trait de génie, avait pu noter qu'après le temps des supériorités puis celui des privilèges cette aristocratie était entrée dans l'âge des vanités et qu'elle s'y tiendrait jusqu'à l'extinction de la race.

Parfois, les soirées les plus réussies sont les plus imprévues. Dans les années 1830, notre monde attendant la délivrance de la duchesse de Berry, nous suspendîmes les bals, mais pas les concerts ni les raouts. Or James s'étant laissé aller à confier que ce 16 décembre on danserait tout de même puisqu'il convoquerait les musiciens de l'orchestre rue Laffitte, l'ambassadeur Apponyi suggéra donc à ses amis danseurs de se retrouver chez nous après les Italiens. Quelle ne fut pas leur surprise lorsqu'ils s'aperçurent en entrant que les tapis n'avaient pas été retirés ! Je m'étais opposée à l'initiative de mon mari et il n'avait pas eu le front de me désavouer. Or la rumeur avait si vite et si bien serpenté dans Paris que la plupart des invitées étaient en robe de bal. Un véritable débat s'instaura. Personne n'osant alors faire danser, j'étais convaincue que si nous étions les premiers

nous aurions l'opinion contre nous dès le lendemain. Les cavaliers finirent par se ranger à mon
parti, mais ils n'en étaient pas moins désap-
pointés. Pourtant, de l'avis de tous, rarement
soirée fut aussi gaie chez nous.

On venait aussi chez nous pour s'y regarder
passer. Il arriva que le dernier joueur quittât la
table à quatre heures du matin et le dernier dan-
seur à huit heures.

Parfois, une seule présence justifiait la soirée
car elle fanait celles qui l'avaient précédée et dé-
faisait toutes les autres. Ce pouvait être la comtesse de Castiglione, œuvre d'art faite femme, ce
miracle de beauté qui ne se refusait rien, même
pas de faire son entrée telle Vénus descendant de
l'Olympe, ses cheveux tournés en tresses pour
tout diadème, aux alentours de minuit, à un
grand bal aux Tuileries ; pourtant le corps diplo-
matique attendait depuis neuf heures afin d'être
au complet pour accueillir l'empereur à neuf
heures trente. Sa qualité de maîtresse de Napoléon III lui autorisait ce scandale murmuré, mais
plus encore son éclat exceptionnel qui coupait le
souffle de tout invité de bonne foi, quand il ne
suscitait pas des applaudissements si délicats
qu'on les eût dit ombrés. Son apparition ruinait
en un instant le système de ces femmes qui se
disent consternées lorsqu'elles se regardent et
rassurées lorsqu'elles se comparent. On l'enviait
d'être à l'aise dans son enveloppe. Elle jouissait

du rare privilège d'exercer son insolence devant un public vaste et choisi. Mais tout en elle était si étudié, calculé et assuré qu'il lui manquerait toujours l'essentiel, le charme né d'une alliance secrète avec le naturel. La comtesse de Castiglione portait certainement un demi-corset sous son peignoir. La vérité d'une femme se révèle au lever.

À la fin des années 1830, nous donnâmes un bal afin de fêter avec nos amis le nouveau visage de l'hôtel d'Otrante, notre maison de la rue Laffitte. James avait souhaité en faire remodeler l'intérieur, quoique les décorateurs l'eussent prévenu que son choix convenait mieux à un château en campagne qu'à un hôtel parisien, mais soit. L'hôtel, qui abritait déjà notre maison dans le corps central et les bureaux de part et d'autre ainsi qu'en facade, se fit palais. Il fut fait selon sa volonté, mélange de gothique et de Renaissance dans la salle de bal prévue pour accueillir jusqu'à trois mille personnes, néopompéien pour la salle de billard, Moyen Âge de fantaisie avec un soupçon d'étrusque pour le reste dans les détails, mais le tout était bluffant. C'était beau mais c'était neuf, au mépris du goût anglais de la patine, mais comment aurait-il pu en être autrement?

Mille cinq cents invitations avaient été lancées dans Paris, portées à domicile par des jockeys et presque toutes honorées. Un millier d'équipages paralysa le quartier pour se faire déposer, ce qui provoqua un embouteillage de diligences de gala tandis que nos gens déployaient des tapis dans la rue. Berthault assurait la mise en scène, veillant même à la chorégraphie des maîtres d'hôtel en frac noir à aiguillettes. Nous nous tenions à l'entrée pour accueillir la cohorte d'ambassadeurs, la nuée de barons et la théorie de financiers. On m'avait fait ruisseler d'or et de pierres sur un corsage long très serré et des cothurnes de satin blanc; Runtel and Bridge, notre joaillier à Londres, avait été mis à contribution; James était en frac mais je n'avais pas réussi à le faire renoncer à sa chaîne de montre ostentatoire ni au trop gros diamant de sa cravate. N'avais-je pas déjà obtenu qu'il cesse de tenir sa canne comme un sceptre? Plus je l'observais accueillir nos invités, plus m'embarrassait sa politesse encore bourgeoise dans sa raideur quand celle des aristocrates est si décontractée. Combien de siècles de vie mondaine lui eût-il fallu pour se pénétrer de la règle?

Les invités furent éblouis par le décor sculpté, son raffinement jusque dans les rinceaux et les sphinges, les marbres polychromes et le trompe-l'œil, et surtout par le luxe lorsqu'il se réfugie dans les coins, l'or massif des vases incrustés de pierres, l'or des glands soutenant les draperies, l'or du fond des peintures, l'or des chaises. Un chroniqueur suggéra même aux prochains invités de se munir de lunettes vertes afin de n'être pas aveuglés par les rutilances. « Un luxe qui dépasse toute imagination », écrivaient-ils, mais on sentait bien que tout cela n'était pas très gai. Une telle absence de légèreté en devenait pesante. Trop de monde de trop de milieux différents pour que le plaisir fût également partagé. Je ne m'en suis pas moins couchée à six heures du matin.

Le lendemain, les feuilles louaient le goût, l'élégance et le raffinement de la fête, même s'il y en eut pour remarquer, perfidement, que c'était aussi un soir de carnaval. Seuls les plus fins avaient relevé le cycle décoratif du salon François-Ier, lequel témoignait de la volonté de James d'inscrire la famille dans la lignée des dépositaires, sinon des héritiers, de l'humanisme européen plutôt que dans une perspective nationale ; il avait fait placer nos armoiries sous chacun des tableaux au-dessus desquels figuraient celles des familles princières qui avaient protégé les artistes ; et il avait limité à cinq les personnages représentés sur chacun des cinq tableaux (Charles Quint, Luther, Henri VIII, Guillaume Budé et Léon X), les cinq qui avaient rayonné chacun dans leur domaine dans cinq pays différents comme les cinq frères Rothschild. Une lithographie de 1852, inspirée d'un tableau de 1836 signé Moritz Daniel Oppenheim, reprit cette idée d'indissociable fratrie pour en faire le symbole de la banque, une idée forte, efficace et d'un impact durable sur les esprits.

Seuls les plus perspicaces avaient remarqué que derrière cette émeute de signes et ce faste affiché s'inscrivaient en filigrane les noces de l'aristocratie du sang et de l'aristocratie de l'argent.

Nous vivions à un rythme soutenu, recevant en moyenne trois soirs par semaine quand nous n'étions pas reçus les autres soirs. C'était notre vie ordinaire même s'il suffisait d'événements extraordinaires comme ceux de décembre 1848 pour que nous évitions tout cela sans regret en nous réfugiant pour l'hiver dans de petits cercles d'intimes.

Un soir, lors d'un concert à la cour, je provoquai un léger incident ; il faut dire que j'avais subi le babil de l'un de ces fats qui ont réponse à tout : leur verbe fait barrage, jamais un ange ne pourrait s'y frayer un passage. Ayant fait part à la duchesse de Dino à ma droite de mon état d'épuisement dû à nos veilles répétées, et de mon intention de quitter les lieux aussitôt après avoir fait la révérence à la reine, je refusai néanmoins de lui céder ma chaise dans l'instant, précisément parce qu'elle était désireuse de s'entretenir avec ma voisine de gauche, la fort courtisée princesse de Schönburg. Ces personnes se cabrent pour un rien. Elles n'oublient pas, moi non plus. À une époque où elle ne m'avait pas encore identifiée, je m'étais retrouvée derrière elle dans un boudoir en compagnie d'autres lasses, lors d'un bal chez l'une de mes belles-sœurs. Comme on essuyait les plâtres, elles échangeaient leurs impressions :

« Alors ?

— Mieux proportionné que chez sa belle-fille. Plus de politesse, moins de cohue.

— La galerie ?

— Digne de Chenonceaux.

— La salle à manger ?

— Une nef de cathédrale. On se croirait à une fête chez les Valois. Et ces fauteuils en bronze doré dans le salon, vous avez remarqué, ils sont à 1 000 francs pièce ! »

Elle l'avait dit avec un naturel mêlé de soulagement, comme on laisse échapper un vieux réflexe trop longtemps enfoui, avec une vulgarité qui avait suffi à effacer sa grâce. Elle l'avait fait au mépris des usages du monde, qui bannissent l'argent et les maladies de la conversation.

Ce serait une erreur de réduire les bals à la mondanité. On n'y traitait pas des affaires mais tant d'affaires s'y déroulèrent, amoureuses, politiques, diplomatiques et même commerciales. Un infime détail suffisait à révéler l'esprit du temps. Ainsi au lendemain de la Restauration, lors de cette soirée irréelle où nous dansions tous frénétiquement rue Laffitte comme si nous vivions la dernière fête avant l'interdiction par la

République du bonheur d'être entre gens du même monde ; entre un galop et un chassé en avant, on apprenait le pillage et l'incendie de la maison de l'archevêque à Conflans. À Paris, c'était Mardi gras et guerre civile. Nombre de nos invités, qui arrivaient d'un bal chez le prince Aldobrandini, jugeaient le nôtre bien plus réussi. Le duc d'Orléans, qui se trouvait à la tête de son régiment, s'était fait excuser par le général Baudran, lequel comprit vite qu'il avait été bien inspiré, des jeunes gens ayant ourdi le complot de le ridiculiser pendant qu'il dansait en échangeant subrepticement la cocarde tricolore de son chapeau par une cocarde blanche. À ce signe, on comprit que le faubourg Saint-Germain, passé du côté des légitimistes, le fuyait.

Quelques mois après, même monde, même endroit, ce fut cette fois le duc de Rohan, prince de Léon, qui lança les hostilités en évoquant le fils de Louis-Philippe, roi des Français, « le poulet », ainsi que le raillaient les gazettes, sur le ton du « Tiens, voilà le grand poulot ! », comme on avait coutume de nommer les premiers-nés en Normandie. Le duc d'Orléans ne pouvait pas ne pas entendre. Le procédé était d'autant plus inélégant que les princes, comme les femmes et les prêtres, ne peuvent demander raison. Des témoins surgirent, des aides de camp se proposèrent pour manier l'épée à sa place ; il y avait du duel dans l'air, terrible spectre que le roi s'empresserait de dissiper par son intervention d'autant que l'insulteur assurerait n'avoir pas voulu manquer au prince royal, allant même, à la demande de celui-ci, jusqu'à lui faire un papier attestant sur l'honneur n'avoir jamais voulu l'offenser. Vers trois heures et demie du matin, on entendit sonner au loin le rappel d'un bataillon, ce qui eut pour effet de hâter le départ des ultimes fêtards.

L'heure du thé. Plus j'écoute ces femmes devant moi évoquer leurs amants à mots couverts, plus je me convaincs que jamais mon mariage ne fut un absolu devenu un arrangement. C'était autre chose. Je n'aurais pas voulu finir dans l'aigreur et le remords, à l'image de ces honnêtes femmes inconsolables des fautes qu'elles n'ont pas commises; elles sont si nombreuses. Encore faut-il se donner la peine d'observer une vie derrière la vie pour y déceler les signes de l'inquiétude et les traces des déconvenues. On succombe à ses démons ou on les maîtrise. Les occasions n'ont pas manqué.

Il y en eut quelques-uns, des hommes rares dans une société où tant d'hommes sont facultatifs. Je ne saurais dire au juste ce que leur présence m'a apporté mais je sais que leur absence aura dominé le reste de ma vie. Il ne faut y voir ni fierté ni orgueil mal placés, mais vient un jour où l'on se lasse de mettre toute sa force à avouer ses faiblesses.

Heinrich Heine pouvait tout se permettre. Son esprit l'y autorisait. En toutes circonstances, il pouvait manifester une insolence voltairienne aussitôt tempérée par l'intelligence immédiate des situations. Il se sentait protégé par la notoriété de son œuvre, par la bienveillance de James, avec qui il se plaisait à parler en yiddish, et par, disons, l'affection que je lui portais depuis notre première rencontre à Boulogne. Il en abusait mais savait parfaitement jusqu'où aller trop loin. J'aimais la désinvolture avec laquelle il évoquait publiquement James comme « le grand rabbin de la rive droite » et Achille Fould comme « le grand rabbin de la rive gauche ». On lui devait quelques mots créés sur mesure pour nous. Il se disait accueilli « famillionnairement » rue Laffitte ; il racontait aussi que James maîtrisait tellement mal la grammaire élémentaire française que dans les grands dîners il disposait deux valets derrière lui, l'un pour le datif, l'autre pour l'accusatif.

Heinrich était du premier cercle de nos intimes, partageant même notre table avec nos enfants. C'était un poète : là où un écrivain parlait d'« une robe verte », il évoquait « une robe d'herbe ». Il était à mes yeux le plus grand poète allemand vivant, mais pas le mieux placé pour le décréter, et le premier d'origine juive. Lui aussi changea de prénom, passant de Harry à Heinrich, allant jusqu'à se convertir sans trop y croire ; du temps où il envisageait d'ouvrir un cabinet d'avocat, il s'était aperçu que l'accès lui en était légalement interdit dans la cité hanséatique, aussi s'était-il fait protestant à Göttingen, où nul ne le connaissait. Il en tirerait un mot qui fit fortune : « Le certificat de baptême est un billet d'entrée pour la culture européenne. » Mais en quoi croyait-il vraiment, en dehors de lui-même ? On disait de lui que, né dans le judaïsme, il s'était converti au narcissisme. Qu'importe dès lors que son ironie cruelle, son humour mordant, ses sarcasmes et railleries à l'endroit des contemporains nous comblaient, notamment Mme de Staël, qu'il détestait, ou Victor, qu'il traitait d'« hugoïste ». Les humeurs d'un grand poète ne sont pas nécessairement de haute lice.

Aussi génial que Balzac dans son genre, il était très différent de lui. Autant le poète se tordait le doigt chaque fois qu'il demandait à James de lui offrir des actions, autant le romancier éclatait de rire lorsqu'il lui annonçait le report du remboursement de son prêt. D'ailleurs, aux yeux de Balzac, James et Heine ne faisaient qu'un. Les croisant un jour dans la rue, il ne put s'empêcher de glisser à l'amie qui l'accompagnait et s'empressa de me le répéter : « Tout l'esprit et tout l'argent des Juifs ! » N'empêche que Balzac et Heine avaient au moins en commun d'être également pourris d'actions du Chemin de fer du Nord par leur protecteur.

Il y avait deux Heine : l'insolent qui prenait des libertés avec le personnage de James dans ses livres et ses articles, et le respectueux tout miel dans sa correspondance avec son protecteur. « L'argent est le dieu de notre époque et Rothschild est son prophète » : on pouvait lire des choses comme ça sous sa signature dans *La Gazette d'Augsbourg,* et tout le contraire dans ses lettres. Car le poète qui avait alors mes faveurs poussait le vice jusqu'à se faire entretenir par mon mari. Cela lui paraissait naturel eu égard aux relations déjà anciennes entre nos familles à Francfort, et plus encore depuis la mort de son père, un banquier dont il était somme toute dans l'ordre des choses qu'un autre banquier prît la suite, d'autant que son oncle Salomon, également banquier mais à Hambourg, avait décidé un beau jour de lui couper les vivres. Avec quelques autres éminents écrivains, il émargeait discrètement à la caisse noire du gouvernement mais il ne s'en vantait pas, ne fût-ce que pour ne pas fournir d'arguments à ceux qui le disaient payé pour ferrailler contre l'Allemagne. Outre James, il tapait régulièrement Meyerbeer, ce qui ne l'empêchait pas de répandre dans Paris le bruit selon lequel le compositeur était si riche qu'il payait la critique et la claque à chacun de ses concerts. Pourtant, bien qu'Heine eût cédé les droits de ses œuvres complètes, cela ne lui suffisait pas. Ses amours tarifées lui coûtaient cher ; pour le reste, il les préférait mariées. Quand une femme lui plaisait, il disait qu'elle était belle comme la femme d'un autre ; il soutenait qu'en Angleterre et en Allemagne l'épouse était sous surveillance et la jeune fille offerte, alors qu'en France c'était le contraire. Heine s'y entendait pour confondre ces femmes qui se proclamaient fidèles à leur mari, mais plus obsédées par leur fidélité que par leur mari.

Combien de fois Heine ne m'a-t-il pas présenté les épreuves de l'un de ses textes contenant une saillie ridiculisant James pour laquelle il sollicitait mon imprimatur ? Cette situation d'obligé eut raison de notre intimité, ce qui ne l'empêcha pas de continuer à m'envoyer ses volumes ornés de dédicaces flatteuses et enflammées signées *Ihr ergebener Schützling*, « votre humble protégé » ! Mais quelque chose s'était brisé entre nous à cause d'un grain de sable. Probablement l'argent de son protecteur, mon mari. Je me fis une raison en songeant que lorsqu'on aime quelqu'un parfois le mieux est de l'aimer de loin pour continuer à l'aimer encore. La mise à distance préserve des déceptions pressenties.

J'ai appris qu'il était mort à cinq heures du matin mais pour moi il l'était depuis plusieurs années déjà, paralysé et presque aveugle. Il faisait ses visites à dos de domestique. Son agonie fut interminable et largement au-dessus de ses moyens, au numéro 3 de l'avenue Matignon, loin de son cher faubourg Montmartre et des filles de joie du passage des Panoramas. Mais il eut assez d'esprit jusqu'au bout pour refuser d'être enterré au cimetière de Passy, qu'il jugeait d'un ennui mortel. Je crois qu'il redoutait fort de finir fou comme un autre exilé, l'orientaliste Ludwig Marcus, également notre obligé. C'est au château de la princesse Belgiojoso qu'Heinrich se retirait pour écrire mais c'est chez moi qu'il venait discuter de la manière de traduire un poème, étudier de concert les problèmes formels que posait le transport des images d'une langue dans une autre ou soupeser les enjeux esthétiques de ces allers-retours franco-allemands. Alors se multipliaient entre nous ces moments de grâce où l'on comprend sans se l'expliquer.

Terriblement rhénan, il avait été marqué dans sa jeunesse à Düsseldorf par l'esprit français qui dominait la ville. Cette double allégeance à une patrie d'origine et à une patrie d'élection nous rapprochait encore, à ceci près que dans son cas la langue allemande était sa patrie intérieure. Si étrange que cela puisse paraître, nous étions liés par une admiration réciproque, moi sa protectrice, lui mon aimant. Me l'a-t-il assez dit, j'étais l'ange de ses vers. Et puis sa mère s'appelait Betty et elle était fille de banquier... Mais c'est dans nos railleries des saint-simoniens, ces anciens va-nu-pieds épanouis en millionnaires, que nous nous retrouvions le mieux. Car, dans le rire partagé plus encore que dans l'étreinte, une intime complicité se noue entre un homme et une femme.

3

Au château de Ferrières

Rarement une maison aura été ainsi édifiée comme un monument à la gloire d'une famille. Tout concourt à sa consécration. *Ad majorem Rothschildi gloriam*. Pour la plus grande gloire de James surtout. L'abord résume les lieux.

Dès le porche sur la façade d'honneur, l'écusson en majesté s'impose au visiteur. Cinq flèches d'argent pointes en bas réunies en faisceau, aigle et lion, figurant les cinq Maisons des Rothschild (Francfort, Londres, Paris, Vienne, Naples). La devise : Concordia Integritas Industria. On ne saurait mieux exprimer la volonté profonde de concilier tradition et modernité. James l'avait déjà mise partout rue Laffitte, et plus encore ici. Sur les murs, les vantaux des portes, le dos des chaises, les corniches... Le regard ne peut s'y soustraire car tous les objets sont chiffrés des assiettes aux serviettes. Si ce ne sont les armoiries complètes, c'est le bouclier seul ou le monogramme. Ils nous poursuivent. Un signe qui se manifeste comme le rappel d'un ensemble d'exigences et de valeurs. De la hauteur à laquelle on doit se tenir pour leur faire honneur. Quelque chose comme la matrice d'une conduite. Il y en a même sur mon portrait, en haut à droite. Cela se faisait à une époque. Peut-être Ingres tenait-il à les mettre, le portraitiste mondain demeurant fidèle au peintre d'histoire ?

Quand mon père habitait près de nous rue Laffitte, dans l'ancien hôtel d'Hortense de Beauharnais, il se refusait à y laisser peindre ses armoiries car elles eussent été déplacées auprès de celles d'une reine ; James n'eut pas de tels scrupules. Un rappel permanent et insistant comme s'il eût craint que l'on n'oubliât sa distinction. J'en aurais mis un peu moins mais il y tenait. Les grandes familles, les Noailles et les Rohan, les Caumont et les d'Harcourt, n'ont pas besoin de rappeler ce qu'elles sont. L'énoncé de leur nom suffit, la légende suit.

Le nôtre est le nôtre. Lourd de tant de symboles hérités, il fait notre fierté. Pour se l'approprier, il nous a fallu d'abord l'inventer. À l'origine, la famille s'appelait Meyer. Le vrai fondateur, lui-même fils de banquier, était Meyer-Amschel, qui germanisa son prénom en Mayer. Une enseigne en métal se balançait au bout d'une potence au-dessus de sa porte dans le ghetto de Francfort : *Zum roten Schild*. À l'écu rouge. Il s'est donc fait appeler baron von Roten Schild, puis Amschel Mayer von Rothschild, jusqu'à ce que Mayer devînt un prénom que ses cinq fils porteront en second.

Ferrières a été construit par Fouché, ce n'est pas loin de Paris, l'étendue y est propice à la chasse, la nouvelle ligne de chemin de fer rend son accès des plus pratiques et, après tout, des Juifs n'y vivaient-ils pas au Moyen Âge déjà? Disons qu'il leur fallut quelques siècles pour se déplacer du village au château.

Que n'a-t-on entendu sur Ferrières! On a dit que James y avait inauguré sa politique monumentale et que je voulais être pour notre château ce que Diane de Poitiers fut pour Chenonceaux, ce qui était légèrement excessif. La vérité est que les choses ne sont pas toujours si précisément préméditées et que ceux qui se lancent dans un vaste dessein n'ont pas conscience de ce qu'ils font. Sinon, ils en auraient le vertige et cela les paralyserait. Si les hommes de la Préhistoire avaient su qu'ils étaient préhistoriques, ils auraient sombré dans une profonde mélancolie.

Les travaux de construction durèrent sept ans malgré leur dimension pharaonique. La décoration intérieure se fit en deux ans. Beaucoup plus qu'initialement prévu. Ce ne fut pas sans mal et les relations se détériorèrent entre James et l'architecte Paxton, dont ce fut la seule réalisation en France. Les incidents de parcours les rendaient l'un et l'autre si nerveux qu'ils en dérangeaient le paysage. Le commanditaire, qui se voulait metteur en scène, n'avait de cesse de franciser ce qu'il y avait de plus anglais en son maître d'œuvre. Un peu de Renaissance, beaucoup de Louvre, un parfum d'Italie dans les baies et loggias, il osait les mélanges. Il voulait faire de la maison l'écrin de sa collection quand l'exécutant entendait faire de la collection un accessoire de la maison. La présence d'une colonnade au rez-de-chaussée ne pouvait que raviver leur querelle, l'un la jugeant indispensable à l'équilibre de ses plans, l'autre n'y voyant qu'un obstacle à l'accrochage de tableaux !

James fit raser l'ancien édifice pour en construire un nouveau trois cents mètres plus loin afin qu'il surplombe le lac artificiel creusé à la dynamite ; ainsi, il s'inscrivait mieux dans le nouveau dessin des jardins. Il n'eut de cesse de rassembler des terres. Il est vrai que nous nous sommes légèrement étendus. Trois mille hectares. De là à parler de notre empire de Seine-et-Marne comme s'il se fût agi d'un morceau d'Afrique, n'exagérons rien.

James s'était mis en tête de pratiquer l'agriculture intensive, comme La Rochefoucauld-Doudeauville – dont on remarquera au passage que nul ne se donna le ridicule de signaler qu'il avait créé une colonie du côté d'Armainvilliers, il est vrai de dimension plus modeste. En fait, l'extension de Ferrières relevait de la saine logique du regroupement des terres. Pour autant nous n'aurions jamais fait comme nos cousins anglais, à la fibre politique si développée : soucieux d'établir durablement une influence politique au Parlement, ils avaient acheté le comté du Buckinghamshire, maisons et terres non loin de Londres, à un prix d'ailleurs convenable, mais tout de même. Pas de vallée Rothschild dans l'Oise, pas de ça dans nos campagnes ! J'ai encore dans le creux de l'oreille les réflexions de notre cousine Leonora à l'issue de sa première visite : « On dirait Mentmore, sans le point de vue. Et puis chez nous, c'est moins chargé, il y a moins de meubles. »

En France, on s'étend certes, mais raisonnablement. Pas comme nos cousins anglais ou allemands. Le château d'Anselm aux portes de Francfort butait contre la forêt ; il s'en est aperçu une fois achevé. Le démolir pour le reconstruire plus loin aurait pris trop de temps. Il a donc demandé et obtenu que l'on déplace un morceau du mont Taunus. On peut faire bouger les montagnes dès lors qu'on y met le prix.

James, lui, ne laissa rien au hasard, tentant l'impossible pour concilier les impératifs qu'il s'était fixés : beauté, magnificence, confort et modernité. Il avait sophistiqué le système de drainage avec le même soin qu'il prenait à choisir un cheval. Ce que ses fournisseurs ne pouvaient lui fournir, il l'importait, tubes, arbres, graines, vaches, que sais-je encore, à l'exception des tableaux et sculptures, fort heureusement, me laissant le soin d'en constituer les collections.

Hormis Leonora, la famille fut éblouie par l'endroit. Adolphe en louait le goût, le confort, la splendeur tandis que Charlotte admirait tant les orangeries, les serres, les merveilles zoologiques que le Crystal Palace. Evelina eut même ce mot : « C'est une demeure royale destinée à un empereur. »

Dès que le château fut achevé, James n'eut qu'une hâte : y dormir. On ne le vit jamais aussi heureux que là-bas, moins pour la vie de château que pour la vie au grand air. Contre toute attente, il s'y sentit une âme de régisseur. Il aimait Ferrières d'amour et le protégeait comme un amant jaloux. Quand son frère Anselm lui rendit visite accompagné de son architecte, James leur interdit de relever les plans, ce qui était un comble alors qu'ils avaient pour habitude d'échanger leurs grands constructeurs et que James lui-même avait envoyé Lami à Mentmore afin de s'en inspirer ! Autant les frères et les cousins étaient solidaires en affaires, autant ils ne cessaient de s'affronter sur le plan artistique. Ils pratiquaient la collection comme un sport de compétition. Leur quête sans fin mettait à contribution le remarquable réseau de correspondants et d'intermédiaires de la famille en Europe. C'était à celui qui dénicherait le premier l'objet de toutes les convoitises. À ce jeu,

James l'emportait souvent : non seulement il était rapide et malin, mais s'il empruntait les idées des autres, il ne leur en donnait pas.

Que ce goût de la collection fût sincère, ou qu'il n'ait été qu'un prétexte, voire la simple manifestation de sa réussite, il ne pratiquait qu'avec ses règles à lui, lesquelles tenaient en un mot : exclusivité. Nul autre ne devait posséder le même meuble ou le même bronze ; d'ailleurs, il n'avait de cesse de faire détruire les modèles et les moules. Seul Louis XIV n'eut pas à se plaindre de son ingratitude à l'issue de nos nombreuses visites en famille à Versailles.

C'était chez nous, et non, comme Vaux-le-Vicomte, une responsabilité avant d'être une propriété. Une histoire trop riche et trop ancienne nous eût encombrés de précautions. Ferrières était notre résidence d'automne. Nous y passions la saison. Sa décoration et ses aménagements tenaient autant du château par son faste que de la maison de famille par sa commodité. On y était hors du temps, hors du monde. Ferrières avait quelque chose d'un jardin suspendu mais en plus lourd. Ni vraiment la ville ni tout à fait la campagne.

Quand le chemin de fer permit à James de nous rejoindre tous les deux jours, les enfants et moi y demeurions de mai à octobre. Mais même à Paris, le parfum de Ferrières était en nous : les chambres de la rue Laffitte étaient chauffées avec du bois amené en train de la propriété.

Seul le dimanche était jour de chasse mais l'activité de toute la semaine semblait gouvernée par ce but. Il faut dire que la chasse est une fête, et le prétexte à de grands raouts mondains et amicaux dans lesquels le tir devient accessoire. La chasse est aussi une conversation au grand air ponctuée de battues, dût-elle permettre à Casimir-Perier de tuer deux grands loups.

Le grand hall est le cœur palpitant de l'édifice. La vitrine d'un orgueil. Tout s'organise à partir et autour de là. Comme son nom ne l'indique pas, c'est un immense salon devenu naturellement la pièce à vivre. Les Français ont le chic pour nommer en anglais ce que les Anglais nomment différemment. Il en est ainsi du *hall* comme du *smoking*, les voies du snobisme sont impénétrables et c'est aussi ce qui fait son charme. Il est d'ailleurs piquant de constater qu'il fallut Ferrières pour que l'on s'aperçût du tropisme anglais de mon mari, ce qui n'était pas le moindre des paradoxes pour un Autrichien qui refusa jusqu'à la fin de se faire naturaliser français.

Son anglomanie s'inscrivait dans son identité même. Non seulement il avait confié l'invention de Ferrières à Paxton, le plus anglais des architectes, plutôt qu'à Claret, l'architecte ordinaire de la famille, mais, dès son installation en France, il avait métamorphosé le Jacob de sa naissance en un James de meilleure consonance. Ce qui s'appelle se faire un prénom stricto sensu. Il n'y était pas obligé. Jacob Offenbach en avait fait autant, lui dont le père, chantre de la synagogue de Cologne, donnait déjà des leçons de musique aux enfants Rothschild ; devenu Jacques, notre ami compositeur crut se délester d'un encombrant passé alors que ces choses-là vous rattrapent toujours, jusqu'au jour des obsèques en grande pompe en l'église de la Madeleine. Et Giacomo Meyerbeer né Jakob Liebmann Meyer Beer ? En anglicisant son prénom hébraïque, James, lui, avait ajouté la dimension du snobisme à celle de sa volonté d'assimilation. Cette affaire de prénom en disait tant sur les uns et sur les autres qu'un certain monde devait prendre comme une marque de défi mêlée de fierté qu'un comte de Camondo s'obstinât à s'appeler Moïse (sans risque de provoquer un « Momo » en retour) et à nommer Nissim son unique héritier mâle ; le seul énoncé de ces prénoms en société convoquait aussitôt le fantôme d'un grand-prêtre drapé dans son châle brodé d'or sur les gués du Jourdain.

Pourtant, à Ferrières même, James se faisait discrètement rattraper par Jacob. À l'autre bout de l'étage de réception, une petite pièce d'angle avait été transformée en synagogue pour la célébration du shabbat. Certainement la pièce la plus privée du château. Non qu'il s'y déroulât d'étranges cérémonies secrètes comme il n'en existe que dans l'imagination délirante de ceux qui ne nous aiment pas, mais c'était notre pièce, celle de la famille, peut-être la seule qui échappât au spectacle.

Le grand hall est le lieu géométrique de tout ce qui se noue à Ferrières. La lumière tombe, feutrée, des verrières zénithales pour faire vivre les œuvres. J'occupe une place stratégique, le meilleur poste de surveillance qui soit, accrochée à la droite de la cheminée — le portrait de James par Flandrin se trouvant à la gauche. Flandrin l'a fait arrogant et ironique mais à dimension humaine, au fond tel qu'en lui-même. Ainsi se voit-il. Il ne s'est pas donné le ridicule d'un Samuel Bernard, le « banquier de l'Europe », comme on disait, qui laissa Rigaud le représenter à l'égal d'un doge en ses drapés de velours incarnat, la pose si avantageuse en majesté financière que le château de Versailles où il est accroché paraît être le seul écrin à sa mesure. Autour de moi, un auto-portrait de Rembrandt voisine avec une comtesse della Rocca de Vélasquez, une Diane chasseresse de Rubens tutoie lady Spencer par Reynolds tandis que la princesse Doria de Van Dyck tient tête dans son splendide isolement. L'endroit a quelque chose d'un musée, et non d'un cabinet d'amateur, mais c'est intentionnel. Lami, qui passait à juste titre pour mon grand favori, m'a accompagnée quelque temps à Venise dans le seul but d'y étudier l'art décoratif et d'en tirer profit. Je lui ai obtenu l'autorisation de dessiner, d'aquareller et de photographier dans les palais les plus fermés. Pour autant, il ne resta pas insensible au spectacle de la rue puisque le carnaval lui inspira une fresque pour le fumoir.

Ce matin, un petit groupe d'historiens de l'art ou de l'architecture, je ne sais, est venu visiter Ferrières à l'invitation de mon fils. Quelque chose me dit qu'ils ne viennent pas pour partager l'enthousiasme général. À la moue de l'un, la grimace de l'autre et la condescendance de la plupart, à leur montre et leur parapluie si bourgeois, aux assauts de cuistrerie de leur chef qui se croit féru d'étymologie, je devine qu'ils sont venus confirmer un postulat devenu un cliché sur ce qu'ils appellent entre eux le « style Rothschild » avec le ton dont ils usent lorsqu'ils évoquent le pêle-mêle d'atelier d'un artiste. Il est vrai que nous sommes loin du grand genre des Lumières. En s'accumulant, ça s'alourdit. Perceptible sous Louis-Philippe, cette évolution n'a cessé de s'aggraver.

Un savant désordre règne, une multitude d'exquis petits objets s'entassent sur les guéridons, de boîtes en or et de miniatures sur les tables de Riesener, les sujets de cheminée sont politiques, les tentures étouffent l'atmosphère au fur et à mesure qu'elle s'épaissit, les plantes vertes et les fleurs envahissent les grandes pièces, les meubles sont moulés et capitonnés à l'image des formes voluptueuses des dames, le bric-à-brac guette. Si l'on devait un jour disperser le mobilier et les œuvres d'art de Ferrières au feu des enchères, ce qu'à Dieu ne plaise, il faudrait le faire sur place. Dans une salle de ventes, les objets seraient défigurés et perdraient leur âme alors que dans le château, qui est leur écrin naturel, ils vivent. En attendant, il est incroyable qu'aucun visiteur n'ait succombé devant cette rare concentration d'œuvres d'art au coude à coude, et que nul n'ait été pris de malaise en les regardant, tel Stendhal à Florence, submergé par l'accumulation de beautés découvertes en l'église Santa Croce.

Nulle trace d'une telle émotion sur le visage de mes visiteurs ce matin. Les tableaux de maîtres suspendus sur une longueur infinie de damas et de velours de Gênes ne les impressionnent pas, ce qui témoigne de leur mauvaise foi car même les plus critiques doivent rendre les armes devant de telles évidences.

Surtout ne rien faire pour les convaincre. On ne justifie pas ses choix car on ne négocie pas ses passions, c'est ainsi.

Il en est un tout de même, M. Philippe, isolé du groupe depuis le début, qui s'attarde sur les armoires de Boulle et les Gainsborough avec le même soin que sur les montres-gousset. Sans se laisser démonter, il les interpelle, une main sur la hanche, l'autre tendue dans ma direction :

« Messieurs, vous ne comprenez rien parce que vous ne voyez rien. Non seulement il y a un style Rothschild, ce qui est déjà une consécration en soi, mais il y en a même deux, que cette demeure illustre jusqu'à l'excellence. Le premier que j'appellerai le style "Rothschild clair", fait de boiseries et bronze doré, savonneries et Fragonard, le second que je dirai le style "Rothschild sombre", tapisseries et bahuts, Rembrandt et Cellini. Nous ne sommes pas dans un château mais dans une pièce montée dont Antonin Carême est le véritable architecte. C'est Versailles et Chambord à la fois ! Quant à l'apparent désordre né de l'accumulation, il est évident qu'il a été organisé afin de distraire les amateurs de l'ennui néoclassique. Voilà. »

Le ton de la leçon les laisse cois, mais ne les déconcerte plus passé l'instant de la surprise. Leurs murmures renvoient un écho pas très favorable :

« Philippe est si snob qu'il envoie son chien aboyer à Londres !

— Ici, c'est luxe, faste et théâtralité. Un château sans grâce et orné à l'excès. Trop de citations historiques, trop de pilastres corinthiens, trop de stucs historiés, trop de tout... »

Ferrières a pourtant ébloui les contemporains de sa naissance. Ces experts autoproclamés nous reprochent notre étalage mais leur reproche-t-on leur mesquinerie? Au moins ici l'argent ne reste pas dans les coffres. Tout est trop grand chez nous quand tout est si petit chez eux. Ce qu'ils appellent ostentation et empilage n'est que générosité. Nos folies font vivre des artistes, des peintres, des architectes, des jardiniers, des décorateurs. La commande impose l'exclusivité quand le commanditaire se fait mécène à la manière des Médicis. Il n'empêche que ce matin il en est encore qui font la fine bouche. Comment peuvent-ils parler de châteaux sans qualité? La manière Rothschild ne leur passera jamais :

« Des collectionneurs? si l'on veut...

— Tout de même, les cristaux de roche d'Adolphe, quelle réunion exceptionnelle!

— Il s'est contenté de la racheter au duc de Baden. Le grand homme, c'est l'inventeur d'une collection, pas son récupérateur. »

Il est vrai qu'ici le décor est tel que le plus petit détail prend un caractère spectaculaire, même lorsque nos galeries d'art ont l'intimité de cabinets de curiosités. Notre Lami a laissé libre cours à son goût du théâtre et pas seulement dans le salon des cuirs de Cordoue. Cela dit, la remarque est injuste car chez nous le principe de collection n'est pas à prendre à la légère. James le sait mieux que quiconque, lui qui a très mal reçu la première défection professionnelle de la famille, celle du jeune Adolphe; un jour, celui-ci écrivit à tous ses parents dans toute l'Europe pour leur annoncer son intention d'abandonner les activités de banque, de retirer sa part de capital afin de se consacrer à sa passion de l'art. La maison était assez unie et assez forte pour supporter le choc mais, passé le moment de la colère, James s'inquiéta du précédent que cela constituerait. Il craignait l'effet en cascade, en quoi la suite devait lui donner raison, plusieurs autres imitant bientôt Adolphe à Londres et à Vienne, comme si l'amour de l'art était un métier et que ce tropisme de collectionneur devait sonner le glas des Rothschild bâtisseurs.

La préparation du dîner s'achève. L'effervescence en cuisine se traduit par une hâte maîtrisée à l'étage de la salle à manger. Le passage du service à la française au service à la russe ne s'est pas fait sans dommages ; difficile de se défaire de la diversité des plats présentés simultanément sur la table pour s'adapter à une organisation rationnelle et organisée, et de passer de la picorée au manger chaud. Le corps de ballet s'agite mais dans l'ombre. Les meilleurs serviteurs savent se rendre invisibles. Ils ont fait un art de l'anticipation ; un battement de paupières doit pouvoir se substituer à un ordre explicité ; un convive ne doit jamais être en situation de réclamer.

C'est l'heure à laquelle le maître de la maison veille aux mesures, à l'équilibre et à l'harmonie de ce qui figure sur la table. Tout doit être symétrique — sel à droite, moutarde à gauche, poivre derrière — et parfaitement composé selon un rituel que l'on veut croire immuable alors que les Anglais y ont certainement mis leur touche. On n'en jurerait pas mais cette manie horlogère qui consiste à orienter les détails du service en fonction du cadran leur doit sûrement quelque chose : armoiries des assiettes à midi, anse de la tasse et petite cuillère à cinq heures... À moins que mon anglophobie ne m'égare. Agir autrement leur semblerait *improper*, autant dire « indécent » plus encore que « déplacé », leur obsession, comme Balzac le remarque dans *La maison Nucingen*. Leur raideur est en parfaite harmonie avec leur absence de chaleur. Mais en vérité les Anglais ne sont pas froids, ils sont lents. Il leur faut plus de temps qu'aux autres pour ressentir la même chose qu'eux. L'Anglais est ému à retardement. On ne peut pas lui en vouloir pour une fatalité génétique dont il est la première victime.

Mystique de l'étiquette, tyrannie du protocole. Mais c'est à travers un tel tamis qu'un petit monde se révèle être une caste. Lorsque Louis XVIII devait croiser M. de Corbière, ministre chez Villèle, il craignait toujours que celui-ci ne lui tapât sur l'épaule. On ne change pas les gens mal élevés. Certains s'en accommodent avec une délicatesse confondante. Ainsi, un jour que nous déjeunions à Chantilly chez le duc d'Aumale, je guettais une réaction de mauvaise humeur de la duchesse de Noailles : notre hôte m'avait placée à sa droite, et elle à sa gauche, au mépris de la règle. Elle le fit remarquer en passant et, au moment de nous quitter, le laissa avec ce mot sur les bras : « Je suis bien touchée, monseigneur, que Votre Altesse m'ait traitée en parente… »

Il y avait cette invitation si joliment calligraphiée et si bien ordonnancée que je l'avais conservée comme un modèle à l'usage de mon secrétaire, et comme témoignage d'un temps révolu pour l'édification de mes petits-enfants :

L'Ambassadeur de Turquie a l'honneur d'informer Monsieur le Baron Rothschild que Sa Majesté Impériale le Sultan s'est plu à fixer samedi prochain 20 de ce mois comme le jour où Elle aura le plaisir de recevoir à Buckingham Palace un nombre restreint de personnages distingués de l'Angleterre qui désirent avoir l'honneur de lui être présentés. En faisant par conséquent part de ce qui précède à Monsieur le Baron Rothschild, l'ambassadeur de Turquie le prie de vouloir bien lui faire parvenir à temps sa réponse à cet égard et d'agréer l'assurance de sa haute considération.

Bryanston Square le 7 juillet 1867.

N.B. : La présentation aura lieu entre midi et 2 heures, sans uniforme.

Les invitations à la campagne se prêtant autant à l'apparat qu'à l'intimité, Ferrières est de temps à autre le théâtre de « grandes séries ». L'effort de recevoir s'y dilue plus aisément qu'en petit comité. Des liens se nouent qui n'apparaissent pas un soir en ville, ne fût-ce qu'au cours d'une cérémonie des bougeoirs, lorsque le maître de maison remet à chacun le lumignon entouré de son globe, avant que l'électricité ne soit installée à tous les étages.

Le faubourg Saint-Germain et les chancelleries se mettaient en frais pour nos fêtes. À vrai dire, tout le monde venait à Ferrières, les amis, les relations, les clients. Ce Proust dont on fait grand cas actuellement à Paris n'y était peut-être pas mais ses personnages assurément ; il se murmure d'ailleurs que son Swann serait largement inspiré de Charles Haas, fils d'un des fondés de pouvoir de notre maison, un Francfortois lui aussi et qui vivait également rue Laffitte. Il m'a suffi l'autre jour d'écouter une dame de compagnie lire quelques pages de son livre à haute voix devant une petite assemblée pour être aussitôt conquise ; il est vrai que lorsqu'on pénètre dans son univers, on n'a pas l'impression que la Révolution a eu lieu.

La première fois que le comte de Paris produisit dans le monde sa fille Amélie, future reine du Portugal, ce fut ici et Ferrières fut le théâtre de quatre jours de fêtes. Chaque membre de la famille Orléans avait un compte chez nous, compte en titre et compte courant, le prince de

Joinville, le duc de Nemours, le comte de Paris, le duc de Chartres, tous. James, qui plaçait leurs fonds à 2,5 %, s'amusait de ce qu'ils sollicitaient ses conseils en se perdant dans des calculs de petits porteurs.

Louis d'Orléans pouvait y croiser le comte de Riancy, qu'il chargeait de ses virements à la banque Rothschild et chez Coutts à Londres, et le prince de Saxe-Cobourg-Gotha y rencontrer M. de Szenyi qui y exerçait une semblable responsabilité en sa qualité de chef de sa chancellerie.

Adolphe Thiers venait aussi ici, comment eût-il pu en être autrement puisque James gérait ses intérêts personnels, lui faisant acheter des actions du Chemin de fer de Lyon au bon moment. De toute façon, depuis la conversion de la rente, c'était la folie des chemins de fer. Dans les dix années qui suivirent ses premiers investissements dans Paris-Saint-Germain en 1835, James ne cessa de développer de nouvelles lignes : Versailles-Rive droite, Strasbourg-Bâle, Paris-Dieppe, Paris-Rouen, Avignon-Marseille, Paris-Strasbourg, Paris-Lyon, Creil-Saint-Quentin, Lyon-Avignon, le « Nord » demeurant sa ligne chérie de notoriété publique (quand notre fils Edmond avait quatre ans, je le surpris un jour avec mon livre de prières, se justifiant par ces mots : « Je prie Notre Seigneur, pour Papa et pour les Chemins de fer du Nord »). Tout le monde demandait ces fameuses actions, au moment même où James soumissionnait la concession, car elles rapporteraient à n'en pas douter jusqu'à 10 % ; à ce niveau-là, il ne s'agissait pourtant que de promesses mais c'était égal, bien que les réclamer revînt à les mendier eu égard au déséquilibre entre l'offre et la demande. La frénésie de l'agiotage révélait des comportements insoupçonnés jusque-là. Louis-Philippe s'avoua comblé lorsque nous lui fîmes porter les plans de la voiture que nous lui destinions sur les Chemins de fer du Nord.

Un syndrome ferroviaire les avait tous frappés. Ils lui mangeaient dans la main parce qu'il réussissait invariablement. Mais ces démonstrations d'affection étaient précaires. Au moindre accroc ils pouvaient sortir les crocs. Lorsque fut inaugurée la ligne du Nord, mille sept cents invités furent royalement traités jusqu'à Bruxelles pour le souper. Hugo et Dumas en étaient, Berlioz composa une cantate pour l'occasion. Mais peu après un accident sur cette ligne coûta la vie à une quinzaine de personnes et aussitôt une certaine presse déchaîna sa haine antisémite, les folliculaires présentant à nouveau James comme un capitaliste sans scrupules assoiffé de sang et de profit.

En dépit de la discrétion naturelle des Rothschild, et du goût du secret de James bien dissimulé derrière le rideau de sa faconde, j'étais au courant du train des affaires. Il me suffisait d'écouter les conversations à la table du déjeuner, entre James et ses fils, davantage qu'au dîner, où la bienséance mondaine excluait toute intrusion trop frontale des choses du travail.

Mes invités savaient que je savais, mais ils pouvaient compter sur mon mutisme. Il n'empêche que leur regard trahissait parfois une certaine gêne. Celui du ministre de la Justice et des Cultes Émile Ollivier, qui venait demander à James d'engager son frère Ernest, le lieutenant de vaisseau, aux Chemins de fer du Nord. Celui de la princesse Mathilde croisant le mien, sans un mot naturellement, quelques jours après qu'elle eut demandé à James une avance de 50 000 francs, le prince Demidoff, dont elle était séparée, tardant comme d'habitude à lui régler sa pension trimestrielle. Une autre qu'elle aurait baissé les yeux, pas la princesse. Isabelle de Bourbon pas davantage, elle qui avait déposé son testament dans nos coffres, et demandé à notre maison de transférer ses valeurs en garantie en titres au porteur de Rente française à l'intention de son fils, le roi Alphonse XII.

Quand on est la femme du banquier de ce monde-là, il faut s'attendre à être le conservatoire de bien des embarras. L'idéal de la conversation est parfois de parvenir à se taire et de coïncider en silence, au lieu de chercher à tout prix à remplir ce que l'on croit être des temps morts.

Parfois, quand il était las de la noria des princes et des empereurs, et qu'un grand dîner pour la duchesse de Leuchtenberg succédait à un somptueux petit déjeuner pour le roi et la reine des Belges, plutôt que de mettre un frein à ce genre d'invitation, ce qui eût été mal interprété, James gérant tout de même une partie de la fortune de Léopold Ier (5 millions), il s'absentait en partant *vraiment* en voyage. Ceux qui ne l'aimaient pas assuraient qu'il n'emportait qu'un seul roman dans ses bagages, l'Indicateur des chemins de fer.

À les observer depuis mon mur à hauteur de tableau, je les vois comme les heureux du monde. À les regarder vivre, on les croit tous gens de bonne compagnie. Une tête qui s'incline, une main qui s'élève, chacun fait la moitié du chemin afin qu'un souffle précédé d'une moustache effleure en leur extrémité des doigts gracieux. Pourtant, il suffit de tendre l'oreille pour en entendre un murmurer qu'aux bains à Dieppe Rothschild jouit de plus de considération que Montmorency car le coupon de rente y règne en maître. Il est non seulement le riche mais celui qui enrichit. J'ai souvent entendu les mauvaises langues dire que Louis-Philippe se ferait couronner à Notre-Dame-de-la-Bourse, dont Rothschild était l'archevêque. James s'en fichait et s'étonnait toujours de ce que les membres du haut personnel républicain, tous ces ministres et préfets qui se ruaient à nos invitations à la chasse, persistaient à lui donner sans ironie du « monsieur le baron », ignorant que seuls les domestiques étaient tenus de l'appeler ainsi.

Combien de ces invités qui se pressent à Ferrières et s'empresseront de nous vomir sitôt rentrés chez eux ? Certains n'attendent même pas, je puis en témoigner en ma qualité de tableau. Les frères Goncourt en sont l'échantillon le plus sordide. Encore ceux-là signent-ils leur lettre anonyme ; ils sont tellement fiers de leur abjection qu'ils vont jusqu'à la consigner dans leur *Journal*, genre noble dont ils font une discipline de basse police.

Ils ont été reçus ici et n'en retiennent qu'une impression de bêtise et de ridicule, tant pour le château lui-même, évoqué comme un pudding qui veut être tous les monuments en un, que pour James, singé en marquis de Carabas. On les croisait à une soirée chez la princesse Mathilde, je leur renvoyais leur salut de loin et, à la manière sournoise dont ils observaient James, le fiel leur sortant par les yeux, une haine sourde leur pinçant les lèvres, je devinais déjà à quelle sauce ils allaient le cuire sitôt retournés à leur table d'écriture : monstrueuse figure... épouvantable face batracienne... yeux éraillés... paupières en coquille... baveuse bouche en tirelire... réceptacle de toutes les hideurs morales... satyre de l'or... Ces hommes de goût ont le dégoût prévisible. Ils croient nous humilier en nous retirant systématiquement notre particule. Ce ne sont pourtant pas des polygraphes assujettis à la commande. Quoi que nous fassions, ils nous voient comme des entremetteurs, des intermédiaires, des pilleurs. Nous, les Rothschild et les Juifs, juste bons à produire des félicités empoisonnées. Mais pourquoi les invite-t-on encore? Il est vrai que ce sont des écrivains. Malgré les horreurs sur nous proférées, le survivant de la fratrie est reçu jusqu'à sa mort chez mes enfants Edmond et Charlotte. Il se permet de comparer la qualité de leurs cuisines.

Un mystère demeure : comment ces deux frères, si fins dans leur culture, si distingués dans leur intelligence, à qui l'on doit tout de même la résurrection du grand goût du XVIIIᵉ siècle, comment peuvent-ils dans le même temps louer *par principe* les tableaux d'un collectionneur pauvre et décréter *par principe* que la collection d'un riche est nécessairement constituée de faux? Il y a là une démarche de l'esprit qui dépasse l'entendement. À leurs yeux, que des riches soient des amateurs, ils n'en seront pas moins toujours de pauvres amateurs. Non, vraiment, quand on sait ce qu'ils écrivent, on se dit que leur absence à une soirée ajoute encore à la beauté des lieux.

172

Les derniers rayons de soleil viennent mourir sur les tentures de Cordoue du salon des cuirs, ce qui a pour effet d'animer les personnages du *Triomphe de Mardochée*. Une douce lumière fait alors ressortir la beauté poignante des choses fragiles. C'est Ferrières tel que je l'aime.

Deux domestiques dépoussièrent les objets alors que le château n'est pas encore levé. Certaines de n'être pas entendues, insoucieuses des conséquences de leurs paroles, elles daubent sur les exigences de certains invités. Les exigences ! Voilà bien une attitude typique des *fashionables* que je me refuse à comprendre. Ils ne paient jamais nulle part et sont toujours les premiers à crier « Remboursez ! » quand ça ne leur convient pas tout à fait. J'ai pourtant pris garde que nos gens puissent à tout instant parer à l'imprévu, et que les invités disposent selon leur gré aussi bien de l'extraordinaire que de l'ordinaire.

Les deux jeunes filles s'enflamment, le plumeau à la main, et leur babil ressuscite indirectement la silhouette de la princesse de Lieven. Nous l'avons reçue dans les années 1840 accompagnée du général Fagel, le ministre de la Hollande, et de l'ambassadeur Apponyi, et je me souviens qu'elle avait fait sa difficile au-delà du raisonnable. Nous lui avions pourtant donné les appartements arrangés pour le duc d'Orléans, mais non, les matelas n'étaient pas à son goût, trop durs et trop humides. Le château se mit en révolution pour les faire battre et sécher. Le comte Apponyi exprima son admiration pour la beauté du domaine, quoique l'étang fût jugé trop proche de la maison et que l'absence d'un jardin de séparation mît le gibier à proximité de la cour, ce qui n'était pas faux. Il loua le bon goût et le confort des intérieurs, remarqua la délicatesse des hanaps en vermeil enrichis de pierres fines et jusqu'aux mosaïques de Florence, mais il me revient qu'il ne put s'empêcher de relever un détail :

« Les serviettes, si vous m'y autorisez…

— Quoi, les serviettes ? La buanderie traite en moyenne quatre-vingt mille pièces chaque année et vous trouvez qu'il en manque ?

— En Angleterre, on en a jusqu'à deux douzaines sur chaque table de toilette.

— Les Anglais seraient-ils faits si différemment de nous ? Combien de jambes possède un Anglais d'après vous ? »

Son exemple était bien mal choisi. L'ambassadeur devait ignorer que les mœurs anglaises me sont radicalement étrangères, qu'il s'agisse de la brutalité du *shake hand* ou du goût du sport. À Waddesdon Manor, du moins du temps de notre cousin Ferdinand, on traitait les invités selon un rituel qui m'a toujours fait pouffer. Au lever, après avoir tiré les lourds rideaux, un valet engageait la journée en ces termes : « Thé, café, chocolat ou cacao, madame la baronne ? — Du thé.

— Bien, madame. Assam, Souchong ou Ceylan ?
— Souchong. — Bien, madame. Lait, crème ou citron ? — Lait, bien sûr. — Bien, madame. Jersey, Hereford ou Brévicorne ? » Là, il me fallait rendre les armes à l'Angleterre faite vache car j'avoue qu'à une telle heure la distinction entre les races de bovidés domestiques m'échappait un peu.

Victor de Balabine, le secrétaire de l'ambassade de Russie, a beaucoup fait pour notre réputation artistique. Il se répandait volontiers en disant que chez nous au moins, à Paris ou ailleurs, on était assuré de trouver de la bonne musique. L'amitié de Rossini n'y était pas étrangère, même s'il arriva que James le paie pour rehausser de sa présence la cérémonie de mariage de notre fille. Selon ce qui devint une tradition bien établie de mécénat des artistes, les Rothschild tant français qu'anglais se dépensèrent pour l'introduire dans les maisons et les cercles utiles à sa carrière.

Rossini était une excellente fourchette. Il avait connu Antonin Carême chez nous et une solide complicité s'était établie entre eux. Ils avaient même inventé une salade de concert, faite, si je m'en souviens bien, d'émincé de truffes blanches du Piémont, d'huile d'Aix, de jus de citron, de moutarde fine, le tout poivré et salé avant d'être battu dans un saladier.

James et Rossini se fréquentaient de longue date, alors que tant de choses les opposaient, avant même que son *Stabat Mater* fit sensation à l'Opéra. Comme par un fait exprès, leurs agonies furent concomitantes. Son épouse et moi venions régulièrement aux nouvelles l'une vers l'autre. Un jour, je lui fis tenir une carte sur laquelle j'inscrivis simplement « Mort »; elle me revint le lendemain avec la même mention « Mort » tracée de sa main.

Lorsque je vois mon fils Alphonse et son cousin entreprendre le commissaire Clément, chef du service des mœurs à la préfecture de police, puis l'emmener par le bras en aparté dans ce coin discret du grand hall qui est mon territoire, je me doute que ce n'est pas pour évoquer leur dernière battue. C'est le grand mérite de la chasse que de permettre à ses fervents de parler du reste sans que nul n'en soit surpris.

Le commissaire est un homme de fiches plus que de dossiers. Peu loquace par nature et par fonction. C'est la personne la mieux renseignée de Paris sur le demi-monde — et l'on ne connaît pas de puissants qui n'entretiennent quelque actrice des Variétés. Il se disait autrefois que mon mari avait lancé la carrière de Marie Verne, une danseuse de l'Opéra qui trouva sa fortune en passant des bras du prince Denain à ceux du jeune Say et de quelques autres aussi bien choisis. Je n'ai pas voulu en savoir davantage. Que m'importait d'apprendre qu'elle était de l'Opéra, ou des Menus-Plaisirs, des Délassements-Comiques, du bal Périn ou même de la Maison-Dorée ! La présence ce dimanche de ce policier de renom spécialisé dans la galanterie n'a rien de fortuit. N'importe quel invité devinerait le sujet de leur conversation à leurs mines de conspirateurs, en résonance aux dernières rumeurs sur la conduite de ma belle-fille Leonora, que nous appelons tous Laurie :

« Elle n'est pas très prudente, il faudrait la mettre en garde, dit l'homme des secrets, le visage rougeaud, si plein de sa fonction. Nos agents l'ont encore surprise dans des lieux publics en compagnie d'autres femmes, la marquise de Galliffet née Laffitte, qui n'est pas plus vigilante… D'après le rapport d'un inspecteur, elles participent de concert à des soirées de tribades dans une maison située au numéro 5 de la rue Basse-du-Rempart.

— Nous allons arranger cela, n'est-ce pas ? soupire Alphonse en posant sa main sur le bras du policier, avant de se lever pour l'entraîner vers la table du dîner.

— Ce n'est pas tout, insiste le policier, ce qui a pour effet immédiat de faire rasseoir Alphonse. Il y a également votre jeune frère, M. Edmond.

— Ah… Toujours la même ?

— Lucie Hébert, trente ans, un splendide

177

appartement au premier étage du 8, rue de Rome, sachant que Mme Sarah Bernhardt, également bien connue de nous, est au 4... Voiture, chevaux, domestiques.

— Nous en avons longuement parlé dans la famille, puis avec lui. Les remontrances n'ont manifestement pas suffi. Il semble qu'elle exerce une forte influence sur lui. En tout cas, elle lui coûte cher...

— Elle veut se faire épouser, elle le presse et ne manque pas d'arguments.

— Hummm! grogne Alphonse en échangeant un long regard avec son cousin assis face à lui, avant de se pencher vers le policier. Croyez-vous qu'elle le prendrait mal si nous lui proposions 100 000 francs pour faire cesser cette liaison?

— Vous savez ce que disent les musardines dans la haute bicherie parisienne, monsieur le baron? Autrefois, l'amour était une affaire de temps, désormais c'est une affaire de *tant*... », fait-il d'une inflexion conjuguée de la langue, du menton et des lèvres destinée à prononcer le mot en italique.

Nos invités les plus chers repartaient rarement de Ferrières les mains vides. Nous avons toujours entretenu la tradition des beaux cadeaux. Non pour acheter les gens, ni pour éblouir la galerie, même si le plus souvent le geste est reçu pour l'une ou l'autre raison. Il y a aussi quelque chose de très Rothschild dans cette attitude-là, moins répandue qu'on ne le croit. Je faisais porter chaque année de grands bouquets et des œufs de Pâques à la famille de Françoise d'Orléans. L'ambassadeur Apponyi était toujours impressionné par le raffinement que je mettais dans le choix de ce que j'offrais à ses enfants pour Noël : une table de jeu en acajou avec cartes, bilboquet, dés, dames, diables et toupies pour Rodolphe et Jules, et pour Mimi une commode contenant le nécessaire à dîner pour ses poupées, nappes, porcelaine, couteaux, cuillères, verres et jusqu'aux fourchettes offrant, il est vrai, un tableau d'une rare élégance.

James partageait mon goût de l'originalité dans le choix des cadeaux. Pour remercier Mlle Patti d'avoir chanté des compositions de notre nièce, et surtout pour lui dire combien l'éclat de sa voix l'avait charmé, il lui fit porter un ananas confit qu'il avait fait venir de Nice spécialement à son intention. Nos cadeaux n'étaient pas nécessairement les plus dispendieux, mais souvent les plus recherchés. Cette singularité touche tant et si bien qu'elle ajoute au cadeau, et souvent ne demeure dans le souvenir du récipiendaire que la trace de ce supplément d'âme. Aussi, lorsque je devinais que quelque chose d'utile plairait davantage qu'un objet futile, je le cherchais plutôt rare et ancien afin qu'il puisse également témoigner du passé. Le comte Nigra, de la légation d'Italie, me rappela souvent combien il fut sensible aux volumes que je lui offris de la correspondance de Mme du Deffand — qu'Horace Walpole tenait pour « une admirable débauchée d'esprit ».

Si James avait cherché à prouver que la magnificence et la galanterie n'avaient jamais paru en France avec tant d'éclat que dans ces années Ferrières, il ne s'y serait pas pris autrement. Le 16 décembre 1862 en fut l'acmé. Ce jour-là, accompagné de nos quatre fils, il se rendit à la gare afin d'y accueillir Napoléon III, l'empereur ayant fait savoir par l'intermédiaire de notre ami commun le comte Nigra qu'il lui plairait d'être reçu en ces lieux qui défrayaient tant la chronique mondaine. Dès son arrivée au château, on hissa les couleurs impériales aux mâts des quatre tours. Les dames Rothschild des maisons de Paris, Londres, Francfort et Vienne l'attendaient dans le grand hall. Fould, le ministre des Finances, le comte Walewski, ministre d'État, le comte Cowley, ambassadeur d'Angleterre, Richard Metternich, ambassadeur d'Autriche, ainsi que les généraux Ney et Fleury escortaient l'empereur. Le grand déjeuner fut ponctué par une musique grandiose, Rossini dirigeant le chœur de l'Opéra de Paris, et son *Hallali du faisan* succédant à une grande chasse.

Notre visiteur eut la délicatesse de ne pas m'en vouloir d'un incident qui avait fait de moi la risée de Paris pendant quelques jours au moins. Peut-être savait-il que ma légendaire myopie m'interdisait d'identifier quiconque à plus de quelques pas. Il ne fit pas la moindre allusion à notre « rencontre » un après-midi du printemps 1861 sur la place de la Concorde. Je me trouvais dans ma calèche en compagnie d'une jeune cousine de Francfort à qui je présentais Paris quand, l'encombrement aidant, un haut personnage nous avait saluées du haut de son phaéton attelé de magnifiques anglais. Le temps de retrouver mes lorgnons dans mon châle, je lui avais envoyé distraitement des « bojou bojou » comme on le ferait à un familier, avant de constater alors qu'il s'éloignait qu'il s'agissait de l'empereur.

Avant d'épouser Louis-Napoléon, Eugénie de Montijo était notre protégée. Chaque fois qu'elle voyageait pour son agrément à travers l'Europe, James envoyait une lettre circulaire à ses frères, ainsi qu'à leurs correspondants à Bruxelles et Amsterdam, afin que toutes libéralités bancaires soient accordées à celle qui était alors la comtesse de Teba et à sa mère, la duchesse de Penaranda.

Un jour, il me fallut rompre la glace. Je me rendis à une des fêtes du président lorsqu'il ne m'était plus possible de refuser ses invitations sans que cela eût l'apparence d'une bouderie politique. Il fut extrêmement affable et me témoigna ses regrets de m'avoir sue si longtemps souffrante, même s'il n'en croyait pas un mot. Son extérieur était des plus communs mais la douceur de son regard semblait quêter la bienveillance et la protection. Il me convainquit d'accepter son invitation à un bal masqué aux Tuileries, auquel je me rendis en Renaissance. Mais, par loyauté vis-à-vis de Marie-Amélie, je laissai James, accompagné de notre fille et de son mari, assister sans moi au Sénat au mariage impérial.

Jusque-là, Louis-Napoléon m'apparaissait comme un être d'une banalité à pleurer. L'homme par lequel le scandale n'arrive pas. Il manquait de caractère, de toute évidence, puisqu'il ignorait à laquelle de ses impulsions contradictoires il devait céder. Au début de son règne, je le considérais encore comme un néant politique. Celui qu'on surnommait Naboléon, l'insignifiance même, était une vraie nullité dont la puissance n'a de valeur que négative. Un personnage avide de pouvoir pour le pouvoir, sans autre drapeau que son nom glorieux, un socialiste dissimulant sa vraie nature sous un masque d'urbanité, tout sauf un homme d'État. Il ne faisait aucun doute à mes yeux que si la France devait vivre une histoire d'amour avec lui, elle serait atrocement romantique : passionnée dans les prémices, haineuse à son paroxysme, violente à l'instant de la séparation.

Un tel homme ne pouvait offrir à ses trente-cinq millions de sujets rien de mieux qu'une parodie d'Empire. Comment aurais-je pu être impressionnée par un personnage certes historique mais qui, au fond, était venu au monde chez mes parents puisqu'ils avaient racheté en 1832 l'hôtel où avait vécu la reine Hortense, tout à côté du nôtre rue Laffitte ?

Il planta un cèdre. Après son départ, l'un de ses aides de camp nous confia : « L'empereur est absolument enchanté de sa visite. Il en parle comme d'un château des Mille et Une Nuits. Il s'est dit très amusé et émerveillé. »

En le raccompagnant à la gare, James savourait sa victoire personnelle, dont tous ignoraient la nature. Son intense satisfaction se lisait à ce léger sourire que je lui reconnaissais en pareille circonstance. Car il se souvenait, lui, que dix ans auparavant l'empereur avait confié la fondation du Crédit foncier au frère de son ministre Fould après que celui-ci lui eut conseillé de notoriété publique : « Il faut absolument que Votre Majesté s'affranchisse de la tutelle de Rothschild, qui règne malgré vous. »

L'empereur était venu, et Fould aussi. La journée avait été historique. De l'avis de tous, elle resterait dans les mémoires. Quelque chose pourtant me laissait insatisfaite, un arrière-goût dénué d'amertume mais non de mélancolie, le regret de ce que tout cela aurait pu être si nous avions vécu sous l'Ancien Régime. Pas seulement celui du gouvernement des hommes mais celui du goût, quand le grand genre et non le pastiche dominait. Dans ces moments-là, plus encore que dans les jours délicats, j'éprouvais une douce nostalgie pour une époque que je n'avais pas vécue mais que je ressentais si fort. Je n'allais pas jusqu'à ordonner que l'on fermât les volets le 14 juillet. Mais, du jour où j'ai eu le sentiment qu'au XIXe la Révolution ne faisait que radoter, j'eus hâte de changer de contemporains.

Mon orléanisme n'était un secret pour personne, l'opportunisme de James non plus. Ses convictions politiques ne l'avaient jamais embarrassé. Ma loyauté compensait son aptitude à servir le puissant du jour quel qu'il fût. À la mort du roi, puis de la reine, j'avais fait prendre le deuil à toute ma maison. La disparition de cette sainte femme m'avait vraiment affectée. Tant pis si l'on put se moquer de ce qu'en donnant l'élan du désespoir je faisais porter le crêpe à la *high life*. Malgré les avances, je m'étais abstenue de paraître à la cour sous l'Empire. Un mot m'en aurait dissuadée de toute façon, celui de Viel-Castel lorsqu'il évoquait l'empereur en sa cour comme « un diamant tombé sur un étron ». Ma fidélité aux princes demeurait inentamée. Nous nous rendions de signalés services. Lorsqu'il se mit en quête d'un cocher capable de tenir son écurie au château d'Eu et de correctement monter ses chevaux de selle, Louis-Philippe d'Orléans me sut gré de lui avoir recommandé Henri Maugis, qui avait été autrefois de nos gens et qui répondait parfaitement à son désir sous le rapport de l'équitation. Oserais-je dire que j'ai conservé pieusement une bague de la duchesse d'Aumale contenant une inscription en signe d'amitié, cadeau du duc à la mort de sa femme ? Peut-être que si je me plaisais tant dans la compagnie des princes, c'est qu'ils se situaient tellement au-dessus du monde, le leur et celui des autres, qu'ils avaient cette particularité d'être totalement dénués de snobisme, attitude qui signe l'élégance des vraies altesses.

Après tout, n'étions-nous pas, eux et nous, toute proportion gardée, des symboles ? Le fait est que dans la journée du 24 février 1848 de funeste mémoire, les émeutiers pillèrent les résidences des Orléans au Palais-Royal et au château de Neuilly, et celles des Rothschild à Boulogne et Suresnes.

Notre ami Ary Scheffer était des rares à me comprendre. Il faut dire que lui aussi évitait la cour et les salons, ne témoignant aucune indulgence à l'auteur du coup d'État. Des liens puissants le rattachaient aux Orléans depuis qu'il avait enseigné le dessin aux enfants du duc et que celui-ci s'était fait son mécène, jusqu'à en faire finalement le peintre de cour de sa maison.

Mes convictions se raidissaient à mesure que l'opportunisme de James se confirmait. Sans faire le difficile, il était chez lui aux Tuileries. Il y avait en lui du M. de Savoie, celui-là même dont

Louis XIV disait qu'il ne terminait jamais une guerre dans le camp où il l'avait commencée.

On peut aimer la France sans pour autant aimer la République. La hantise de la foule devrait détourner du suffrage universel. Les députés ont prouvé que, pour la plupart, ils n'étaient que les bêtes sauvages de la grande ménagerie parisienne. Je déteste mon temps depuis longtemps, mon époque me déçoit depuis les journées de 1848, que nous avons fuies, mes enfants et moi, en embarquant au Havre pour l'Angleterre. La démocratie est synonyme d'anarchie et de chaos, et qu'on ne me parle pas de la condition des Juifs de ghetto ; leur émancipation serait advenue un jour ou l'autre, de toute façon. N'y cherchez pas la nostalgie d'un régime révolu, c'est juste le regret d'un temps où l'on avait le sens de l'honneur et de la dignité, où l'on avait conscience de son rang. De toute façon, sans unité des deux branches de la famille royaliste, tout espoir de restauration était vain.

Un jour, l'Allemagne nous a envahis et les Allemands ont habité chez nous. Le roi Wilhelm dans les appartements d'Alphonse, le comte Bismarck dans ceux qui furent les appartements de James, et von Moltke dans mes murs. Ils y prirent racine durant près d'une année avec quelque trois cents hommes et deux cents chevaux. Après avoir vidé soixante-cinq bouteilles de vin et trente-deux de champagne, leurs officiers d'état-major, annoncés à quinze mais venus à trente-deux, jugèrent scandaleux d'être aussi mal reçus chez la baronne de Rothschild. Manifestement, le roi n'était pas leur cousin : venu avec ses gens, notamment ses propres cuisiniers, il n'en gratifia pas moins le personnel du château de 200 francs de pourboire. Il exigea même que l'on vérifiât l'état général des lieux avant le départ. Las ! Malgré les hommes de garde, et la présence du duc de Mecklenburg et du prince de Badenia, s'il fut interdit aux soldats de tirer les perdrix, les caves furent pillées et des objets disparurent. Comme tous les châteaux de la région, le nôtre n'était plus qu'un hôpital de campagne où l'on manquait de bois et de nourriture. Quand nous pûmes enfin le récupérer, il était dans un état lamentable. Bismarck était pourtant un ami de la famille.

Le château entra dans l'Histoire par « l'entrevue de Ferrières ». Jules Favre, ministre des Affaires étrangères du gouvernement de la Défense nationale, tenta d'y obtenir la signature d'un traité de paix acceptable pour les Français. Bismarck le fit attendre plusieurs heures pour l'humilier un peu plus. C'était le dimanche 18 septembre 1870. La chaleur était suffocante. Favre s'était fait accompagner du baron de Ring, son sous-chef de cabinet, de M. Hendlé, son secrétaire, d'un capitaine d'état-major et de M. Lutz, facteur au ministère des Affaires étrangères.

Il est venu en secret. Il voulait manifestement forcer l'ennemi à dévoiler ses desseins. Il avait hâte de décharger le gouvernement de son fardeau sur l'Assemblée afin que celle-ci décide aux yeux de l'Histoire de la poursuite de la guerre ou d'une recherche des conditions de la paix. Mais il avait lancé un ultimatum sur l'intégrité du territoire, convaincu d'être soutenu par l'opinion, et ne pouvait reculer même si déjà, en le regardant faire les cent pas devant moi, je sentais bien qu'il regrettait de ne pouvoir céder du territoire, ne fût-ce que pour conserver Metz en échange. Il voulait proposer une « transaction honorable » à Bismarck. Et dire qu'il se rendit jusqu'aux avant-postes pour cela ! Bismarck accepta d'abord de le retrouver au château de Haute-Maison, un simple manoir près de Montry. L'entretien s'y déroula ; mais le jour déclinant, en l'absence de gîte alentour, le chancelier convint de le mener à Ferrières pour poursuivre et éviter une séparation sur un désaccord absolu. Bismarck, des traits puissants plantés sur une haute stature, manifesta une bonhomie qui tranchait avec sa gravité.

L'entrevue eut lieu dans la salle des chasseurs, au rez-de-chaussée, quartier général de la poste prussienne. Le Français était impressionné par le nombre des soldats allemands, leur tenue, leur discipline, leur volonté. Favre ayant débarqué à l'heure du dîner, Bismarck l'invita à partager sa table, ce qu'il refusa. Il voulait revenir à l'essentiel :

« Que voulez-vous de plus ? Vous avez établi votre prépondérance au détriment de la nôtre ; vous avez acquis aux yeux du monde une gloire militaire qui peut satisfaire les plus ambitieux.

— Ne parlez pas de cela ! C'est une valeur qui n'est pas connue chez nous, qui n'est pas... un mot de Bourse...

— Cotée ?

— Précisément. C'est une valeur qui n'est pas cotée et à laquelle notre peuple tient fort peu. Nous ne demandons qu'à vivre paisiblement chez nous. Nous ne vous avons jamais attaqués, et nous ne vous attaquerons jamais. Quant à vous, c'est autre chose, vous ne rêvez que d'une revanche et nous serons forcés de la subir... »

Bismarck a utilisé le mot « populace » pour désigner le peuple de Paris, il a ressorti les excès de la presse, les caricatures, les railleries, et Favre lui a retourné le gant avec les mêmes arguments. L'Allemand aurait préféré traiter avec Napoléon III, si seulement les amis de Favre n'avaient pas eu l'idée de le renverser. Ils se séparèrent à minuit et demi, conscients d'avoir avancé, et se retrouvèrent le lendemain à onze heures pour trouver des combinaisons. Finalement, Bismarck « retiendrait » l'Alsace et la Lorraine ainsi que la garnison de Strasbourg. Au moment de prendre le grand escalier, Favre se détourna contre un chambranle afin de dissiper son malaise, réprimant difficilement des larmes de douleur et de colère. Un capitaine d'état-major l'escorta jusqu'aux avant-postes afin de lui épargner les fusillades. Il allait devoir expliquer le démembrement de la patrie.

Un temps, après l'élection d'une Chambre à majorité monarchiste, mes amis politiques caressèrent à nouveau l'espoir d'une restauration. Le comte de Paris, chef de la maison d'Orléans, et le comte de Chambord, chef des Bourbons aînés, consentirent à faire un pas l'un vers l'autre. Mais tout effort fut ruiné par une histoire de drapeau, le premier tenant pour le tricolore, le second pour le blanc de son grand-père. Il n'y eut pas de fusion. Chambord rata son entrée à Versailles, où siégeait l'Assemblée dans le sillage du président Mac-Mahon. Ainsi le comte de Paris devint-il le chef de la maison de France.

En ce moment ils sont assis face à moi, Beauvoir et le comte Dillon, en grande conversation avec Alphonse. Les trois hommes se sont éloignés du souper car le temps presse. Une élection doit avoir lieu dans le Nord le 15 avril 1884. Or il manque 100 000 francs à la cause pour financer sa campagne. La cause monarchiste. Dans ce cas de figure, qui n'est pas un cas d'école, elle puise toujours dans les mêmes fonds : celui de la duchesse d'Uzès mais elle a déjà donné 3 millions, celui des Rothschild et celui du baron d'Hirsch. Mon mari détestait Hirsch presque autant que Pereire. Il disait que l'un et l'autre déployaient dans leur attitude anti-Rothschild une ardeur à rendre jaloux les antisémites.

« Alors, où en est-on ? demande Alphonse.

— Breteuil, qui se dit royaliste démocrate, est allé voir Hirsch pour lui demander 200 000 francs.

— Mais je croyais qu'il s'agissait de la moitié de cette somme ?

— C'est qu'entre-temps les besoins auront augmenté, alors on anticipe. Il lui a donc dit : "Il n'y a que deux personnes à qui je peux le demander : vous, que je considère comme un gentleman, et Alphonse, que je considère comme un banquier." Hirsch s'est levé, il a fait le chèque.

— Et il n'a demandé ni détails ni reçu ! » renchérit Dillon.

Le sourire qui éclaire le visage de mon fils me suffit à imaginer son triomphe intérieur. Un sourire discret et muet, dénué de l'arrogance des victoires faciles ; son père en aurait fait des gorges chaudes.

Beauvoir a recueilli d'autres confidences de son ami Breteuil. Au cours d'un récent déjeuner, comme celui-ci évoquait sa prochaine visite au comte de Paris en Angleterre pour discuter la question finances, le baron d'Hirsch s'était échauffé à cette perspective :

« Alors il s'est mis à calculer que notre cause ayant besoin de 50 millions il faudrait au moins en obtenir 10 et que pour ce faire il fallait frapper à votre porte, Alphonse ! Et il a même dit comment le prince devait s'y prendre pour vous les extorquer ! Écoutez plutôt : "Qu'il fasse venir Rothschild, qu'il ait sous la main à son bureau quand il le recevra un carnet d'obligations à souche dont je lui donnerai le modèle et qu'il lui dise : 'Mon cher baron, je ne puis pas, je n'ai pas le droit de vous mettre au courant de toutes mes combinaisons politiques, mais vous pouvez me croire quand je vous dis que je suis sûr de faire la monarchie d'ici à un temps très rapproché — et j'ai résolu de réunir une somme d'argent considérable dont je puis avoir besoin. J'ai émis à cet effet cinq cents obligations de 100 000 chacune portant intérêt de 3 % remboursables avec le capital. Un certain nombre en est déjà placé. Je vous en ai réservé cinquante et je compte que vous ne me refuserez pas de les prendre. Ce n'est pas un cadeau que je vous demande, c'est un simple emprunt que je fais à votre maison.'" »

Cette fois, Alphonse ne peut contenir sa jubilation, laissant échapper un rire franc et délié comme les statues du hall de Ferrières n'en ont pas entendu depuis longtemps.

En 1886, l'année même de ma mort, une nouvelle loi d'exil fut votée qui poussa la maison de

France du château d'Eu au port du Tréport où l'attendait un steamer en partance pour l'Angleterre.

Mon fils aîné Alphonse en revient. Du moins revient-il du château d'Eu, comme il en fait le récit à sa femme et ses enfants groupés autour de lui, et de moi l'invisible omniprésente :

« Je n'avais aucune envie de me mêler à cette cohue. Des milliers de badauds, vous pensez ! J'ai préféré assurer le prince de mon dévouement quelques jours avant, à Eu. Je n'étais d'ailleurs pas le seul puisque j'y ai croisé Pilet-Will et Demachy.

— Tu sais ce qu'on dira...

— Je sais, on dira que les banquiers ne veulent pas se compromettre, et que les Orléans ont toujours fait preuve d'une bienveillance exagérée à l'égard de la corporation, et cela m'est égal !

— Tout de même, tu aurais pu te faire représenter au port... »

Il aurait pu, en effet. Alphonse est un bon chef de maison, il est intelligent, on le dit habile financier et excellent administrateur mais, quel que soit son dévouement à la cause du comte de Paris, un atavisme familial le retiendra toujours d'aller jusqu'à se compromettre ouvertement avec la République. La prudence Rothschild.

Les enfants et leur mère se retirent car Alphonse attend un visiteur. Henri de Breteuil, puisqu'il s'agit de lui, commence par évoquer les étourdissements répétés du président Grévy mais son inquiétude est trop ironique pour tromper quiconque ; les deux hommes avancent tout de même des noms de coadjuteurs, avant d'évoquer les frasques de M. Gendre, l'ineffable Daniel Wilson et son trafic de décorations, ses pots-de-vin...

« Figurez-vous que l'an dernier encore, raconte mon fils, je n'ai pas pu entrer dans une affaire prometteuse parce qu'il me fallait auparavant lui donner 500 000 francs ! Extravagant, non ? L'affaire s'est faite, mais sans moi.

— Wilson est riche, autant qu'on peut l'être lorsqu'on est corrompu jusqu'à la moelle, mais boursicoteur jusqu'à...

— Certains devraient se faire interdire de Brongniart comme on se fait interdire de casino. »

Malheureusement, je n'en apprendrai pas davantage, la conversation déviant sur le comte Greffulhe, qui a fait sa réputation de séducteur exclusivement auprès des blondes et qui finit par épouser une brune, ce qui laisse effectivement songeur.

Un petit groupe de chasseurs s'installe à mes pieds. Quelques minutes me suffisent à comprendre que le savoir-faire cynégétique ne les préoccupe guère. Leur maintien autant que leur conversation révèlent d'emblée leur qualité d'officiers. Je connais cette race d'hommes, j'en ai connu un, celui-là même sur qui la conversation ne manque de se porter, et pour cause. Changarnier. Le général Nicolas Anne Théodule, fils d'un royaliste d'Autun, de douze ans mon aîné, une poussière de temps, à peine moins que mon oncle James avant qu'il ne devienne mon mari.

Le général Changarnier dînait souvent rue Laffitte ; sa bonne éducation autant qu'un vieux réflexe guerrier lui faisait toujours me tendre son bras gauche, laissant ainsi le droit libre pour tirer l'épée qui me protégerait. Ces soirs-là, j'avais un peu de mal à porter une attention égale à tous les invités, comme il sied à une maîtresse de maison, et à ne pas lui marquer ma préférence. Jusqu'au jour où il vint également chasser à Ferrières, de plus en plus fréquemment, ce qui en étonna plus d'un. Il est vrai qu'il n'était pas chasseur. À la veille du coup d'État du 2 décembre, James avait encore confiance en son étoile et lui prédisait un grand avenir ; il l'appelait « notre général » ou encore, plus ambigu, « notre petit ami ».

« Tout le monde était au courant, à Paris. Ils ne s'en cachaient pas, lui surtout, si heureux d'aimer et d'être aimé d'une personne de cette qualité qu'il s'en ouvrait à ses amis. C'était même devenu un sujet de plaisanterie, rappelez-vous... »

Les voilà partis. Il est vrai que cet homme dégageait quelque chose d'une furie si française, ce mélange de hardiesse et de témérité auquel seuls les grands soldats peuvent donner un élan qui les distingue à jamais. À ce niveau-là, le courage non plus que la bravoure n'a de sens car ils en sont tous plus ou moins pourvus. Il leur faut rencontrer une forte secousse et tutoyer l'Histoire pour se révéler. Changarnier, ce fut l'expédition d'Alger.

« Des plaines de Kabylie aux défilés de l'Atlas, de capitaine à général de division, douze ans à peine ! et le voilà dans le triumvirat des Africains avec Bedeau et Lamoricière. Ah, quelle légende, Changarnier... Vous croyez que l'Histoire oubliera Sidi Mabrouk ? demanda l'un d'eux, un certain Bulliot, d'une voix émue.

— Sidi Mabrouk, reprit aussitôt le comte d'Antioche lancé dans un songe à voix haute qui en disait tant sur la vénération que tous lui témoignaient, la retraite de Constantine le 24 novembre 1836, nos troupes attaquées par des forces bien supérieures, et notre Changarnier, alors chef de bataillon du 2e léger, laissant passer devant lui tout le corps expéditionnaire, formant une arrière-garde avec les plus résolus de ses hommes, puis le carré et devant l'assaut de la cavalerie arabe : "Camarades, regardez ces gens-là en face ! Ils sont six mille et vous êtes trois cents. Vous voyez que la partie est égale !" On connaît la suite, la cavalerie arabe reprendra la route du désert après maints assauts infructueux, ce coup d'éclat révélera Changarnier, sa bonne ville d'Autun ouvrira une souscription pour commander à Horace Vernet un tableau l'immortalisant. Il savait gagner la confiance de ses hommes.

— Et pas que là-bas ! À Paris, en 1849, commandant en chef des gardes nationales, il tient tête aux émeutiers, les cerne et les oblige à mettre bas les armes devant le Conservatoire des arts et métiers.

— Et en 70, malgré son âge, il se porte volontaire dans Metz assiégé. Un athlète, il est vrai.

— Non, juste un soldat, avec l'Afrique pour seconde patrie et l'épée pour compagne, demeuré grand dans l'exil et la pauvreté. »

Ces faits d'armes étaient connus de tous mais la gloire militaire n'aurait pas suffi à m'attacher à lui, pas aussi durablement, malgré qu'il fût insoucieux de la douleur comme du danger. Mgr Perraud, l'évêque d'Autun, Mâcon et Chalon, avait su trouver d'autres mots pour le définir, et le ressouvenir de cet éloge funèbre sous les voûtes de la cathédrale suffit à mon frisson : « ... Ses mains octogénaires ont tenu ferme jusqu'au bout le drapeau de la civilisation chrétienne comme elles tenaient, quarante ans auparavant, l'épée devant laquelle fuyait, avec les cavaliers d'Abd el-Kader, le croissant de Mahomet... Il n'était pas, d'ailleurs, de ces hommes qui ne défendent les principes de la morale religieuse et sociale que par des convenances de situation, sauf à démentir par leur vie privée les maximes dont ils remplissent leurs discours publics... »

Pauvre cœur que celui auquel il est interdit de renfermer plus d'une tendresse! Jusqu'à cette rencontre, je me croyais une femme selon Mme de Staël : de la gaieté dans l'esprit, de la mélancolie dans les sentiments. Un échange de regards, de ceux qui peuvent engager une vie, m'a rappelé que je ne voulais plus être une femme selon Beaumarchais, âme active dans un corps inoccupé. Un regard suffit pour qu'une nature jusque-là contenue rompe enfin ses dernières digues. Notre XIXe siècle, si heureux d'hériter des manières du précédent, ne fut-il pas au fond le théâtre d'une négociation permanente entre les principes et les mœurs? On peut s'en laisser convaincre sans passer pour autant pour une femme au cœur innombrable.

Si la sagesse est d'être gouverné par des passions plutôt que par des intérêts, Changarnier était un sage. Nul n'a connu cet homme au front si haut et à la taille si fine aussi bien que moi. Connaître un homme jusqu'à anticiper ses douleurs intimes, sa clavicule droite qui le faisait souffrir par intermittence depuis un coup de feu reçu lorsque son bataillon formé au carré résista sur le plateau de Mansoura, son épaule gauche jamais vraiment remise d'une méchante blessure dans l'affaire du col de la Mouzaïa — mais il ne se plaignait pas, jamais.

Un détail suffit à juger un homme. Celui-ci parmi cent autres de la même veine. Au lendemain des événements de 1848, il voulut décorer mon ami le peintre Ary Scheffer, commandant d'un bataillon de la Garde nationale, pour son courage contre les insurgés. Mais Scheffer refusait cette Légion d'honneur à titre militaire, ne voulant l'accepter qu'en qualité d'artiste. Comme le général n'avait pas le pouvoir de la lui décerner, il lui commanda son portrait...

Changarnier était un homme facile à vivre et d'un abord agréable mais qui en imposait très vite par l'autorité naturelle qu'il dégageait, atout qui lui servit tant dans le monde qu'à l'Assemblée puis au Sénat. Direct à en être brusque, exaspéré par l'impertinence et les basses intrigues, entier et ardent, fidèle en amitié, c'était lui.

L'année exacte de notre rencontre importe peu. Pour moi, ce fut à mi-vie, ce partage des eaux où l'on s'interroge sur l'usage que l'on a fait de sa vie. Cette rupture, ce pic décisif que Proust appelle si joliment la « cime du particulier », peut se produire à n'importe quel âge, encore faut-il savoir donner contenu à cette secousse. Pour l'abbé de Rancé, ce fut le trépas de la duchesse de Montbazon.

Pour moi, ce fut lui.

Nous vécûmes des événements mais seuls les instants laissent des traces profondes et durables ; j'en fus empoignée. Les atmosphères dont je me souviens avec émotion sont celles qui provoquèrent son sourire. Je l'adorais. Pour lui, je pris des risques, ce qui est une manière comme une autre de mettre à l'épreuve la patience de notre Créateur. Quand un homme vous fait guetter le cœur battant les levées de la poste, il existe à vos yeux comme nul autre.

Doublement commandant, de la Garde nationale de la Seine et des troupes de ligne de la division militaire de Paris, il est arrêté ce 2 décembre 1851 de funeste mémoire sous l'inculpation de complot contre la sûreté de l'État et détention d'armes et de munitions de guerre. Un mois plus tard, un décret l'éloignait de France et d'Algérie pour cause de sûreté générale. Du jour au lendemain, il n'était plus rien, la rue ne considérant plus le héros que comme un factieux, promptement imitée par les milieux d'affaires, si l'on en juge par la hausse joyeuse avec laquelle la Bourse salua sa révocation.

Le duc de Persigny a fait courir partout le bruit qu'il me devait sa disgrâce tant je lui avais fait fréquenter ma « coterie orléaniste aveugle et obstinée », comme ils disent ou plutôt médisent, alors que Changarnier avait bien trop de personnalité pour se laisser influencer par quelque réseau. Au reste, il s'en méfiait par instinct, réflexe de vieux soldat rusé. Les salons de Paris étaient dominés par les partisans des deux monarchies bourboniennes, mais Changarnier n'était pas homme à succomber facilement à leur ivresse, contrairement à tant de guerriers de retour de leurs campagnes d'Afrique. On ne l'inféodait pas facilement, pas plus moi qu'une autre, notre complicité étant affaire moins d'opinion que d'esprit, contrairement à ce qu'insinuait le duc de Persigny, lequel avait échoué à rallier Changarnier à la cause impériale dans la course à l'Élysée. Il lui avait dit : « Vous avez pour vous votre fermeté d'esprit et la netteté de vos idées, mais il a pour lui que son nom contient celui de Napoléon, et cela, aucune bataille ne peut l'acquérir. » Il voulait le convaincre de se contenter d'un second rôle, mais un second rôle éclatant auprès de Louis-Napoléon. Pour les rabibocher, James imagina de les inviter tous deux à Ferrières, seul moyen selon lui de faire cesser cette « querelle d'Allemands », ce qui, prononcé avec son accent, prenait une saveur particulière.

L'éloignement forcé du général Changarnier dura un peu plus de sept années durant lesquelles nous n'avons jamais cessé de nous écrire. Un flot intarissable, des centaines, voire des milliers de lettres, les siennes d'une graphie large et nerveuse, si denses et si complètes, augmentées parfois de sa propre revue de presse à mon seul usage, qu'on pourrait les publier à l'égal d'un journal intime, mêlant ses confidences politiques du moment aux échos de ses relectures de Plutarque et Bossuet. Des circuits mystérieux nous reliaient entre les lignes, scellant notre complicité intellectuelle et affectueuse. L'implicite est un rare bonheur; nul besoin de formuler ou d'appuyer : tout est dit même quand rien n'est écrit. Notre épistolat était si régulier, si abondant, que nous nous passions même d'appel et de signature, ces béquilles ordinaires de la bienséance, comme s'il se fût agi d'une conversation interrompue seulement par les aléas des courriers postaux. Une si longue conversation qui reprit de vive voix lorsque l'amnistie générale me le ramena.

Il s'est éteint recru de jours au 9, rue de la Baume. Il était cinq heures de l'après-midi lorsqu'on lui ferma les yeux. Quelques jours après, je reçus de Tlemcen une lettre de condoléances du comte de Paris, suprême délicatesse puisque tout le monde savait. Sur sa tombe, on peut lire l'inscription qu'il y a fait graver : « Bonheur passe, honneur reste. » De lui je préfère conserver le souvenir de son visage. Le seul signe d'amour qui ne trompe pas, lorsque le visage inspire encore plus de désir que toute autre partie du corps.

Les échos d'une grande fête parviennent jusqu'à moi. Sans en être, j'imagine que la famille se tient entre elle dans un coin; c'est le cas chaque fois que la situation est inquiétante. Je me souviens d'un grand bal, ici même à Ferrières, sur le thème de la magie et du spiritisme, où l'on avait promis de faire tourner les tables. Les magiciens s'étaient mêlés à la foule des souverains et des artistes. Mais les Rothschild n'avaient pas le cœur à ça et, comme toujours en pareil cas, ils se tenaient entre eux à l'ombre des Maures soutenant la pièce monumentale. C'était au plus fort de l'Affaire et la montée de l'antisémitisme les préoccupait. Je devine qu'il en est de même ce soir.

La coalition des banquiers et des marchands de canons a détruit en 1914 l'unité naturelle de l'Europe, cette réalité culturelle et spirituelle dont je conserve la secrète nostalgie. Ce n'est pas faute de les avoir vus et entendus ici, dans ce château, préparer leur coup tandis qu'une certaine idée de l'Occident jetait ses derniers feux. Peut-être était-ce inéluctable, après tout.

De ma situation privilégiée, dans le hall, je ne rate rien. Je ne saurais être mieux placée. Pourtant, hormis M. Auguste, nul ne me demande jamais rien. On craint toujours de se ridiculiser à entrer dans un conciliabule secret avec ce que l'on croit être un objet inanimé. Que ce soit paresse intellectuelle, défaut d'imagination ou manque d'audace, on n'ose pas, alors qu'un portrait y invite naturellement, bien davantage qu'un paysage, surtout s'il est signé Mantegna ou Poussin, car même les arbres y parlent grec ou latin tant cette peinture mythologique est lettrée et érudite.

C'est d'autant plus regrettable que j'ai tant à raconter. Il suffirait de presque rien, juste de se croire le Hollandais volant face à l'immense portrait en pied de l'éternelle Pandora, pour entrer en conversation avec l'invisible. Les Auguste, père, fils ou petit-fils, le savent dans leur profonde simplicité.

Plus d'une fois, l'un ou l'autre de mes anges gardiens aux gants de cardinaux est entré dans le tableau, et m'a rejointe par la seule vertu de la parole à l'instant même où le tain quittait le miroir. Quelque chose d'archaïque en eux demeure tapi dans les replis de leur mémoire et leur rappelle que ce qu'on voit, c'est ce qu'on entend le mieux. Cette théorie acoustique qui date d'une poussière de siècles explique pourquoi autrefois, dans leur palais, le roi et la reine d'Espagne étaient les seuls à être placés face à l'orgue.

Houle des souvenirs, vase de la mémoire. Un étrange sentiment m'envahit jusqu'à me hanter la nuit, la conviction qu'un monde s'achève et que l'inconnu nous guette. Je le perçois à un signe infime, à une note très personnelle surgie de la coulée des siècles, le souvenir d'une image qui me renvoie au regret d'un instant; une douce nostalgie m'étreint alors, cette affection si particulière que l'on nomme la fièvre des feuilles mortes.

4

Au château de Neuschwanstein

J'entends mon petit-fils en communication téléphonique à quelques pas de moi, dans le grand salon de son hôtel de la rue Saint-Florentin où l'on m'a récemment ramenée; il s'entretient depuis vingt minutes avec l'un de ses directeurs, le seul à détenir la clé de la « pièce à part », au bureau, la plus importante et la plus invisible de la rue Laffitte.

« Vous détruisez tout comme convenu, Ettinghausen. Toutes les archives de la maison de Francfort... Oui, correspondance et comptabilité, c'est plus prudent... Absolument. Journaux, livres de caisses, livres d'effets, comptes courants, têtes de copies de lettres, service des titres, que sais-je encore, vous me passez tout ça à la machine à découper, je compte sur vous... »

À quoi pense-t-il, en cette journée tendue de l'automne 1938, l'air encore songeur longtemps après avoir raccroché? À un pan de l'histoire des Rothschild qui s'évapore à jamais ou à l'image de son père chargeant Neuberger d'accomplir exactement le même geste un demi-siècle avant, au plus fort de l'affaire Dreyfus ? Le temps est loin, très loin, 1848 exactement, où le choix d'un banquier juif, Michel Goudchaux, au fauteuil de ministre des Finances suffisait à nous rassurer.

Plusieurs personnages parfaitement recommandables sont ce soir à mes pieds, tandis que leurs épouses bavardent dans une autre pièce. Je ne les identifie pas tous mais parmi eux il y a un Viennois de passage, reconnaissable à son accent. Un Viennois philosémite, cela existe. Ce qu'il raconte de la situation qu'il vient de quitter laisse ses interlocuteurs incrédules.

« Vous ne soupçonnez pas le tour que ça prend !

— Allons, mon cher, pas de panique, vous autres avez tendance à tout exagérer.

— Au contraire. Sachez que je suis en deçà de la réalité.

— Dans ce cas, dites-nous comment réagissent les Israélites...

— Lorsqu'ils ne peuvent plus s'intégrer, ils font sécession en groupe et se posent en rivaux.

— Mais donnez-nous un exemple !

— Un jour, l'Association des alpinistes a exclu les Juifs de ses rangs. Soudain, ils n'eurent plus accès ni aux refuges ni aux sommets. Alors ils ont fondé leur propre association, idée qui ne leur était jamais venue à l'esprit.

— Votre exemple est trivial, mon cher. Cette histoire de montagnards… »

C'est alors que mon petit-fils Édouard s'immisce dans la conversation et, d'un ton parfaitement calme, vole au secours de l'étranger :

« Notre ami a parfaitement raison. C'est d'ailleurs une constante. Vous rappelez-vous comment est né l'équipage Lyons-Halatte ? Du refus des autres de donner le bouton à des Israélites, Camondo, Leonino, Stern, Bischoffsheim et consorts. Alors le comte de Valon, qui avait dirigé nos équipages, reprit la forêt d'Halatte et ses chiens, où ils furent admis. Allons, Bertrand, feriez-vous une différence entre la chasse à courre et l'alpinisme quand c'est un principe qui est jugé ? »

Un ange passe et se fraie un chemin à travers d'épaisses volutes de cigare, les fumeurs tirant toujours d'abondance quand la gêne s'installe, jusqu'à ce que le visiteur reprenne d'un ton grave qui annihile par avance tout commentaire :

« C'est étrange, j'ai encore dans le nez le parfum de cramé des autodafés. En ce moment, Berlin ressemble à Vienne. Les rues sont pleines de Juifs qui ne sont pas là. »

Le mot me reste. Impossible de m'en délester. Il est de ceux qui nous envahissent à mesure que l'on voudrait les mettre à distance en raison des réminiscences qu'ils charrient, et nous troublent. Celui-ci suffit à faire remonter en moi le souvenir de mon cher Heine, une image qui m'avait plus particulièrement frappée dans son *Almansor* : « Là où l'on brûle les livres on finit par brûler les hommes. » Depuis, mon désarroi est intact devant cette pensée que la raison seule ne peut surmonter. Nous en avons parlé un soir, lui et moi, à l'époque, et il m'avait confié que si les Français sont insurpassables dans l'art de l'amour, les Allemands étaient devenus maîtres dans l'art de la haine. Ma seule consolation est de songer qu'entre-temps un siècle s'est écoulé. C'est plus apaisant que de se dire qu'il n'est pas de souffrance inutile en regard de l'Histoire, et que toutes les larmes seront comptées.

Deux hommes se détachent du petit groupe d'invités, ce soir. Deux visages que je n'ai encore jamais vus. Probablement des partenaires étrangers de la banque. Leur accent les désigne plutôt comme Bavarois. Un verre de cognac à la main, ils vont de tableau en tableau en les commentant à voix basse. On dirait qu'ils les inspectent avec la minutie d'amateurs en repérage. Les cambrioleurs ne doivent pas s'y prendre autrement mais assurément ceux-là n'en sont pas. Je les ai écoutés parler tout à l'heure avec les autres invités et je les entends parler maintenant entre eux : ils mentent tellement que même le contraire de ce qu'ils racontent n'est pas nécessairement la vérité. Quel jeu jouent-ils ? Ce pourrait être des galeristes ou des courtiers en habit de financiers. L'un des deux, le plus grand, fait partie de ces connaisseurs qui ne peuvent apprécier la peinture qu'en lui collant le nez dessus. Serait-ce qu'il veut en humer le moindre pigment avant de délivrer un avis expert ? Il me contemple longuement puis se rapproche jusqu'à se trouver nez à nez avec moi, me faisant découvrir la surface grêlée de son visage en même temps que le fumet de son haleine. Il paraît aussi peu digne de confiance de près que de loin, mais peut-être l'époque favorise-t-elle en moi une pente paranoïaque qui ne demande qu'à s'exprimer.

Dès 1939, nous eûmes un avant-goût de l'intérêt que nous portaient les nouveaux maîtres. Louis de Rothschild ayant tenté de quitter l'Autriche, il fut ramené chez lui par la police. Quand des officiers SS vinrent l'arrêter, le majordome les fit patienter : « Monsieur le baron vous fait dire d'attendre ou de revenir, il est à table. » Ils en restèrent cois, attendirent mais ne l'envoyèrent pas moins croupir un an en prison, où son majordome se rendit afin d'y meubler et fleurir sa cellule. Rothschild jusqu'au bout. Édouard engagea des avocats internationaux pour le soustraire à leur justice, si l'on peut dire. Notre cousin dut abandonner tous ses biens, sans indemnité aucune, ce qui représentait une fortune considérable bien que la maison de Vienne ait disparu au début des années 30 avec le krach du Crédit Anstalt. Son panache n'empêcha pas le pillage de ses collections. Comment ne pas imaginer que quelque chose de semblable nous attend et nous guette, même si nous faisons tout pour le prévenir? L'avenir vit parfois en nous à notre insu. Étrange sentiment que celui d'un futur qui nous aura pénétrés avant même d'advenir.

La grande transhumance plus ou moins secrète des œuvres d'art est en route dans toute l'Europe. Depuis des mois, les musées font leurs valises par crainte des bombardements plus encore que du pillage. À la Tate, au Prado, au Louvre, au Rijksmuseum, on déplace, on décadre, on enroule, on met à l'abri en courant chaque fois le risque d'endommager les tableaux.

Le péril n'est pas circonscrit à une région, un pays, une partie d'une communauté. Cette fois, il ne s'agit plus seulement d'aider nos coreligionnaires comme nous l'avons toujours fait, de les soutenir matériellement ou même de les sauver; le temps n'est plus où je pouvais charger mon fils Gustave en voyage à Rome de plaider la cause des Juifs romains auprès du Saint-Père, comme James avait pu le faire avec Grégoire XVI, afin qu'on les autorise à construire une école adjacente au ghetto, ou qu'on cesse d'humilier les rabbins en les faisant défiler chaque année en cortège le jour du carnaval.

Cette fois, il s'agit aussi de nous. De notre propre salut.

Les Rothschild comme les autres sont en danger. Plus encore que les autres, tant pour ce qu'ils représentent que pour ce qu'ils possèdent. En les arrêtant, on emprisonne un symbole et un bouc émissaire. Inouï ce que le simple énoncé de notre nom peut véhiculer comme fantasme dans le peuple comme parmi l'élite. Ce pauvre Maupassant n'y a pas échappé, mais au moins avait-il l'excuse de la maladie mentale, lui qui, dans son délire à la clinique du docteur Blanche, répétait entre deux hurlements : « Les Rothschild n'ont-ils pas payé ma pension ? »

Depuis quelque temps, l'avenir des miens me préoccupe comme jamais. Vivions-nous mieux avant ? C'est toujours mieux avant si l'on remonte jusqu'au jardin d'Éden. Mais je ne m'explique pas que pour nous nos parents n'avaient que des certitudes alors que pour nos enfants nous n'avons que des inquiétudes. Pourquoi sommes-nous toujours en état de veille pour nos enfants quel que soit leur âge ? J'espère qu'ils seront tous assez forts pour ne renoncer à rien de ce qui les constitue. En vérité, je n'en doute pas. L'autre jour, l'un des miens prenait le café devant moi avec un important homme politique dont le nom m'échappe. « Moi, je suis français d'abord, républicain ensuite et juif enfin », lui a assené l'invité sur le ton de celui ne s'en laisse pas compter. À quoi mon Rothschild lui a répondu aussitôt en cachant mal son fou rire intérieur : « Ce n'est pas grave, en hébreu, comme vous le savez peut-être, on lit de droite à gauche ! »

Les bribes de conversation que je parviens à capter sont autant de signaux de détresse. La rue Laffitte a toujours été une caisse de résonance privilégiée pour les situations de crise et les moments d'alarme. Quand la Wehrmacht est entrée dans Calais et que le président de la République a évoqué pour la première fois l'éventualité d'un armistice, j'ai appris ainsi une information inconnue du public, et pour cause : ce jour-là, le nonce apostolique à Paris Son Excellence Mgr Valerio Valeri a autorisé son auditeur à la nonciature Mgr Paolo Bertoli à retirer chez Rothschild la somme exceptionnelle de 2 220 000 francs en billets de la banque de France, ainsi que les titres demandés par le cardinal Maglione, le président de la commission cardinalice d'administration des biens du Saint-Siège. Si ce n'est de la panique, cela y ressemble.

Quelques semaines ont passé depuis et je vois Robert, mon arrière-petit-fils, donner des ordres pour que les employés de nos domaines de Laversine, de La Bourboule et de quelques autres touchent leurs gages avec plusieurs mois d'avance, sait-on jamais, et même un an d'avance pour les

note car le poste n'était pas vacant. J'espère qu'il ne nous en tiendra pas rigueur. »

Ils égrènent la chronique des événements courants pour n'avoir pas à aborder la seule question qui les hante : partir ou rester. Partir où ? Rester jusqu'à quand ? Guy et Alix s'embarqueront pour New York en octobre 1941, via l'Espagne et le Portugal. L'Amérique à nouveau, mais cette fois contraints et forcés.

Les Rothschild sont viscéralement européens. C'est leur destin et leur nature. Peut-être que l'Histoire leur fera payer de n'être pas allés suffisamment voir ailleurs. Et pourtant on ne peut les taxer, là, d'un manque de curiosité ou de prudence excessive, certains de leurs investissements exotiques en témoignent, non, les raisons sont à trouver dans leur attachement familial au vieux continent, à ses mœurs et son art de vivre. En mai 1849, quand le socialisme menaçait d'envahir la France, et les flammes l'Europe, alors que James songeait à liquider ses affaires ici, je ne fus pas mécontente de voir mon fils aîné Alphonse partir explorer de nouvelles voies à New York. Son père voulait l'éloigner de la France révolutionnaire après l'avoir vu servir dans la Garde nationale, brièvement il est vrai.

Nous nous écrivions beaucoup ; je lui envoyais régulièrement le *Charivari* et *La Revue des Deux Mondes* afin qu'il ne rompe pas le lien avec la civilisation, je le dis sans mépris car je partageais son enthousiasme pour la beauté architecturale de leurs grandes métropoles. L'Amérique faisait figure de terre promise. Alphonse prit le pouls de New York et se méfia d'emblée d'August Belmont, le fondé de pouvoir de la famille là-bas depuis 1837; nous avions pourtant confiance en lui depuis ses débuts comme grouillot à quatorze ans chez nous à Francfort, mais ces choses-là ne s'expliquent pas, Alphonse ne le *sentait* pas. J'aurais aimé qu'il fût le pionnier de la branche américaine comme son père l'était de la branche française. Malgré qu'il nous en coûtât d'être séparés de notre aîné, en dépit de l'épidémie de malaria et de ses difficultés à trouver une famille juive à La Nouvelle-Orléans avec qui passer le premier soir de Pessah, je plaidai sa cause auprès de son père, qui voulait le rappeler. Ce pays me semblait vraiment offrir un avenir radieux aux affaires et aux entrepreneurs susceptibles de s'y établir. Las! Un mois après, la crise s'éloignant, le conseil de famille en décida autrement et Alphonse fut rappelé à Paris. Il était écrit que notre dynastie demeurerait européenne, bien que Castellane fût convaincu qu'Alphonse avait eu le réflexe d'ouvrir là-bas une maison de banque. Son frère Gustave est le premier d'entre nous à avoir foulé la terre de Palestine; c'était en 1851. Je me souviens qu'il voulait poursuivre jusqu'en Russie mais il était parti depuis un an, je lui avais demandé de rentrer.

Aujourd'hui, 21 juin 1940, soit sept jours à peine après être entrés dans Paris, les Allemands pénètrent de force rue Saint-Florentin. Une précipitation qui révèle une priorité. À croire qu'ils n'ont envahi la France que dans le but inavoué de nous déposséder! Le fait est que depuis ce jour ils dépouillent méthodiquement et systématiquement les Rothschild. «Ils», ce peut être les services de Goering aussi bien que ceux du fameux Rosenberg. Pour l'instant, nul ne parle d'expropriation : ils disent juste qu'ils veulent mettre notre collection sous bonne garde afin de l'utiliser tout comme celles d'Alphonse Kahn, David-Weill, Lévy-Benzion et Seligman, comme gage dans les prochaines négociations de paix. Mais qui a envie de les croire?

Édouard avait cru protéger les trésors de Ferrières et de cet hôtel-ci en les faisant mettre en caisse et entreposer à Reux, comme si Pont-l'Évêque pouvait se soustraire à la curiosité allemande. Ici, rue Saint-Florentin, comme ailleurs, ils n'ont pas eu de mal à les trouver une fois l'endroit localisé : l'étiquette « Rothschild » y était apposée! Les conservateurs avisés ont eu beau les gratter, ils ignoraient en revanche que les caisses étaient marquées aux couleurs bleu et jaune des écuries de course de la famille…

Les Allemands ont vidé le château, comme ils

ont vidé de son contenu l'hôtel des Piatigorski avenue Foch. Ils ont retrouvé suffisamment d'archives dans nos bureaux pour en remplir huit cents caisses et les envoyer en Allemagne. Cinquante-neuf caisses suffirent en revanche à contenir tous les livres de la bibliothèque de Ferrières pour leur faire subir le même sort, peu avant que ne les rejoignent *Mademoiselle Duclos* de Largillière, des marines de Vernet, les anciennes faïences italiennes qui se trouvaient de part et d'autre de la bibliothèque, des cabinets italiens, un secrétaire Boulle, huit tapisseries des Gobelins, la collection d'émaux Renaissance d'Édouard, tout notre univers. Hitler éprouve une passion que l'on dit obsessionnelle pour le *Léda et le cygne* du Corrège. Mais son goût en art ne s'y limite pas, hélas. Dans ma naïveté, j'ai cru d'abord qu'ils n'emporteraient que ce qui les concerne, les cruches à décor en relief Nuremberg, avec armes et aigle du Reich, sortis au XVIe siècle des ateliers des Preuning. Mais non, ils prennent tout.

On arrache sa peau à Ferrières.

Le 23 août, ils ont installé leurs quartiers ici même, dans notre Hôtel de la rue Saint-Florentin. Les bibliothèques du deuxième étage et du salon de la terrasse furent aussitôt vidées. Leur contenu a nécessité cent soixante caisses, que j'ai vues passer sous le tampon « Emden ». Direction : la Basse-Saxe. Puis ils ont fait main basse sur l'argenterie, vingt-trois colis qui se sont échappés « à destination du Louvre », prétendent-ils lorsqu'on les interroge. Les registres de l'écurie de course ont bientôt suivi, le buste de Marie-Antoinette, des meubles, le groupe de marbre *Zéphyr et Flore*, la statue de Mme de Pompadour représentant l'Abondance, les deux Clodion qui se trouvaient dans les niches du grand escalier…

Et *L'astronome*. Le jour où ils ont décroché le Vermeer, j'eus le sentiment que plus rien ne leur résisterait. Mon fils Alphonse l'avait acheté à Londres en 1863. Dans les mains privées où il s'était trouvé en Angleterre, *Le géographe* du même l'accompagnait toujours, considéré comme son pendant naturel bien qu'ils ne fussent pas symétriques, jusqu'à ce qu'il se retrouve à Francfort à la veille de la guerre. On prêtait à Hitler l'ardent désir de reconstituer la paire improbable. C'est presque fait. Sait-il qu'une surprise l'attend dans celui que nous possédons ? Un petit tableau juif y est mis en abyme, *Moïse sur les eaux du Nil…*

Trois hommes sont là devant moi qui témoignent devant un haut fonctionnaire venu de Vichy tout exprès ; ils n'osent pas s'asseoir car ils ne se sont jamais assis chez leurs maîtres ; alors c'est debout qu'ils répondent stoïquement à toutes les questions, Joseph Bioche, le régisseur de Ferrières, Jules Batlo, le concierge d'ici, à qui ils ont arraché les clés de la cave et de l'abri mais

pas celles de sa loge, dans laquelle il se main-
tiendra un an, Jean Benoist, le régisseur de Reux
à Pont-l'Évêque et Paul Signeux, le concierge du
19, avenue Foch. Ils savent tout, ils ont tout vu et
tout entendu. On ne se méfie jamais des subal-
ternes, heureusement pour nous. J'espère qu'ils
resteront et qu'un jour, quand tout cela sera fini,
si cela finit jamais, ils raconteront cette entreprise
de spoliation, l'autre nom du pillage.

Bien peu y échappent. À l'annonce d'une vente
aux enchères de certains de nos biens en zone
libre, entre les murs mêmes de ma villa de Cannes,
Liliane, la femme de mon arrière-arrière-petit-fils
Élie, capitaine fait prisonnier à Sedan et envoyé
en captivité, accompagnée de son cousin Charles
de Gramont, a réussi à racheter au nom de la famille le grand portrait d'Alphonse. Mais pour un
de sauvé, combien d'autres que l'on ne reverra
peut-être jamais !

La marquise de Pompadour est partie la tête cou-
verte d'un fichu et les bras cachés dans un manchon, celle de Drouais bien sûr. Elle était
accompagnée du *Portrait d'homme jeune* de Rembrandt, du portrait de mon fils Alphonse par
Norot et de celui d'un jeune infant de Goya qui
lui ont fait cortège. Mon décor me quitte. Il m'a
déjà quittée il y a plusieurs mois pour être mis à
l'abri mais, depuis que la cachette a été découverte, on a tout rapporté ici, ignorant que le
musée du Jeu de Paume, notre voisin, constituait

la dernière étape avant le grand voyage. Quand j'ai aperçu le portrait de James par Flandrin entre quatre planches, j'ai compris que j'y passerais bientôt.

Ce matin, alors que les déménageurs spécialisés de Pusey & Beaumont-Crassier s'emploient à démonter les fontaines et les socles, quelques soldats s'affairent autour de moi. Je crois que c'est le jour. Une caisse de chêne est prête. Elle est marquée « F50 » et porte le signe « R » en noir comme toutes les caisses renfermant des œuvres de notre famille à destination du Reich. Ceux-là n'enfilent pas de gants blancs pour me décrocher; ils me manipulent sans doigté. L'affection et la délicatesse de la famille Auguste ne m'ont jamais autant manqué. Où êtes-vous, monsieur Auguste? Je quitterai probablement bientôt la France et les miens sans être sûre de jamais les revoir. Quand je pense que tout cela était annoncé, écrit, prévu, craint, dénoncé et que nous sommes pourtant pris dans la nasse.

C'est donc cela, le Jeu de Paume, que les Allemands ont transformé en gare de triage des collections françaises. Le Drancy des tableaux, une antichambre pour l'inconnu. Où, avec qui, comment? On ne sait rien, ce qui est peut-être pire que de savoir ce qui nous attend. Cela fait des années que j'habite juste en face, à une vingtaine de mètres; même si je savais ce lieu transformé en musée, j'essayais de m'en imaginer l'architecture en me rappelant les anciennes gravures des salles de paume, avec leurs galeries à épater le public.

Hier, le délégué à la Conception du Monde était dans nos murs. Car tel est vraiment le titre du tout-puissant patron de l'Einsatzstab Reichsleiter Rosenberg für die besetzten Gebiete, l'état-major d'intervention du dirigeant du Reich Rosenberg pour les territoires occupés, que tout le monde appelle l'ERR ou encore « l'antenne Rosenberg ». Il était donc là en personne, en tournée d'inspection ; son arrivée s'est signalée par quantité de courbettes et de bras tendus du côté allemand autant que du français. Pour avoir été servie depuis mon enfance par une domesticité nombreuse, je sais ce que signifie obéir à un maître ; mais on trouve parfois de la noblesse chez le plus commun des valets alors que ces auxiliaires locaux de l'Allemagne sont la servilité faite homme.

En revanche, nombre de ces officiers de l'armée d'occupation paraissent être des gens très bien. Ils ont de l'allure, du panache, des manières. À les écouter parler, à la qualité de leur français, on devine que certains d'entre eux ont fait de brillantes études, qu'ils ont reçu une excellente éducation, que ce sont des personnes de catégorie et qu'il en est certainement parmi eux qui sont issus de l'aristocratie.

Il faut avoir la force de ne pas se laisser séduire.

Un dénommé Gerhard Utikal s'éloigne un peu du cortège pour tenter de convaincre un représentant de Vichy non loin de moi :

« Comprenez-moi bien, avec les Juifs nous ne faisons que pratiquer la politique de représailles, et plus encore avec cette famille puisque l'origine de leur fortune est allemande !

— Mais légalement, puisque plusieurs de leurs membres ont été déchus de la nationalité française, Édouard, Henri, Philippe, Robert, Maurice ; ceux qui ont fui, leurs biens et leurs demeures ont été placés sous séquestre, ils doivent être liquidés au profit du Secours national et...

— Mais, mon cher ami, ignorez-vous que le Juif se situe hors du droit puisqu'il dénie tout droit aux non-Juifs ? C'est écrit dans le Talmud. Les Français devraient nous remercier, nous le grand Reich allemand, au lieu de nous demander de laisser ces biens sous séquestre en France. Ce que nous prenons n'est qu'une faible indemnité par rapport à ce que vous devriez nous donner pour vous avoir libérés de la tyrannie des Juifs. Et puis quoi, tous ces gens ont fui, ils ont abandonné leurs biens comme ils abandonneront leurs familles. »

Ce sont des Français qui nous spolient et des Allemands qui nous volent, juste partage des tâches. Deux fonctionnaires français, qui les suivent de près, attendent que l'Allemand se soit éloigné pour s'abandonner un peu en faisant mine de s'intéresser à une toile qu'ils prennent à pleines mains :

« Songez que ni l'administration des Domaines, ni la Direction des musées nationaux n'ont été autorisées à dresser un inventaire contradictoire des biens des Rothschild alors que le produit de leur vente doit aller en principe à une œuvre ! Insensé, non ?

— C'est du pillage, il n'y a pas d'autre mot. Ils se comportent avec ces objets d'art comme ils l'ont fait lors de la razzia des titres Rothschild dans les chambres fortes de la succursale de Nevers de la Banque de France. Si encore ils faisaient la différence... »

Ce matin, en lieu et place des élégants maîtres-paumiers qui animaient le lieu autrefois, j'ai droit à la visite de l'énorme Hermann Goering enveloppé dans un long manteau de cuir noir qui effleure le sol, le feutre rejeté en arrière de la tête, un cigare vissé entre les dents. Sa suite, des officiers en uniforme et de nouveaux messieurs en civil, est imposante. On distingue même parmi eux une catégorie légèrement à part d'experts français et allemands qui ont la particularité d'être les seuls à parler une autre langue, celle des *connoisseurs*, membres d'une sorte d'internationale de l'histoire de l'art, mais là s'arrête probablement leur connivence. À moins qu'en sus ils n'appartiennent au même monde. Cela m'a frappée l'autre jour alors que j'observais déambuler comme de vieux amis le comte Wolff Metternich, chef du Service de la protection des arts, expert en architecture médiévale, convaincu que les Allemands ont en France un devoir sacré vis-à-vis des châteaux, et le duc de Noailles, président de La Demeure historique.

N'empêche, de quelque manière que l'on tourne le problème, il y a tout de même des voleurs et des volés, et ce que les Allemands prennent aux Rothschild ils le prennent *aussi* à la France. Comment mon cœur ne se serrerait-il pas en voyant Goering, le chef suprême de la Luftwaffe et de l'économie de guerre, se faire présenter sous mes yeux par la ronde des déférents des coffres à bijoux saisis chez nous, et décrits comme tels, ce qui ajoute à son bonheur d'y plonger sa main boudinée et manucurée. Voilà qu'il en extrait deux pendentifs du XVIe siècle, que je reconnais aussitôt, un centaure et un saint Georges. Il lui suffirait de se les faire livrer à son quartier général sur un simple coup de menton adressé à un sbire à galons ; pourtant, il ne peut se défendre d'un geste d'une grande vulgarité, qui a pour effet de renforcer encore mon humiliation, comme s'il savait que je l'observe et qu'il le faisait exprès : Goering me fixe droit dans les yeux, tire voluptueusement sur son cigare, refoule lentement la fumée à gros nuages bleutés qui feraient tousser le tableau tant ils sont denses, puis il hausse les épaules, esquisse un léger ricanement et met les deux bijoux directement dans sa poche avant de poursuivre la visite. Quand on pense que les journaux des collaborateurs en font un condottiere de la Renaissance, ça donne envie de pleurer. Que n'ai-je le pouvoir de bondir de mon cadre, de prendre ce porc à la gorge et de lui arracher mes souvenirs de famille !

Nulle trace de haine dans son regard, mais l'expression d'une arrogance supérieure, celle du vainqueur décidé à jouir jusqu'au bout de l'ivresse née de son triomphe. Ils nous en veulent à double titre : comme Rothschild traîtres à l'Allemagne natale, et comme Juifs traîtres au genre humain. Depuis un certain temps déjà, ma religion est faite : ils se comportent comme s'ils ne supportaient pas que nous soyons le peuple de l'alliance sous contrat avec Dieu, quand eux se veulent la race élue. Il n'y a pas de place pour deux dans cette histoire. C'est eux ou nous. Eux, ça fait quelques années ; nous, c'est immémorial. Si les Allemands étaient moins aveuglés par leur chef, ils comprendraient qu'ils n'ont rien à nous envier car l'élection est aussi un fardeau.

Parfois le Feldmarschall passe, parfois il s'arrête. Son entourage connaît ses goûts mais oublie qu'il se sert pour deux : le Führer d'abord, lui ensuite. Un Chardin attire son regard et pas le moins réussi, *La petite fille au volant*. D'un claquement de doigts, il fait accourir Braumuller, le délégué de l'antenne Rosenberg :

« Vous pouvez me dire d'où ça vient ?

— Des coffres de la Société générale d'Arcachon. Le baron Philippe de Rothschild y avait déposé deux caisses d'objets d'art mais nos services sont bien informés.

— Et ces timbres officiels, ces papiers, cette bande de garantie à la cire rouge sur la caisse, qu'est-ce que ça signifie ?

— Qu'on les emporte au Louvre. »

Goering ne le regarde même pas. Un imperceptible battement de paupières échangé avec l'un de ses adjoints suffit pour que celui-ci marque la caisse d'une lettre et en note les références sur son carnet. « H » pour Hitler (« G », c'est pour lui-même, et « AH » également…). La caisse sera repeinte en noir, comme toutes celles qui renferment des œuvres appartenant à notre famille, et cadenassée ; la clé sera confiée à l'infirmière Christa. Le Feldmarschall n'a pas eu la curiosité de regarder l'envers du tableau ; il y aurait découvert un tampon à l'encre noire apposé par un séide de Rosenberg trop rapide en besogne. Une petite svastika que je porte dans mon dos depuis hier. Pire encore que le signe au fer rouge sur la peau des bêtes, je ressens ce tatouage comme une marque d'infamie.

Un mouvement de foule suivi d'un léger

brouhaha précède l'arrivée d'Herr Rosenberg. J'ignore s'il était attendu ou s'il s'est invité sachant que Goering serait là. Plutôt que de s'affronter devant leurs subordonnés, les deux grands prédateurs des collections françaises préfèrent deviser en marchant lentement côte à côte ; et il me faut reconnaître que le ton de leur conversation en de tels lieux en de tels moments me stupéfie lorsqu'on sait leurs méthodes flibustières :

« L'art dans son éclosion est affaire non pas d'esthétique mais de biologie, soutient Rosenberg. Il faut apprendre à faire le lien entre l'art et ses éléments issus de la race. Le romantisme...

— Je suis pour à condition que ce soit un romantisme d'acier.

— Notre race recèle un sens du tragique qui doit trouver à s'exprimer. Voyez-vous, le sujet n'a guère d'importance, il est secondaire. L'art sémitique parle à l'intelligence, pas au cœur. C'est froid, intellectuel, laid. Or je suis pour la victoire de l'instinct sur l'intellect... »

Mais Rosenberg parle désormais à un épais nuage de fumée. Goering ne l'écoute déjà plus, il s'est arrêté plus loin pour palper une statue de marbre d'une main de propriétaire. Dire que ce Rosenberg, qui se pique d'être un amateur d'art à l'œil exercé, pousse le zèle jusqu'à nous faire tous photographier afin de constituer un album qu'il fera tenir à Hitler pour lui permettre de mieux faire son choix. Les autres portraits de femmes autour de moi me disent tous la même chose, de la puissance muette de leur regard : comment ne pas se sentir salie par le procédé, traitée à l'égal d'une putain, ou d'une esclave vendue sur le marché avant la traversée de l'Atlantique ?

Peu avant de quitter le Jeu de Paume, un Goering en verve, très satisfait de sa visite, on n'ose dire de sa « récolte », tient une petite conférence de presse impromptue dans les travées.

« On dit que vous possédez l'une des plus belles collections privées d'Europe, monsieur le Feldmarschall…

— Pour une fois, on dit juste. Je vous invite à le constater de vos yeux. Quand vous passerez par Berlin arrêtez-vous au Karinhall, mon domaine de chasse dans la région. Vous y verrez de très belles choses.

— Mais encore ?

— Des primitifs nordiques surtout, un peu de XVIIIe français, n'est-ce pas, un peu d'italiens aussi, il en faut…

— Mais comment avez-vous pu la constituer si rapidement ? »

Goering embouche son cigare, pose une main sur le micro d'un reporter radio, l'autre sur le crayon de son questionneur et murmure d'un air entendu :

« Une collection, ça ne se rassemble pas en quelques jours. En 1939 déjà, mes agents en

France corrompaient des indicateurs et des policiers français pour savoir où l'on cachait les plus beaux tableaux. Nous avions des adresses bien avant d'arriver... »

Alors qu'il quitte les lieux, des membres de sa suite restent au Jeu de Paume afin de veiller à l'application de ses ordres. Un homme s'affaire en particulier, l'un des rares Allemands en civil. Il tient un grand cahier à la main sur lequel il prend régulièrement des notes ; il va d'objet en objet mais curieusement n'en regarde jamais que les détails, jamais il ne prend le moindre recul. Parvenu à mon niveau, il fait tout de même l'effort d'esquisser deux pas en arrière pour mieux me fixer droit dans les yeux avant de laisser apparaître un mince sourire de satisfaction ; puis il se rapproche de mes joues, si près qu'il pourrait m'embrasser, me laissant découvrir un visage constellé de petits trous. Celui du troublant invité de mon arrière-petit-fils, un soir d'avant-guerre.

Toute la nuit, j'ai repensé à la visite de Goering. Une question m'a hantée sous toutes ses formes : pourquoi le Jeu de Paume peuplé de tant de personnages illustres n'a-t-il pas été le théâtre d'une révolte spontanée ? Sommes-nous à ce point terrorisés par eux ? Pourquoi ne sommes-nous pas tous sortis du cadre pour refuser cette déportation ? Pourquoi la peinture n'a-t-elle pas dit non ? Peut-être que nous avions peur, que nous voulions croire et espérer encore en la

France et que nous n'imaginions pas ce qui nous attendait.

Cette nuit, comme les autres nuits, alors que le musée est en principe désert, une silhouette hante les travées. Elle est difficile à distinguer, on l'entend à peine marcher. Cette fois, je la reconnais à la lueur de sa lampe. J'ai repéré cette femme d'une quarantaine d'années du nom de Rose Valland à chaque visite d'officiels français et allemands ; c'est une attachée de conservation, elle se tient toujours à l'écart mais elle est tout le temps là ; j'ai compris qu'elle maîtrisait bien l'allemand en l'observant prendre des notes tandis que Rosenberg pérorait. Il est arrivé que son omniprésence intrigue von Behr, lequel a essayé de lui compter l'accès aux lieux, mais elle a mis en avant des problèmes de chauffage et de maintenance. Plusieurs fois il a essayé de l'évincer, d'autant qu'elle est la dernière Française autorisée en ces lieux, mais elle a su lui tenir tête à sa manière, sans coup de force. Il lui arrive de revenir seule, la nuit, et de prendre encore des notes sur un grand cahier. De toute évidence, elle tient un fichier secret. Pour qui, pourquoi ?

Cette fois, elle s'arrête un instant devant moi, éclaire les armoiries en haut à droite du tableau puis éloigne légèrement la lampe comme si elle craignait de m'éblouir. On ne saurait être plus délicate. Rose Valland me fixe des yeux puis m'adresse un sourire avant de poursuivre son chemin — qui pourrait la mener à un camp si elle était prise. Ce sourire doux et apaisé, je l'emporterai avec moi car je sens bien que mon départ est imminent.

Ce sont mes dernières heures dans ce qui est devenu mon pays avant que l'on ne me renvoie probablement dans ce qui fut mon pays.

Les préposés à l'emballage se font de bonne foi l'écho de toutes les rumeurs. Il est question de nous convoyer en Allemagne par train spécial sous la protection de l'aviation; dans un premier temps, nous ferions une halte à Munich, probablement dans les salles souterraines du Deutsches Museum, ou près de Cassel, dans les caves du château de Wilhelmshöhe, afin qu'un premier tri soit opéré : d'un côté les œuvres destinées à Hitler et à Goering; de l'autre, une fois qu'Himmler et Ribbentrop auront fait leur choix, celles qui iront dans les universités et les musées de la grande Allemagne, exception faite, naturellement, de l'art dit délicatement « dégénéré » qui sera soit vendu dans les salles d'enchères en Suisse soit détruit. Après, c'est l'inconnu, tout autant. On parle du château de Neuschwanstein et du château de Chiemsee mais il paraît qu'ils sont déjà pleins. Il y aurait la solution de rechange de l'ancien cloître salésien de Buxheim, près de Memmingen en Souabe, et les salles du château privé de Kogl, dans le Danube supérieur. Ou encore le château de Bruck, près de Linz, et même le château de Seisenegg, près d'Amstetten sur le Danube inférieur. Le fait est qu'ils ne veulent pas concentrer toutes les grandes valeurs en un seul et même endroit. Il n'est pas impossible que je sois séparée de James, à supposer que le Flandrin ait été jugé assez important pour faire partie de cette rafle.

Après avoir hésité entre les sous-sols de l'ancienne pinacothèque de Munich et le château Renaissance de Dachau, ils ont préféré s'éloigner de la région par crainte d'éventuels bombardements. C'est ainsi que le Führer, qui suit tout cela de très près, donna son accord pour que nous attendions au château de Neuschwanstein que soit achevé son grand musée de Linz. Il a d'ores et déjà fait son premier choix chez nous : notre *Astronome* bien entendu, un *Conteur* et un *Lorgneur* de Watteau (et peut-être même un guitariste), le *Portrait d'Isabella Coymans* de Frans Hals, et puis la *Pompadour* de Boucher, le *Comédien* de Fragonard, des Gainsborough, des Goya, des maîtres hollandais…

Le *Portrait du graveur Desmarais* est le seul Ingres retenu. Pour l'instant.

Tout peut arriver. Je crains d'être échangée, et contre qui? Je ne m'imagine pas finir mes jours du côté de Linz, ville si chère au cœur d'Hitler.

Celle où il a passé son enfance. Celle près de laquelle sont enterrés ses parents. Celle dont il veut faire l'une des grandes villes cérémonielles du IIIe Reich. Celle où il veut construire le musée qui sera pour mille ans l'orgueil et la fierté de l'Allemagne. Ici, quand il est question de Linz, il s'agit bien entendu du futur musée du Führer. Un véritable complexe, un bâtiment par spécialité, le plus rare dans chaque domaine. En pillant chaque pays occupé, il devrait pouvoir y arriver.

Pour ma chance, Ingres n'est pas son peintre de chevet. On prête même au Führer un certain dédain pour l'école française du XIXe siècle. Je finirai peut-être aux cimaises d'un quelconque musée de Bavière, ou au mur de la salle de réunion des recteurs dans une université de Saxe. En attendant, tout ce que je sais, c'est que je suis enfermée dans un train spécial qui roule vers l'Allemagne. Vingt-cinq fourgons express remplis de tableaux, de meubles et de tapisseries des Gobelins protégés par la Luftwaffe. Déchargés à Munich, nous passons quelques jours dans des abris antiaériens de la Königsplatz puis on nous transporte à Füssen. Après quoi la police criminelle nous escorte jusqu'au château de Neuschwanstein. Ce doit être février ou mars 1941.

Neuschwanstein a quelque chose de féerique, même pour ceux qui en ont vu d'autres. Il dépasse en délire tout ce qu'ont pu imaginer les châtelains de la dernière heure. La folie de Louis II de Bavière en est vraiment une. Ferrières paraît si sage à côté. Il a voulu son château néomédiéval dans le style de ceux des chevaliers des contes et légendes. Une visite à celui, néogothique, de Pierrefonds l'a encouragé à se lancer dans la reconstruction de ce qui était une ruine.

J'aperçois certains de nos tableaux. Quelquesunes de nos porcelaines aussi, que j'ai reconnues tandis que des assistants les déballaient. La diaspora des œuvres d'art des Rothschild essaime désormais dans toute l'Allemagne. J'ai entendu des experts annoncer que le contenu de nos bibliothèques se trouve actuellement entreposé dans les locaux de l'ancienne Caisse d'épargne d'Hungen. J'en ai le cœur serré. Ce sont les « membres » de notre collection comme mes descendants le sont de notre famille. Quelque chose de charnel nous relie secrètement. Si les poètes peuvent parler de la peau de la peinture, c'est bien que du sang circule dans ces choses.

Pour la première fois depuis mon départ de la rue Saint-Florentin, je suis manipulée avec d'infinies précautions — je dois être actuellement l'une des rares Juives aussi bien traitée par des Allemands. Les experts et leurs assistants portent gants et blouses blanches. On croirait des chirurgiens. Il est vrai qu'ils vont opérer quelques pièces, endommagées par le voyage, dans l'atelier de restauration qui occupe tout un salon. Ils nous observent si intensément, durant tant d'heures et de jours, qu'on se demande comment ils ne sont pas victimes d'une érosion du regard.

La sécurité les obsède, le spectre de l'incendie les hante.

À les entendre, je comprends qu'ils veulent nous aérer dans la perspective d'une probable visite de haute lice. Mais où espèrent-ils nous accrocher? Que ce soit le grand hall d'entrée au troisième étage, dans la salle du trône, les appartements d'apparat comme les appartements de commodité, tout est déjà tellement chargé de peintures murales qu'on ne pourrait pas y exposer un timbre-poste. Au plus haut, ce ne sont que voûtes, arêtes et chapiteaux. Partout des animaux et des chevaliers droit sortis de la légende de Siegfried dans un étonnant mélange de marbre, de porphyre, de stuc où le byzantin et le rococo côtoient le gothique flamboyant pour la plus grande gloire de Wagner.

Nous faisons tache dans ce décor, nous toutes, créatures d'Ingres et de Goya, de Vermeer et de Rembrandt. Notre stupéfaction se lit sur nos visages tandis que des photographes s'activent, Rosenberg ayant hâte de confectionner vingt nouveaux albums pour son maître; ils seront les chevau-légers du catalogue raisonné de son pillage non moins raisonné.

Combien de mois sommes-nous restés dans ce château perché hors du temps ? Des années, peut-être. La guerre paraissait si loin. Ce fut une période d'isolement et d'ennui. Pas de visiteurs, pas de vie. Juste une solitude hantée dans un lieu préservé de la rumeur du monde. Jusqu'au jour où on nous a emmenés à la montagne. Alors seulement j'ai senti que tout allait finir. Pas seulement la guerre mais notre existence sur terre.

Les mines de sel de Steinberg existent depuis sept siècles pour la plus ancienne. Elles firent la richesse des princes-archevêques de Salzbourg. Le Salzkammergut est vraiment la saline de la couronne. La mine d'Alt Aussee, accessible grâce à un train qui franchit deux bons kilomètres en montagne, les escarpements les plus abrupts, passe pour être la mieux équipée. C'est ma nouvelle villégiature au cœur de la forêt autrichienne.

Des montagnards vivent et travaillent là depuis des générations. Le dévolu jeté sur leur mine les comble car ils sont désormais sûrs d'échapper à la conscription. L'armée a besoin d'eux sur place, de leur savoir-faire et de leur expérience, pour construire des bureaux, tirer des câbles, aménager des pièces à part dans ces galeries.

Le réseau de labyrinthes y est à humidité et température constantes ; les œuvres ne pourront s'altérer. Une peinture vieille de trois siècles, en excellent état, en témoigne dans la chapelle Sainte-Barbara.

La mine a un maître. Ce n'est ni un mineur, ni un ingénieur, ni un officier supérieur, ni un expert en art, mais le Gauleiter du Danube supérieur dont dépendent les salines. Un furieux qui suit le Führer à la lettre.

Tout ici est prévu pour tenir un siège. Tout est parfaitement rangé, organisé, numéroté, inventorié ; il y a même un atelier de restauration où l'on répare les dégâts du voyage, comme au château de Neuschwanstein. Mineurs, ingénieurs, ouvriers, soldats vont et viennent toute la journée, mais seul le travail des historiens et des experts me retient. Une jeune femme s'active parmi eux, une certaine Eva Frodel-Kraft, chargée de photographier chaque œuvre pour les archives.

« C'est devenu un asile de fous ! » Il est vrai que ça arrive de partout depuis les dernières semaines de 1944. Tout dignitaire du régime qui détient encore un fantôme de pouvoir à Berlin exige de pouvoir entreposer ses trésors à Alt Aussee, désormais la mine la plus chic, la plus courue et la mieux fréquentée d'Europe. Ils se disputent une place au sous-sol en dépit des risques encourus. Les œuvres évacuées lors de la bataille de Monte Cassino se sont retrouvées bloquées pendant des semaines dans la pension de famille d'un petit village de la région à cause de la neige.

Le Gauleiter a perdu la raison, s'il l'a jamais eue. Tout dans ses gestes et ses actes le révèle. Cet Eigruber est un authentique crétin. Il a maintes fois prévenu que sa fidélité au Führer ne souffrirait aucune entorse. Il en est donc resté à sa politique de la terre brûlée décrétée en 1944 dans l'hypothèse invraisemblable où les armées allemandes viendraient à battre en retraite sur leur propre territoire. Tout détruire et ne pas laisser de trace. Ne rien abandonner aux mains des Juifs et des bolcheviks. Son idée fixe le gouverne entièrement : obéissance absolue. Il fait donc disposer huit bombes aériennes de cinq cents kilos chacune dans les galeries, en prenant soin de les faire transporter dans des caisses sur lesquelles on peut lire : « *Marmor nicht stürzen* », même si nul n'est dupe de ce prétendu marbre fragile. Sa paranoïa se mesure à l'augmentation du nombre de gardes chaque jour aux jonctions stratégiques.

Miner la mine. Autant dire prendre le risque de pulvériser des centaines de chefs-d'œuvre de l'art occidental. Il y est prêt. Il est buté. Il ira jusqu'au bout. Même les personnalités venues de Berlin en ces jours d'avril 1945 n'arrivent pas à le convaincre de murer les entrées des tunnels afin de préserver les collections. Cet Eigruber de malheur est convaincu que le bunker d'Hitler est infesté de traîtres. Il n'a donc pas confiance en ses envoyés. Il refuse de lire les contrordres signés d'Ernst Kaltenbrunner, le chef des services de sécurité. Il ne croit pas la nouvelle du suicide d'Hitler. Il ne veut rien entendre.

Je sais désormais pourquoi je lui en veux tant. Pas pour son allure ni pour sa folie. Pour ses convictions criminelles bien sûr, et le train d'apocalypse dans lequel elles ont emmené l'Europe. Mais pas seulement. Je ne lui pardonnerai pas d'avoir à ce point fait vœu de pauvreté et de médiocrité dans l'usage quotidien de ma langue natale. Ce que lui et les siens ont fait de l'allemand en le réquisitionnant est immonde. Ils l'ont avili. Parfois, lorsque j'ai à les subir tout un après-midi, je me récite des vers de mon cher Heine pour me nettoyer l'esprit :

Nichts ist vollkommen hier auf dieser Welt.
Der Rose ist der Stachel beigesellt ;
Ich glaube gar, die lieben holden Engel
Im Himmel droben sind nicht ohne Mängel * ...

Il faut ça pour tenter d'oublier tout ce riche vocabulaire auquel ils ont fini par donner une odeur de charogne.

Cette nuit, un déménagement clandestin a eu lieu à l'insu du Gauleiter, entre deux rondes de soldats. Des conservateurs ont convaincu les

---

* « Pas de perfection en ce monde,/La rose a toujours des épines ;/Et je crois même que les anges/Du ciel ne sont pas sans défaut… » (*Traduction Isabelle Kalinowski.*)

mineurs soucieux de ne pas laisser anéantir leur outil de travail et le chef de la garde, qui prépare ses arrières, de les aider ; ils ont sélectionné une quinzaine de tableaux appartenant à notre famille, dont *L'astronome*, afin de les protéger d'une explosion en les confinant dans une salle éloignée. Malheureusement, je ne suis pas du lot.

Un contrordre de Bormann au diktat d'Hitler vient de parvenir à von Hummel, l'administrateur du dépôt de la mine, et à Robert Scholz, le chef des experts de l'antenne Rosenberg. Les deux hommes marchent dans la galerie en faisant mine d'inspecter le coin où je me trouve, manière d'échapper aux oreilles des soldats qui gardent l'entrée de leurs bureaux :

« Il dit bien que le contenu de la mine ne doit pas tomber aux mains de l'ennemi !

— C'est vrai, mais il dit aussi qu'il ne doit en aucun cas être abîmé. Alors ?

— C'est une question d'interprétation.

— N'oubliez pas que Bormann a été sollicité par nos équipes d'historiens de l'art… »

Les deux hommes cessent de faire les cent pas, observent les alentours pour s'assurer que l'endroit est désert et se fixent des yeux en silence. Il ne fait aucun doute qu'à cet instant précis leur échange de regards scelle notre destin, mais lequel ?

Peu après, le Gauleiter leur succède dans la galerie. Il vient vérifier que son dispositif est en place. Pour une fois, je le vois s'attarder sur quelques œuvres comme si, soudainement, il voulait marquer son intérêt pour un autre territoire de l'esprit que le national-socialisme. Alors l'idée me traverse que tout n'est peut-être pas perdu, qu'il ne faut jamais désespérer de la sensibilité dans l'homme et que jusqu'à la fin il y a quelque chose à sauver de l'âme la plus vile. Comme il se dirige vers ma rangée et que je fais partie des tableaux sortis des caisses pour être régulièrement montrés aux visiteurs, il sera peut-être sensible sinon à l'éclat que l'on m'attribue du moins au génie d'Ingres. Le petit homme maigre qui flotte dans son uniforme s'arrête effectivement devant moi, se campe sur ses deux jambes, les mains dans les poches, le buste en arrière, pour m'observer plus longuement; il semble troublé par ce qui se dégage du portrait, peut-être même ému, qui sait. Mais, lorsqu'il se rapproche de la caisse contre laquelle je suis posée et qu'il lit mon nom sur l'étiquette, il a un brusque mouvement de recul; une grimace violente le défigure soudain, une moue de mépris tord sa bouche, il prend son inspiration et expectore un épais crachat que je reçois en pleine figure, puis il passe son chemin.

Il n'y a pas de mots pour dire cette humiliation-là. Un homme arrivé impromptu peu avant a assisté à la scène mais il est resté en retrait ; c'est l'un des experts en art. Il attend que le Gauleiter ait disparu pour s'avancer vers moi, sortir son mouchoir blanc et effacer l'immondice qui dégouline sur mon visage. Il croit essuyer des traces de salive quand ce sont des traces de larmes.

Au fur et à mesure que le spectre de la destruction s'éloigne, celui de l'évacuation se rapproche. Cette fois, deux autres responsables s'en mêlent, Karl Sieber, des musées de Berlin, et Pochmuller, le directeur des salines ; ils craignent par-dessus tout que dans la précipitation, la brutalité de la soldatesque aidant, nombre d'œuvres achèvent leur voyage en catastrophe au bas de la montagne. Aussi entreprennent-ils discrètement, avec l'aide d'un petit groupe de mineurs déterminés, de bloquer l'accès aux galeries en provoquant de petits éboulements à l'entrée. On voit passer des bombes de plus de vingt kilos sur les rails. Puis on entend quelques explosions et c'est fini.

Plus un bruit, plus une lueur. Le noir et le silence absolus. J'entends les appels de mes compagnons d'infortune. Est-ce le râle de *L'astronome* qui se mêle aux murmures de la *Pompadour* ? Aucun d'entre nous n'est assuré de survivre à cet enterrement collectif. Nous sommes devenus autant de personnages d'une armée chinoise invisible. Combien de siècles faudra-t-il pour qu'on nous retrouve ?

Nous sommes désormais au secret, totalement isolés, coupés du monde, mais à l'abri de la folie destructrice du Gauleiter. Il ne mourra pas dans l'apocalypse d'un feu de Vélasquez et de Rembrandt pour la plus grande gloire du Führer.

Il n'y a plus ni nuit ni jour. Juste une pesante atmosphère d'éternité. Le froid est de plus en plus intense et l'humidité constante. Nos geôliers sont peut-être tous morts. Qui sait si l'on ne nous oubliera pas des semaines, des mois, des années dans les entrailles de la terre. Le doute dans l'inquiétude corrode la raison bien plus sûrement que la plus raffinée des tortures morales. Dans ces moments-là, l'otage aux yeux bandés n'a besoin de personne pour souffrir. Comment supporteront-ils cette épreuve, mes compagnons d'infortune, les livres si précieux de la Biblioteca Herziana de Rome et la *Madone* de Michel-Ange, le sarcophage grec de Salonique et les fameux Rembrandt du marchand Goudstikker d'Amsterdam, nos propres bronzes baroques et les Lippi déménagés à la hâte de l'abbaye de Monte Cassino ?

Un silence d'une rare intensité enveloppe notre musée souterrain.

Un mince halo de lumière s'insinue dans le tunnel au fur et à mesure que les mineurs déblaient les éboulis obstruant l'entrée. Je comprends à cet instant, et seulement à cet instant, que les Allemands ont perdu la guerre. Le Gauleiter fou volatilisé, nos gardes zélés se sont rendus sans résistance au commandant Pearson, de la 80ᵉ division d'infanterie.

Il a suffi que la silhouette des premiers soldats se détache au loin, bien que la puissance aveuglante du halo ne permette pas de distinguer les uniformes, juste leur couleur et la forme des casques. On respire mieux au fur et à mesure que l'on voit mieux. Un officier est à leur tête. Il semble tellement sidéré par le spectacle qu'il est incapable de prononcer le moindre mot. D'un pas lent, il s'engage dans la galerie, sans aucune prudence, tandis que la troupe se faufile de part et d'autre, l'arme au poing dans l'éventualité d'une mauvaise surprise. Il faut qu'un expert allemand parvienne jusqu'à lui essoufflé pour qu'il se présente et que je sois enfin définitivement rassurée sur notre sort à tous :

« Colonel Davitt, commandant le bataillon de la 11ᵉ division blindée américaine chargé de la mine. Alors, c'est donc ici… »

L'Allemand, historien de l'art dans le civil, l'accompagne dans cette première tournée d'inspection. On dirait deux collègues étudiant une collection. Ce qu'ils sont, au fond. Le balancement des lampes à acétylène éclaire à nouveau par intermittence les parois et les recoins. L'Américain est retenu par une inscription sur un panneau au fond d'un petit local : « *Nach der Arbeit / Vor dem Essen / Hände waschen / Nicht vergessen* », qu'il se fait traduire : « Après le travail, avant le repas, ne pas oublier de se laver les mains. »

« C'est étrange dans un musée mais pas dans une cuisine de mineurs », sourit son guide.

Alors qu'ils poursuivent leur visite, le colonel Davitt prend la mesure de sa découverte. Tant et si bien qu'il enchaîne les superlatifs pour décrire cette réunion d'œuvres d'art qu'aucun musée au monde ne pourra plus jamais présenter, sauf à déclencher une nouvelle guerre mondiale assortie d'un pillage généralisé. Puis les commentaires des visiteurs baissent d'intensité jusqu'à se fondre dans une sidération muette. C'est signe qu'ils sont parvenus devant *L'agneau mystique* de Gand, le retable des frères Van Eyck conservé dans sa fraîcheur originelle cinq siècles après, l'œuvre qu'ils ont pour mission de retrouver et de rapporter intacte plus que toute autre. Une manière de miracle et un instant de grâce reléguant loin derrière l'écœurement passager que font naître en eux les récits des mineurs, car certains s'attribuent déjà le mérite d'avoir sauvé ces chefs-d'œuvre de la destruction.

Six officiers prennent place, debout, autour d'une table. On croirait qu'ils ne veulent pas s'asseoir tant ils sont pressés d'en découdre. On les appelle les *monuments men*. C'est une unité spécialisée dans la recherche des œuvres d'art volées.

Tous des spécialistes. Avant de participer à la traque sur le terrain proprement dit, ils ont fait du renseignement pour l'OSS, dans leur domaine, toujours. Ce sont des professionnels de l'histoire de l'art et de la muséologie sous uniforme militaire. James Plaut semble être leur chef. C'est lui qui détermine le partage des tâches :

« Ce n'est pas pour rien que nous avons baptisé le projet "Orion". Dites-vous bien qu'ici nous sommes des chasseurs. Rousseau, tu t'occuperas de la collection Goering. Faison, à toi Hitler. Sawyer, Phillips et Wittman, vous travaillerez sur l'ensemble des dossiers. N'hésitez pas à faire appel à Bruno Lohse, le marchand de tableaux de Munich, il est prêt à collaborer. Son confrère de Berlin Walter Andreas Hofer aussi, et sa mémoire visuelle est phénoménale. De même que Gisela Limberger, oui, la secrétaire de Goering, elle peut nous être précieuse.

— Et l'antenne Rosenberg ?

— Je me la garde. »

Les soldats parlent de ce qu'ils ont vu. De leurs yeux vu. Certains d'entre eux ont libéré des camps, senti l'odeur de la mort, exhumé des corps d'enfants à coups de pelle, remué des cendres, vomi leurs tripes, versé des larmes. Mais que savent-ils de l'Allemagne ? Alors que nous passons par la Thuringe, ils découvrent, effarés, que le bois de Buchenwald jouxte Weimar, que la potence à dix crochets est si près du chêne de Goethe.

Peut-être ont-ils retrouvé à Ravensbrück la trace d'Élisabeth Pelletier de Chambure, l'épouse de Philippe et la mère de Philippine, qui refusait de quitter la France quand son mari était dans la France Libre. La seule Rothschild victime de la Shoah, elle qui n'était même pas juive.

Munich est avec Wiesbaden et Offenbach l'un des trois importants centres de collecte de l'armée américaine. C'est là qu'on transfère en priorité les collections d'Hitler et de Goering, dans le Führerbau et dans le Verwaltungsbau, qui fut le siège du Parti. N'est-ce pas dans l'un de ces deux bâtiments de la Meiserstrasse qu'Édouard Daladier signa ses maudits accords? Les hautes bibliothèques boisées et les piliers de marbre, variante nazie du style néoclassique, sont en très bon état. Manifestement, l'endroit était trop bien camouflé pour souffrir des bombardements.

On nous fait pénétrer par l'entrée sud jusqu'à la cour intérieure où nous est attribué un numéro avant de nous envoyer dans la salle attribuée à notre pays. Puisqu'on m'a prise en France, je suis française. Quelques jours s'écoulent avant que des GI ne reviennent me chercher. Ils me sortent de ma boîte pour m'amener dans le grand hall de cette étrange maison, délimité par un péristyle, à l'éclairage zénithal. Une grande table chargée de livres et de catalogues en occupe le centre. Une dizaine de chaises ont été disposées autour en arc de cercle. Chacune supporte un tableau de maître convoqué pour un improbable colloque. Manifestement, les Ingres sont de sortie ce matin : *Angélique, Le père Desmarets, Le duc d'Albe à Sainte-Gudule,* et *Jupiter soustrait au désir de Thétis.*

On m'assoit sans ménagement sur la dernière chaise vide en me faisant reposer en équilibre contre le dossier :

« Doucement, les gars ! ordonne le major Plaute. Oh, doucement, ce ne sont pas des munitions. C'est Ingres, et une grande dame, les deux méritent des égards. »

L'équipe d'experts est réunie. Des bribes de leur conversation, je capte une information qui me donne bon espoir de revoir Paris. De toute façon, je ne peux imaginer que ma famille m'ait abandonnée. Ils ont peut-être renoncé à retrouver certaines œuvres, mais pas celle-ci, pas moi. À l'instar de son ami David-Weill, Édouard vient d'envoyer 20 000 francs au capitaine Djordje Djordjevic et à Slavko Uzicanin, deux partisans royalistes serbes, qui ont déjà, à eux deux, retrouvé une vingtaine de tableaux volés en France et les ont remis aux autorités. Ils disent avoir agi dans un acte de francophilie, écœurés par les scènes de pillage. Mais si mon arrière-petit-fils a fait ce geste, c'est surtout qu'il doit craindre de retrouver ces œuvres bientôt sur le marché, en quoi on ne saurait lui donner tort. À croire qu'il voit comme moi déambuler déjà dans le Führer-bau une coterie affairiste dont l'allure autant que le langage détonnent à côté de la rigueur des *monuments men*. Je n'en jurerais pas mais nombre de ces courtiers sont certainement les mêmes qui, il y a peu encore, achetaient des œuvres pour des sommes dérisoires à des Juifs fuyant l'Europe. Il y a une catégorie d'hommes qui se sortent de toutes les guerres. Tout à l'heure, dans mon dos, l'un a murmuré à l'autre : « J'ai vu deux boîtes pleines des bijoux Rothschild. Tu veux les voir ? » J'aurais préféré ne pas les entendre.

Le brouhaha amplifié par les volumes cesse dès que George Stout fait son entrée dans le cercle, et arrive tout près de moi et de ma voisine, la *Pompadour* de Boucher. C'est un conservateur de musée d'Harvard, très discret sur son pouvoir, comme le sont souvent ceux qui l'exercent réellement. Il est le vrai responsable du Centre :

« Messieurs, nous avons découvert près de cinq cents œuvres d'art volées en Allemagne, surtout en Bavière, dans des mines de sel, des couvents, des presbytères. Maintenant que notre mission de récupération est accomplie, nous visons deux objectifs : préserver et rapatrier. Nous avons des moyens en hommes et en matériel. Les techniciens des ateliers de restauration sont très compétents. Je compte sur vous pour éviter les dégradations et… les vols. Un pillage suffit. Oui, Steward Leonard, il semble que vous ayez envie de parler…

— Pardon… J'aimerais savoir si je suis autorisé à interroger Goering.

— Ça dépend si cela vaut le coup…

— C'est à propos du clou de sa collection, celui qu'il a payé le plus cher, puisqu'il en a aussi acheté, *Le Christ et la femme adultère*. Il s'est fait avoir : on le lui a vendu comme étant de Vermeer, or c'est un faux, de Van Meegeren…

— Autorisation accordée, à une condition : que vous nous racontiez la tête qu'il fera lorsque vous le lui direz ! »

À l'éclat de rire général qui remplit soudain le hall, on sent bien que la guerre est désormais dans notre dos.

Après quelques semaines d'attente à Munich, un gros camion militaire américain, voyageant sous solide escorte armée, me dépose, ainsi que soixante-dix autres œuvres, sur le parvis du musée du Jeu de Paume, à l'endroit même d'où l'on nous avait déportés il y a près de cinq années. Les autorités ont vu petit en réquisitionnant trois salles au Louvre, à moins qu'elles n'aient été particulièrement pessimistes sur l'efficacité des récupérateurs. La salle du Jeu de Paume abrite alors le musée national des Écoles étrangères contemporaines. On y installe la commission de récupération artistique, centre administratif et lieu d'accueil.

Les soldats nous posent contre la façade, en toute simplicité, et c'est là, au soleil des tout premiers jours du premier automne depuis la fin de la guerre, que nous attendons d'être ramenées à la maison par nos familles. Les œuvres qui ont quitté la France contre leur gré rentrent enfin, après une trop longue absence. Le Jeu de Paume est notre Lutetia. Lui aussi trouve une forme de rédemption qui fera oublier ses années noires.

D'une conversation glanée au vol entre un journaliste et un haut fonctionnaire surgit une vision des choses à laquelle je n'avais pas songé :

« Voyez-vous, Vichy a rendu un signalé service aux Rothschild, au fond. Il n'y a pas eu véritablement de confiscation ni de vente aux enchères. Donc pas de dispersion. Les œuvres planquées dans les dépôts du Louvre s'en sont globalement bien sorties. Être volées par Hitler, c'est ce qui pouvait leur arriver de mieux car c'était l'assurance d'être bien protégées et donc faciles à récupérer. Je vous dis cela, naturellement, pour vous éclairer et non pour que vous l'écriviez dans votre journal, n'est-ce pas ? »

S'ils prêtaient un peu attention à moi, ils verraient pour la première fois de leur vie un portrait lever les sourcils puis hausser les épaules. Une personne l'a peut-être remarqué, une femme en uniforme avec le grade de capitaine, qui s'approche et m'adresse un léger sourire complice, à croire qu'elle est contente de me revoir ; Rose Valland, dont je découvre alors seulement le discret héroïsme au service des tableaux.

Un homme se dirige vers moi en courant depuis le jardin des Tuileries, comme si je m'apprêtais à lui fausser compagnie. Il est tout haletant et si heureux de me revoir, Robert Antonetti ; rue Laffitte, c'est lui que la famille a délégué pour récupérer les œuvres en son nom. Il part les prévenir par téléphone.

Philippe est venu exprès de Mouton pour récupérer son cher Nattier, un portrait de la duchesse de Châteauroux auquel il tenait particulièrement. Mais Élie ne retrouvera pas son propre portrait en jeune révolutionnaire à tambour par Laszlo, volé au château de Laversine : il a été lacéré ici même à coups de couteau, en même temps que quelque cinq cents tableaux relevant d'un art dit dégénéré, sur la terrasse derrière le Jeu de Paume, le 23 juillet 1943. Édouard est là, et son fils Guy. Tandis qu'ils règlent les formalités administratives, une silhouette familière se dirige vers moi.

Ce n'est pas celle d'un homme mais de toute une famille. Une discrète dynastie lui fait un cortège invisible que je suis la seule à distinguer. Je suppose qu'il s'agit du petit-fils de M. Auguste ; il est déjà dans l'affaire. Leur commerce avec la peinture, celle qu'on restaure et celle qu'on déplace, a quelque chose de génétique. C'est manifeste à la façon de s'exprimer de ce jeune homme auquel son père et son grand-père ont dit tout ce qu'il fallait savoir. Il enfile solennellement ses gants blancs, palpe la toile en différents endroits, ausculte son envers, grimace en effleurant la trace de la svastika tamponnée à l'encre noire. Un regard panoramique lancé alentour, par principe plutôt que par prudence, puis il se rapproche tout près, la main gauche délicatement posée sur le cadre et murmure à mon oreille :

« Vous nous avez terriblement manqué, madame la baronne. Chez nous, on n'a jamais perdu espoir de vous revoir. Jamais. Bienvenue à la maison. »

Bientôt rue Saint-Florentin me rejoignent l'*Autoportrait* de Vigée-Lebrun, le *Portrait d'Henriette de France* de Van Dyck, cette chère *Pompadour* de Boucher et la *Femme au manchon* de Reynolds que je n'avais pas vue depuis quatre ans. Tout un lot arrivé d'un coup le 7 mai 1946 par les bons soins de l'indispensable M. Antonetti, ainsi qu'une commode Louis XVI, une grande vasque en porcelaine de Chine, une petite aiguière en cristal de roche, un service anglais et un coffret contenant une garniture avec réchaud, auquel manquent des légumiers. On récupère tout en sachant qu'il serait illusoire d'espérer revoir certaines choses.

L'Office des biens et des intérêts privés réussit tout de même à retrouver et à nous restituer six cents de nos huit cents caisses d'archives. Les dégâts n'en sont pas moins irréparables; le bon fonctionnement de la maison en pâtira. Beaucoup de choses ont été détruites ou brûlées.

Avenue Rapp, où siège la commission de récupération dirigée par notre ami Carl Dreyfus, les gens font la queue, des photographies à la main afin de prouver leur qualité de propriétaire. Notre famille, elle, a préféré amener ses gens de maison. Pour l'avoir longtemps astiquée, ils connaissent mieux notre argenterie que quiconque. Une simple caresse du bout des doigts leur suffit. Ou le rappel d'un chiffon jaune oublié dans le tiroir gauche d'une commode Louis-XVI et qui s'y trouve encore.

La banque fait savoir qu'à compter du 17 avril 1946 elle ne peut plus reconstituer dans le détail des mouvements de titres ou d'espèces antérieurs à 1938, les Allemands ayant volé, détruit ou saisi les archives comptables. Aucun des dessins, pas plus que les petites cuillères en argent et les documents, ne reviendra.

J'appréhendais l'instant des retrouvailles. L'une de nos premières réunions de famille se tient rue

Saint-Florentin en cette période assez étrange des lendemains de fin de guerre. Je crois qu'elle doit tout à cette improvisation qui guide un peu les travaux et les jours. Les enfants veulent remercier la France de ce qu'elle a sauvé de nos collections, à supposer que l'État puisse être véritablement dissocié du régime de Vichy. Ils n'entreront pas dans les détails, le moment ne s'y prête pas. Des œuvres ont été spoliées par les Allemands, elles ont été récupérées par les Alliés et ramenées en France. Il s'agit de marquer le coup :

« Nous, nous donnerons *Lady Alston* de Gainsborough ainsi qu'une statuette gothique en ivoire du XIIe siècle, dit-on du côté d'Élie et Alain, les deux fils de Robert.

— Ma mère, mes sœurs Bethsabée et Jacqueline et moi, ajoute Guy, nous offrons au Louvre le *Portrait de la marquise Doria*…

— Présumé !

— … le portrait présumé peint par Van Dyck, en précisant que c'est en souvenir de mon père, le baron Édouard. »

Mais ce n'est pas le seul objet de cette petite réunion. Une grande exposition se prépare aux États-Unis sur un mode un peu particulier : il s'agit de rassembler les œuvres volées par les Allemands à des collectionneurs français et récupérées par l'armée américaine. Guy, mon arrière-arrière-petit-fils, est à l'origine de ce bienveillant

256

complot ourdi avec John Walker, le conservateur en chef de la National Gallery of Art de Washington, et Théodore Rousseau, du Metropolitan Museum of Art de New York. Mais cela paraît inenvisageable tant que les taux d'assurances n'auront pas baissé.

« Combien ?

— Soixante mille dollars.

— Je ne vois qu'une solution, avance l'un des enfants avec une certaine désinvolture, c'est de se passer d'assurances !

— Tu n'y penses pas ! Ils veulent *L'astronome*, oui, le Vermeer ! et le *Portrait d'homme* de Fragonard, la *Femme à la fleur* de Frans Hals, et puis… »

Depuis que je suis accrochée à un mur, c'est bien la première fois que tant de paires d'yeux Rothschild me fixent si longtemps dans un tel silence.

« Betty ?

— Non, pas la grand-mère ! lance l'un des plus jeunes.

— Ingres fait partie du lot, ils connaissent bien l'histoire du tableau, et pour cause. Or, si nous avons déjà tous du mal à nous séparer d'elle, je n'imagine pas un seul instant faire voyager Betty sans assurances. »

Moi non plus d'ailleurs, même si, en cas d'accident, aucune somme d'argent ne me rendra à cette forme d'éternité. Il n'y a guère de risque car un détail découvert in fine dans les lettres apportées par Guy leur fait repousser le projet aux calendes grecques :

« Il n'y a pas que l'aller-retour Washington-New York! Comme ils ont à leur charge la moitié des frais de transport et d'assurances, ils veulent les amortir en faisant tourner l'exposition dans tout le pays...

— Impensable. »

Il faut tourner la page de la guerre, même si elle est particulièrement lourde. Ce voyage imprévu en Allemagne, ma patrie d'origine, ce séjour, comme ils disent, laissera en moi une empreinte indélébile, même si je ne doute pas que les miens se hâteront de gratter l'humiliante svastika qu'on m'a tatouée au dos. Il est encore trop tôt pour prendre la mesure de ce que j'ai vécu ces quatre dernières années. Plus tard, peut-être.

Pour l'heure, j'aimerais oublier ce que j'ai entendu, l'usage que les nazis ont fait de ma langue natale si belle avant 1933; il faut laisser l'allemand se décontaminer pour pouvoir l'aimer à nouveau comme autrefois, quand il était la langue de Heine et d'Hölderlin. Après seulement, je comprendrai ce que j'ai vu. Pour l'instant, je reprends pied dans le monde des vivants armée d'une douce conviction, réminiscence d'une ancienne lecture de Bouvier, cet exquis moraliste genevois persuadé que lorsqu'on croit avoir fait un voyage, on ignore qu'en réalité c'est lui qui nous a faits, défaits peut-être.

5

Au Louvre

Un siècle et demi a maintenant passé depuis ma mort et j'ai connu le rare bonheur de n'avoir jamais quitté les miens, à l'exception d'un cambriolage à la faveur d'une guerre mondiale. Mon portrait s'est transmis d'aîné en aîné, de mon fils Alphonse à son fils Édouard, de celui-ci à son fils Guy et j'imagine que je vivrai un jour chez son fils David.

Notre famille est généreuse, les musées français peuvent en témoigner. Sa prodigalité excède même celle que l'on attend des personnes de notre rang ; il suffit de comparer ses dons et donations à ceux des autres dynasties françaises pour s'en convaincre. Les gens ne soupçonnent pas la quantité et la qualité de ce que les Rothschild ont donné d'une manière ou d'une autre à ce pays. Un geste à la démesure de leurs collections. Tableaux, dessins, meubles, tapisseries, objets... Le chiffre de soixante-dix mille œuvres d'art circule, sans compter les maisons. Mais ils

ont donné plus facilement des choses inestima-
bles à la France qu'ils ne m'ont prêtée pour des
expositions dans le monde. Il n'y avait là aucun
calcul, et seul un esprit tordu aurait pu y déceler
une volonté de raréfier mes apparitions pour me
rendre plus désirable encore. Ma famille voulait
juste me préserver des coups du sort.

« Attention à la grand-mère! » lance Guy en
riant chaque fois qu'un visiteur s'approche trop
près de moi. Bien malin celui qui pourrait dire s'il
s'agit là de protéger une icône Rothschild chargée
d'une grande puissance symbolique ou un portrait d'Ingres considéré comme l'un des plus
fameux.

Les deux probablement.

Certains qui ne l'aimaient pas prétendaient
d'une voix bien assurée qu'Ingres avait fait mon
siège pour obtenir le privilège d'exécuter ce portrait. C'était mal le connaître. En réalité, c'est moi
qui avais dû le harceler afin de le convaincre.

Mon mari et moi avons rencontré M. Ingres
pour la première fois à un bal. Plus il refusait
d'exécuter des portraits, plus les commandes af-
fluaient. Il jouait les faux humbles, se plaignant
par principe et ne reculant pas devant le chantage
aux sentiments quand il ne menaçait pas de se
retirer à la campagne. En vérité, il avait une haute
opinion de lui-même. Nul doute que pour lui
j'appartenais au registre des grandes dames. Il

s'énervait : « Je ne suis tout de même pas rentré d'Italie pour peindre des portraits mondains ! »

Au vrai, cet obsédé du geste juste maudissait les portraits pour leur difficulté ; ils l'empêchaient de se consacrer à ses grandes machines allégoriques. Or, depuis son doublé magnifique avec M. Bertin et le comte Molé, tout le monde en voulait. Il se disait accablé de commandes comme on est criblé de dettes. Il jugeait le portrait indigne de son génie, ne s'autorisant d'exception que pour des personnages exceptionnels tel le jeune duc d'Orléans, pacificateur de l'Algérie et grand mécène des arts, auquel il vouait une profonde admiration. Le genre lui paraissait désormais relever de la corvée alimentaire pour temps de disette ; ces galères, comme il les appelait, lui rappelaient de mauvais souvenirs, l'époque où un tableau poussait l'autre et l'empêchait de se consacrer véritablement à son art. Du jour où ses portraits ont revêtu une dimension sociale, sa passion pour la peinture d'histoire est devenue moins exclusive.

Vénéré et fétichisé par ses élèves, il lui fallait expier sa notoriété et passer un temps fou à éconduire fâcheux et solliciteurs. Les plus perspicaces n'étaient pas dupes de sa stratégie sociale. Seuls les plus insistants parvenaient discrètement à leurs fins, mais qu'importe. On pourra raconter ce qu'on veut sur Ingres, les hauts faits d'un artiste, ce sont ses œuvres. Le reste relève des potins.

D'ailleurs, son premier biographe, Eugène de Mirecourt, allait jusqu'à payer ses domestiques pour leur soutirer des informations.

J'avais tout essayé, les lettres, les visites, les bourriches de gibier. De guerre lasse, il avait finalement rendu les armes au bout de deux ans ; ce n'était pas gagné pour autant car il lui arrivait d'accepter une commande et de ne pas l'exécuter ; je veux croire que ma présence, davantage que mon argent ou ma détermination, a vaincu sa résistance. D'ailleurs, il mettra plus de caractère à refuser la demande de James quelque temps après.

On m'avait prévenue qu'il ne tenait pas les délais. Je ne fus pas déçue. Commandé en 1841 mais commencé en 1844, mon portrait ne fut achevé qu'en 1848 ; Mme Vigée-Lebrun, portraitiste favorite de Marie-Antoinette, n'était morte que depuis quelques années. « Achevé » n'est d'ailleurs pas le mot ; il lui fallait conserver cet indispensable soupçon d'inachevé qui donne son véritable éclat au fini. Tant pis s'il y en a encore pour juger les nœuds de ma robe trop sommaires, alors que Dieu gît dans ce détail.

Ingres trouva la pose dès notre première séance. Nous parlions de l'air du temps, de tout et de rien, et de la dernière initiative du nouveau directeur des Beaux-Arts, qui avait inventé de remplacer les médailles décernées aux lauréats du

Salon par des pièces de vaisselle de la manufacture de Sèvres, ce qui faisait rire la société mais qui, à la réflexion, n'était pas si sot.

Ce fut le début d'un chemin de croix, pour lui comme pour moi. Combien de fois s'est-il interrompu avant de me reprendre des semaines, voire des mois après! Certaines circonstances l'imposaient, la mort du duc d'Orléans notamment, qui nous affecta l'un et l'autre profondément et, dans ce cas assez rare, le modèle comme l'artiste étaient dans l'empêchement. Il m'avait inscrite au plus haut sur la liste de ses priorités. Compléter la tête! C'est ce qu'il répétait de manière obsessionnelle dans ses lettres. Compléter la tête de Mme de Rothschild! Ma tête est longtemps restée blanche et vide, même après qu'il eut exécuté dans un coin de la feuille à dessin une étude de ma main d'une grande délicatesse sur laquelle on distinguait une longue ligne de vie. Il redoutait ma tête; il lui fallait d'abord se pénétrer de mon visage, s'en imprégner intimement, avant d'oser faire parler mes yeux. À croire qu'il ne pensait qu'à cela alors que, dans le même temps, il avait la vicomtesse d'Haussonville sur les bras, et les peintures murales du château de Dampierre que le duc de Luynes lui avait commandées. Dès lors, je n'eus plus à le harceler. C'est lui qui, dès qu'il le pouvait, me relançait dans l'espoir d'obtenir une séance de pose supplémentaire, celle qui serait suffisamment longue pour mettre un terme définitif au tableau.

Qu'attend-on d'un grand artiste si ce n'est de saisir ce qu'un visage a d'immuable au-delà du flou des apparences? Ce qu'il peint, c'est ce qui restera. Un portrait s'organise en principe autour d'une figure. Le parfait ovale du visage, M. Ingres s'en était obsédé. Il avait commencé par les yeux, puis figuré les cheveux au moyen de quelques mèches; le nez, les lèvres et la joue vinrent ensuite, et enfin le menton. Dans le regard, il m'accorda un peu d'ironie, un peu de mélancolie. Je ne m'attendais pas qu'il me confère la pureté d'expression de sa vierge aux candélabres ni celle de sa vierge à l'hostie. Juste un peu de fierté dans la grâce et une touche de modernité dans la noblesse.

Il finira par me prêter un regard doux et intelligent, avec un je-ne-sais-quoi de spirituel dans la prunelle, juste assez pour donner au spectateur le sentiment que je vais l'entretenir d'une affaire privée, quelque chose d'intime. Encore n'était-ce que le visage. La tête elle-même ne sera finie que lorsqu'il l'aura coiffée d'un petit-bord de velours noir à plumes blanches tombant de part et d'autre; elle ne sera faite que lorsqu'il aura mis des reflets aile-de-corbeau dans mes cheveux, ce qui fera dire à certains que Van Dyck est passé par là.

J'avais un peu moins de quarante ans lorsqu'il

commença mon portrait, un peu plus lorsqu'il le termina. Les instants laissent davantage de traces que les dates, surtout dans la mémoire d'une femme lorsqu'elle se sent à mi-vie. Qu'importe, puisque dès lors je suis restée telle pour l'éternité.

Être hors d'âge et ne point le paraître, c'est là un privilège que je pourrais disputer à Dorian Gray. D'autant que j'existe, contrairement à lui. Formons des vœux afin que nul ne songe jamais à nous poignarder.

Aussitôt achevé, ou du moins livré, mon portrait me parut mélodieux. Les tours de force et les morceaux de bravoure en avaient déjà disparu. Ce n'était pas un tableau mais d'emblée un portrait, et même plus un portrait mais déjà une personne. La chair des étoffes appelait le toucher, et le grain de la peau, la caresse. C'est du moins ce que diront ceux qui y verront le plus intime et le plus chaleureux des portraits de femmes d'Ingres.

Est-il ressemblant? On reconnaît l'air et le tempérament, un caractère et une détermination, ce qui est bien plus important que de retrouver l'exact tracé du contour des lèvres. Mon sourire dégage une belle et pleine sérénité.

Mon bonheur était sans mélange, bien qu'il me fallût attendre encore le bon vouloir du maître, qui n'entendait pas me lâcher ainsi. Il commença par me montrer dans son atelier au cours de l'été 1848. Louis Geoffroy fut des premiers invités à me rendre visite, insigne privilège auquel la notoriété de *La Revue des Deux Mondes* n'était pas étrangère. Ingres avait pris soin de m'exposer dans une pièce à part, afin que l'œil ne fût pas brouillé par la présence de l'autre toile offerte ce jour-là à son jugement, la *Vénus anadyomène*. Le simple fait de montrer chez lui une Rothschild au moment où la maison d'un autre Rothschild était pillée par les émeutiers témoignait déjà d'un certain courage.

« Sensuel, si sensuel », le critique allait en répétant le mot sans que je susse s'il s'agissait du tableau ou du modèle ; dans de tels moments, on en veut au français de n'être pas plus précis, de nous laisser dans le doute générique. On le sentait tout de même bridé par le respect dû au modèle, ce qui m'inclina à penser qu'il était plutôt troublé par le tableau.

D'où vient que chaque fois qu'il soulignait l'aspect étrangement « oriental » qui s'en dégageait, surtout dans l'arc de mes grands sourcils, j'entendais plutôt « sémite » ? Il me regardait sans doute comme la quintessence des Juifs et des Rothschild, une incarnation biblique échappée des turqueries d'Ingres lui-même, tombée de *La toilette d'Esther* de Chassériau, voire enfuie des *Femmes d'Alger* de Delacroix. Inouï ce qu'une solide culture littéraire et artistique peut projeter et superposer comme images exotiques chez nos contemporains : cils épais, grâce cachée, blancheur mate, prunelles de jais, yeux ombrés d'une touche olivâtre, pour ne rien dire des bijoux. Le fait est que plus d'un lecteur de Balzac aura tendance à voir l'Orient briller dans mes yeux comme dans ceux d'Esther Gobseck. Encore un effort et ils feront bientôt de mon portrait un avatar du *Bain turc*! Le mythe de la Juive à la beauté ensorcelante a de beaux jours devant lui.

Ne conservons que la splendeur et abandonnons la misère aux courtisanes.

Mon décolleté était pourtant convenable ; de plus, j'avais pris garde de ne ceindre mon cou et mon poignet que de perles de chez Guillion, à l'exclusion de ces bijoux dits artistiques de Fossin, qu'il faut savoir éviter lorsqu'on possède des pierres héréditaires. La discrétion est le critère absolu du bon goût. Seules les parvenues portent des diamants en plein jour. Je suis intimement convaincue que ce critique a été tout aussi envoûté par la sensualité qu'il voyait sourdre des différents portraits d'aristocrates exécutés par l'artiste, mais qu'il ne se permettait de le dire que devant moi.

Il n'en fut pas moins conquis. La richesse de la palette lui fit rendre les armes. « C'est *Monsieur Bertin* plus la couleur ! » s'exclama-t-il pour mieux en souligner tant la puissance, l'ampleur, la hardiesse que l'audace.

Grâce à lui, le portrait fut aussitôt compris et bien reçu par ses premiers visiteurs. C'est après seulement que je pus pour la première fois aller à la maison.

La première fois que ma famille m'a laissée sortir, c'était en 1867. Nous étions encore de ce monde, James et moi, mais Ingres venait de nous quitter. Il avait pourtant la vieillesse allègre ; on dit qu'il ne se tenait pas à la rampe en descendant l'escalier. Un soir d'hiver, il a ouvert grandes les fenêtres après le départ de ses amis pour désenfumer la pièce. Un refroidissement s'est ensuivi. Il avait quatre-vingt-six ans et dessinait encore. Son esprit s'envola du côté de l'église Santa Maria Carmine à Florence où, par le génie de Masaccio, la chapelle Brancacci lui était l'antichambre du paradis.

Nous n'avions guère le choix, l'école des Beaux-Arts souhaitant monter dans la précipitation un grand hommage posthume. Il y eut cent cinquante tableaux, quarante dessins et beaucoup de monde. Les portraits se firent particulièrement remarquer. L'expérience fut pour moi inédite car jamais je n'avais été ainsi offerte au regard de la foule. Je fus louée mais guère commentée.

« De vrais tableaux d'histoire que ces portraits, à la fois des types et des individus, la physionomie de chacune de nos classes sociales s'y trouve rendue par des accents caractéristiques et partant généralisés », risqua le critique Amédée Cantaloube devant des auditeurs béats. Un autre critique et non des moindres, Charles Blanc, poussa l'analyse un peu plus loin : « Ce portrait représente une exécution complaisante et caressée dans les ajustements et les pierreries sans que le personnage représenté soit écrasé par la magnificence de ce qui l'habille et la richesse naturelle qui l'entoure. Surprise dans l'attitude naturelle d'une causerie de salon, Mme de Rothschild est assise sur un canapé de velours grenat… La robe de satin, les colliers, les perles, les bracelets, les diamants et les plumes, bien que d'une exécution à la Holbein, enrichissent le portrait sans l'éclipser. » Et son confrère Galichon de fermer le ban : « L'un des plus beaux portraits de femme faits par M. Ingres. »

Voilà ce que je pus lire dans les gazettes. Pourquoi n'ai-je conservé en mémoire qu'un détail insigne, la présence assidue de mes plus fidèles visiteurs, un couple d'antiquaires invertis que les Parisiens lancés surnommaient dans leur dos « Sodome et Commode » ?

On me laissa sortir à nouveau brièvement pour deux expositions parisiennes en 1874 et en 1910. J'appris à connaître la race des visiteurs des musées. On aimerait juste les prendre par la main non pour défendre la peinture (elle y parvient très bien toute seule), surtout pas pour l'expliquer (c'est le plus sûr moyen d'en tuer le mystère).

C'est là que je fis plus ample connaissance avec une engeance indispensable, les vipères appointées de la critique. Quand elles ne savent pas à qui attribuer un tableau, elles l'attribuent à la malveillance. La formule brillante est leur arme favorite, mais c'est une arme blanche. « On sent le type qui aurait voulu copier les anciens à genoux ! »

Words, words, words. On ne se méfie jamais assez des mots qui figent la signification des œuvres, et plus encore quand n'importe qui en fait usage en étant persuadé qu'il s'est approprié ceux de quelqu'un.

Ingres, je l'ai écouté commenter son propre travail devant ses élèves et certains de ses amis. Contrairement à la femme de Job qui dut se baisser pour entrer sans se cogner dans le tableau de Georges de La Tour, mon visage est bien au centre ; le portraitiste m'a donné de l'air et de l'espace au-dessus de la tête. Bien plus qu'à la vicomtesse Othenin d'Haussonville, la princesse de Broglie ou Mme Moitessier. Je le soupçonne d'avoir agi ainsi afin de ne pas laisser la magnificence de ma robe envahir le spectateur.

« Cette robe ! Mais tu as vu cette robe ! C'est elle qui fait le tableau. Des décennies après, l'étoffe bouffe encore. Le traitement de la soie est à lui seul un morceau de bravoure... »

Pourtant, les spectateurs ne voient que ça, tous autant qu'ils sont. Ils n'ont d'yeux que pour elle. Elle suscite autant de fantasmes que d'interprétations. Ma robe. Il est vrai qu'elle est splendide. Dans le travail préparatoire au tableau, elle a préexisté au portrait proprement dit. Lorsqu'il a entrepris de me dessiner, Ingres a commencé par tracer ma robe au graphite sur du papier vergé en s'aidant de pierre noire et de craie blanche. Il a inscrit le mot « clair » comme seule indication. Rien de tel que ces crayonnés pour mettre bon ordre à ses sensations.

Assise, une femme ne porte pas une telle robe de la même façon que si elle se tenait debout. Lorsqu'elle se déplace, elle fait de sa robe une idée qui se meut autour d'un corps ; une fois posée, elle se laisse envelopper par sa toilette comme s'il s'agissait du vestige d'une civilisation enfouie. La mienne est à elle seule une ambiance moirée.

Ingres eut un tel souci du rendu des draperies que tout son génie sembla se réfugier dans l'art du pli. Tant de virtuosité à chiffonner ces nœuds de satin et de gaze, à donner de l'ampleur à la jupe à volants et à réinventer une double berthe de dentelle. Que n'ai-je entendu à propos de cette robe ! Certains en font toute une histoire, deux camps s'affrontent, on n'ose parler de théories. C'est Louis Geoffroy qui a commencé, lui qui a lancé l'affaire dès 1848. Un siècle et demi a passé, ce qui est long; et pourtant, ce matin, un guide au verbe haut, à la tête d'une meute de touristes, y fait encore référence comme si l'article avait paru la veille :

« En fait, à l'origine, elle était bleue, selon le vœu de Mme de Rothschild. Mais, quand il eut achevé son tableau, Ingres était mécontent de son effet. Et sans en parler à quiconque il l'a refaite dans la couleur que nous lui connaissons. Sa commanditaire s'est aussitôt rebiffée et l'a sommé de rétablir la couleur d'origine…

— Et comment a-t-il réagi? risque aussitôt l'un de ses auditeurs observant les réactions autour de lui, et persuadé de se faire l'ambassadeur du groupe.

— "Madame, lui a-t-il répondu avec un flegme admirable, c'est pour moi que je peins et non pour vous. Plutôt que d'y rien changer, je garderai le portrait." Magnifique, non?

— Magnifique!

— Il avait évidemment raison. Dès lors qu'il n'obéit qu'à ce que lui commande son instinct, un artiste a toujours raison. Les Goncourt pouvaient bien railler sa "déplorable manie du rose", il a tenu bon. Voyez comme cette teinte réchauffe bien l'ensemble, mais si vous vous rapprochez vous constaterez comme moi qu'il demeure un soupçon de l'ancienne robe, des traces azurées au niveau du corsage, comme un rappel d'une sourde bataille remportée de haute lutte. »

Une bataille ! Autant en sourire et prendre les choses avec, disons, un certain flegme. Les artistes colorent jusqu'à leurs réminiscences, et les grands artistes plus fortement encore. Ingres n'a pas eu à inventer ma toilette, pour la raison qu'elle existait bel et bien. Un reportage du *Journal des dames et des modes* de mars 1847 l'atteste. Le journaliste, qui se trouvait ce soir-là au concert offert par le duc de Nemours, remarqua ma robe, qu'il décrivit avec des mots bien dans l'esprit de sa revue : « ... en taffetas rose, ornée dans toute sa hauteur de bouillonnés formant quatre montants... corsage plat, décolleté, orné sur le devant d'un bouillonné formant pointe et semé de petits diamants... manches courtes et touffes de rubans de satin posées sur l'épaule et retombant sur la manche... »

C'était en fait une toilette de soirée d'un ton dans l'air du temps que le *Lady's Newspaper* appelait le « rose africain ». La couleur me plut, je la fis mienne comme je fis mien le poème de ce cher Théophile Gautier « À une robe rose » sans essayer de savoir si ma robe le lui avait inspiré :

> Frêle comme une aile d'abeille
> Frais comme un cœur de rose thé
> Son tissu, caresse vermeille,
> Voltige autour de ta beauté.

La robe est l'incontestable vedette de ce tableau mais M. Ingres a eu l'amabilité d'agir en sorte qu'elle ne m'éclipse pas et que, par mes traits et ma gestuelle, sa magnificence soit sublimée. Elle attire le regard mais ne l'absorbe pas. Jamais on ne dira que la robe de la baronne de Rothschild est le pendant du châle de la comtesse de Tournon, qu'il inventa pour faire oublier sa laideur, ses sourcils trop haut perchés, la proéminence de son nez et sa verrue.

C'est au musée du Petit Palais et non au Louvre qu'eut lieu la grande rétrospective Ingres pour le centième anniversaire de sa mort en 1967. David et Delacroix eurent droit à tous les égards, eux. Salles rouges et grandes galeries.

Un matin, un étrange photographe se distingue du lot des visiteurs. Son Leica en bandoulière est des plus discrets, lui l'est moins. Il semble en colère, à moins qu'il ne soit en état de rébellion permanente. Je l'ai déjà repéré la veille car il était le seul à se promener parmi les toiles à l'heure la plus déserte, ouvrant sa canne-siège toujours devant le même tableau pour s'y poser avec une nonchalance de golfeur, avant de sortir un calepin de croquis de sa poche et de s'abandonner au dessin avec un bonheur sans mélange. Sauf que là, à cet instant précis, il semble en vouloir au monde entier, ce dont il prend son compagnon à témoin :

275

« Regarde-les ! Non, mais regarde-les !

— Ça va, Henri. Ils ne t'ont rien fait, après tout...

— Regarde celui qui arrive devant cette merveille d'Ingres, à tous les coups... voilà, il se plante face à elle, il la regarde quelques secondes et tout de suite, tu vois, il se rapproche du cartouche pour savoir ! Et pourquoi, monsieur, dites-nous pourquoi !

— Henri !

— Quel besoin avez-vous de vous rapprocher si vite de l'explication, des sous-titres ? Je vais vous le dire, monsieur : parce qu'on ne sait plus regarder. On voit, mais on ne regarde plus. C'est la maladie de l'époque : on veut i-den-ti-fier ! Je vais vous dire ce que vous apprendrez en lisant ce cartouche : le tableau fait 141,9 centimètres de haut sur 101 centimètres de large (on s'en serait douté), il s'intitule *Baronne James de Rothschild* (non, James n'était pas son prénom), il s'agit d'une huile sur toile marouflée sur bois (vous savez au moins ce que cela signifie ?), il est signé et daté en bas vers la gauche *J. Ingres pinxit 1848* (à supposer que le latin vous soit familier) et il appartient à une collection particulière (les assurances interdisent de vous dire laquelle). Et alors ? Rien du tout. Vous allez passer votre chemin avec le sentiment d'avoir rencontré Rothschild en personne et vous aurez raté l'essentiel... »

Le photographe s'aide alors de gestes amples, ce qui, de loin, doit le faire passer soit pour un chef d'orchestre inspiré soit pour un énergumène :

« ... la césure du tableau en deux parties bien distinctes avec un dépouillement absolu au-dessus de la ligne horizontale et une sophistication totale en dessous, l'origine certainement vénitienne des étoffes, la fraîcheur des coloris... »

Le visiteur, petit personnage d'un calme olympien, est sidéré par cette sortie. Il en reste muet, s'éloigne du cartouche sans même l'avoir lu, revient face à moi, me dévisage et m'envisage puis, comme s'il se sentait tenu de s'exprimer lui aussi, il commente la composition :

« Ça tient, n'est-ce pas, ça tient bien ?

— Il n'y a qu'un moyen de le savoir, pour une photo comme pour un tableau. »

Aussitôt dit, « Henri » s'apprête à m'empoigner et il y serait parvenu si son ami ne l'en avait dissuadé.

« Enfin, vous voyez bien, monsieur, vous la retournez tête en bas, vous la secouez, si les éléments ne tombent pas, c'est que la composition est bonne et que tout tient bien. »

Le petit homme me regarde et, plutôt que de s'attirer la foudre des gardiens en m'attrapant, il se tord le cou afin de me regarder à l'envers. J'ignore ce qu'il aura vu ainsi mais je sais ce qu'il n'aura pas vu : le facétieux photographe, dans son dos, le prend en photo dans cette situation saugrenue, mais dans un mouvement de rotation du buste et d'un geste d'une telle rapidité que même l'ami qui l'accompagne ne s'aperçoit pas de sa prouesse d'anguille frémissante.

Une vingtaine d'années s'écoula encore avant qu'on ne me fît voyager au loin pour la première fois, j'entends : « volontairement ». C'était à New York en 1985. Une expérience, mais le peuple des musées est partout le même. Ces amoureux dont les bouches se cherchent et se trouvent à la dérobée, savent-ils seulement devant qui ils jouent ? La salle du musée est leur théâtre. Quand un gardien s'approche, ils font mine de s'intéresser à la peinture en retenant leurs rires, comme s'il incarnait les forces de la répression. Sauf que cette fois, la jeune fille, une étudiante probablement, me remarque :

« Tu as vu, c'est le tableau français dont nous a parlé le professeur Rosenblum...

— Tu es sûre ?

— Mais oui, cette robe, ce regard et puis ce logo et le nom en haut à droite. »

Les voilà qui comparent nos armoiries à un logo comme on en voit, paraît-il, dans un coin des écrans de télévision ! Cette signature du commanditaire est une tradition du Nord, qui remonte au moins au XVIe siècle, surtout lorsqu'il s'agit d'un prince ou d'un noble ; Ingres y était d'autant moins opposé que cela lui permettait également de signaler la platitude, lui qui détestait la profondeur.

On parle donc de moi en chaire, à l'université de New York, comme d'un portrait saturé de splendeur naturelle et aisée qui aurait sa place dans une galerie de portraits royaux baroques ou Renaissance, une icône de grâce aristocratique reflétant la richesse matérielle du XIXᵉ siècle par l'effet héraldique et aplanissant des armoiries, une somptueuse image de l'opulence, mais je ne sais si je dois m'en réjouir.

Après quoi j'ai habité la National Gallery de Londres dans les quatre premiers mois de 1999. L'exposition était consacrée aux portraits d'Ingres considérés par les commissaires qui l'avaient conçue comme le plus fidèle reflet du XIXᵉ siècle. J'ai poursuivi mon périple à la National Gallery of Art de Washington, et ne me suis pas rendue au Metropolitan Museum of Art de New York — la famille n'aime pas se séparer trop longtemps de moi. Je conserve de Londres le souvenir le plus marquant. J'y fus en effet prise de panique quand j'appris que je pouvais à tout moment tomber nez à nez avec un psychopathe encore non identifié qui s'était taillé une réputation pour avoir lacéré des Constable à coups de couteau.

Celui-là, en revanche, je le reconnais. Ce n'est pas la première fois qu'il vient me chatouiller.

À vrai dire, il vient presque tous les jours. Malgré son appareil photo, dont il fait un usage immodéré, il n'a rien d'un touriste. Il m'a suffi de l'écouter une seule fois pour comprendre qu'il est historien de l'art; c'est un Français du nom de Daniel Arasse. Ce matin, la personne qui l'accompagne a l'air assez déroutée par son comportement, ses allers-retours entre les portraits, surtout celui de Mme Moitessier, qu'il semble avoir ausculté grain par grain. C'est un passionné de détail. Je l'ai vu, il peut passer des heures face à un tableau à attendre que la peinture se lève, que sa puissance s'empare de lui et lui fasse dégorger ses émotions. Lorsqu'il se présente devant l'art, il croit aux vertus du silence et de l'intimité. Le voilà qui sort des diapositives de sa poche et les superpose. Mais que cherche-t-il? Le détail, toujours. Dieu sait ce qu'il trouvera chez moi; en attendant, il a d'ores et déjà trouvé chez elle :

« Regardez, approchez-vous plus près, au premier plan, là, à la hauteur des genoux, c'est-à-dire à la perpendiculaire de son œil droit qui nous regarde, qu'est-ce que c'est?

— Une tache?

— Mais oui, une tache! Une grosse tache sale sur la robe de Mme Moitessier!

— Vous êtes sûr que ce n'est pas une ombre plutôt?

— Mais l'ombre de quoi! Il n'y a rien qui la projette. Allons, c'est une tache peinte comme telle. Je n'ai pas d'explication mais j'ai une interprétation : Ingres admirait cette femme, l'une des plus belles de Paris ; il a volontairement souillé sa beauté trop parfaite pour marquer son désir, peut-être... »

Il va loin mais l'interprète a tous les droits. J'aime la manière de cet historien de s'approprier une œuvre et, dans le même temps, de se réclamer du principe d'incertitude. Mais, depuis qu'ils en ont entendu parler, certains visiteurs n'ont plus d'yeux que pour la tache sur la robe de Mme Moitessier, aussi discrètement évidente que le ruban au cou d'Olympia.

Si M. Ingres a dissimulé une « lettre volée » dans mon portrait, nul historien de l'art ne le saura jamais. La perspicacité la plus aiguë ne viendra pas à bout de ce secret-là. Il y faut bien davantage qu'une mémoire iconographique exceptionnelle ou une érudition sans faille. Il y faut cette rare faculté d'empathie que se sont transmise de génération en génération mes chers accrocheurs et restaurateurs, les Auguste. Je sais que dès mon retour à Paris l'Auguste en titre sera là pour m'attendre, me parler, m'écouter. Qui sait si le détail n'est pas dans cette complicité ?

Ces trois-là me tournent autour depuis un moment. Ils me cherchent ; quelque chose les intrigue en moi. Trois hommes dont tout dans leur mise et leur langage indique que l'histoire de l'art leur est familière. Leur discret colloque m'est inaccessible jusqu'à ce qu'ils se rapprochent enfin.

« Ça ne va pas. Vos explications me paraissent insuffisantes. Il y a quelque chose à creuser là, insiste le plus âgé en enrobant la région médiane du tableau d'un grand geste de la main.

— Notre ami a raison. Que l'on se rapproche ou que l'on se recule, le trouble est le même…

— Mais comment est-ce possible ? enchaîne le troisième. Ça ne se faisait pas et ça ne se fait toujours pas ! Alors comment… »

Dieu que ces Anglais ont du mal à s'exprimer autrement que de biais ! Il me faut patienter un bon quart d'heure avant de comprendre l'objet de leur inquiétude : ma pose. Mon attitude. Le fait est que je croise les jambes et qu'une dame de mon rang ne croise pas les jambes. On ne les voit pas mais dès lors que je laisse reposer mon coude droit sur mon genou, afin de laisser ma main soutenir légèrement le menton, c'est bien que mes jambes sont croisées sous la robe.

J'en entends parfois rapprocher ma pose de celle de Mme d'Épinay face à Jean-Étienne Liotard, tout à son pastel ; il est vrai qu'elle est assise et qu'elle tient délicatement son menton du bout des doigts, mais elle, son coude repose sur le bras du fauteuil, ce qui change tout en dépit de son sourire malicieux…

J'ai placé ma main sous mon menton, quitte à ce que certains se persuadent que je tiens mon masque pour l'empêcher de se détacher du visage. Quant à la position de mes jambes, on croirait qu'elle sert à mettre en valeur le travail de la soie. Mais ce n'est qu'une question de point de vue : un pas de côté et la perspective change.

Comment se tenir face à l'artiste ? La pose est d'autant plus difficile à trouver que la séance est exténuante. Il cherchait pour moi, mais à la dérobée au début, tout en dessinant. On disait même de réputation qu'il avait le génie d'accorder une attitude à la nature profonde de son modèle. Je l'entendais chercher à haute voix la formule qui résumerait la personne. Pour se stimuler, il me raconta comment lui était venue la vision de M. Bertin, le puissant propriétaire du *Journal des débats*. Ils se trouvaient tous deux dans sa maison de famille près de Paris. Le modèle lui apparaissait déjà par son épaisseur une manière de bouddha bourgeois, mais cela ne suffisait pas. Alors qu'ils bavardaient à l'heure du café, comme Bertin voulait absolument le convaincre de ses vues sur la politique, il se pencha en avant, les mains posées sur les genoux, de grosses mains de fermier aux extrémités boudinées et non des doigts de seigneur remarquables par leur finesse. Des mains que l'on eût dit prêtes à griffer. Ingres en fut saisi. La position des mains commandait tout le reste. Il tenait son portrait.

L'impatience me fit croiser les jambes, au mépris des usages du monde. Nul n'a songé que l'on pouvait trouver une certaine volupté à froisser ainsi l'étiquette, sauf peut-être cette Américaine, Aileen Ribeiro, spécialiste de l'histoire de la mode, que j'ai entendue l'autre jour esquisser devant le conservateur qui l'accompagnait une explication qui ne m'a pas déplu : « Mme de Rothschild comme Mme de Senonnes se situent en marge de l'aristocratie classique. Par leur pose, elles manifestent une sexualité ouverte, aux antipodes de Mme de Broglie et Mme d'Haussonville, si vertueuses, distantes et dignes, pleines de hauteur mais si coincées ! »

Encore faut-il préciser que la langoureuse Mme de Senonnes a encouragé une génération d'admirateurs qui ont beaucoup fait pour sa réputation de sensualité ; les surréalistes et M. Aragon en particulier, pris d'une envie barbare de lui déchirer les seins, se sont enthousiasmés pour l'érotisme de sa thyroïde, jugée aussi troublante que la gorge goitreuse de Thétis aux pieds de Jupiter. Quant à la vicomtesse d'Haussonville, dont l'inclination de la tête et la mélancolie songeuse du regard faisaient penser à la princesse macédonienne d'*Antiochus et Stratonice*, son expression malicieuse fut interprétée comme une forme de rébellion contre la rigidité de l'éducation protestante. La pâleur nacrée de mes bras et de mes mains a suffi quant à elle à transporter Théophile Gautier.

Mon portraitiste n'envisageait pas ma pose de la sorte. Il la vit plutôt comme une invitation à s'engager dans une causerie attentive, comme si je me trouvais dans un salon littéraire ; d'ailleurs, certains prétendirent même que la séance s'était déroulée en marge d'un bal et qu'Ingres m'avait tirée par le bras dans une pièce attenante à la salle des danseurs pour me faire poser tout en se lançant avec moi dans une conversation spirituelle. En réalité, les séances eurent lieu dans un boudoir de la rue Laffitte, mais il laissa dire. Une femme ne doit-elle pas ruser lorsqu'elle n'est pas une beauté de granit ? Lui ne voyait dans ma pose qu'aisance et sans-façon, et ne se souciait que de leur conserver leur élégance naturelle. Il jugea mon sourire si séduisant qu'il eut la bonté de ne pas placer de miroir derrière mon cou, artifice destiné à révéler une part cachée de la sensualité. Ingres était à mille lieues d'imaginer que l'on décèlerait un jour dans mon attitude… comment dire…

« De la provocation ! de toute évidence. Il faut relire ce portrait au prisme de la provocation, celle d'une grande dame de l'aristocratie israélite affranchie des contraintes de son rang, rendue suffisamment libre de ses gestes par la puissance de son nom… »

Les voilà partis. Provocation ? Pourquoi pas,

après tout. Ils peuvent même me voir en courtisane, peu me chaut. Un portrait n'appartient ni à son auteur, ni à son modèle, ni à son commanditaire, ni à ses héritiers. Un portrait appartient à celui qui le regarde. Libre à lui d'en faire ce qu'il veut. Tout ce qu'il veut. J'en ai vu déceler une forme d'imploration dans mon sourire et une prière câline dans mon regard; ils croient percevoir un appel s'échapper de mes lèvres suppliant que l'on oublie mon nom, avec tout ce qu'il charrie de légendaire, pour ne penser qu'à mon cœur accessible à toutes les peines et aux douleurs sous le tapis de perles, de soie et de dentelle dont je suis parée; ceux-là seraient capables d'interpréter une ombre sous mon nez et d'y pointer une intention coupable du modèle. À les entendre, j'ai l'impression d'être Mrs. Abington assise à califourchon sur une chaise, coudes appuyés au dossier, suçant son pouce, le regard lascif, face à Reynolds derrière son chevalet.

J'ai suffisamment été percée par le regard des hommes depuis plus d'un siècle pour savoir qu'il peut aussi faire subir les derniers outrages issus des plus osés fantasmes à un portrait de femme tout en conservant l'apparence tranquille et maîtrisée d'un regard d'amateur. D'amateur d'art, s'entend.

Moi qui rêvais qu'Ingres me fasse palpiter sur la toile, me voilà comblée.

Ce qui leur manque à tous? Un peu plus d'empathie pour l'artiste et pour son modèle. Ils s'apercevraient alors que l'un et l'autre sont secrètement à l'unisson, dégagés des contraintes et obligations, et que les choix esthétiques de l'un alliés à l'attitude indépendante de l'autre donnent une belle leçon de liberté à qui saura la voir. Cela demande un autre effort que de chercher l'annonce d'une fellation dans son *Jupiter et Thétis*.

Jusqu'à ce que je me retrouve aujourd'hui exposée dans le saint des saints, le plus grand et le plus beau musée du monde, en tout cas le plus cher à mon cœur, celui où j'aimerais finir mes jours si d'aventure les miens devaient se séparer de moi. Enfin une grande rétrospective Ingres à Paris. Cela n'était pas arrivé depuis une quarantaine d'années. Quatre-vingts tableaux et cent quatre dessins réunis au printemps 2006 dans le hall Napoléon du Louvre, c'est bien le moins. On m'a placée dans l'avant-dernière section de ce parcours chronologique, mais les avisés commissaires, des personnes de bonne compagnie, ont eu la délicatesse de m'accrocher dans une salle à part, baptisée pour l'occasion « Haute société »; je m'y trouve dans un angle coincée entre la princesse de Broglie et la vicomtesse d'Haussonville, qui se montrent à Paris pour la première fois depuis un siècle (va-t-on seulement les reconnaître ?) et Mme Moitessier à qui il est fait bien des honneurs puisqu'elle est représentée deux fois, debout, en noir, en 1851, et assise, en fleurs, cinq ans après — sans compter que cette dernière version illustre l'invitation au vernissage. Elles ont toutes quatre traversé l'Atlantique ou la Manche pour l'occasion, quand je n'ai eu qu'à franchir la Seine et à longer les quais.

Au moins pourrons-nous bavarder durant ces trois mois d'exposition. Ce voisinage me plaît davantage que mon vis-à-vis, non les calques et dessins, trop petits pour que je les distingue, mais une immense reproduction en noir et blanc de *L'âge d'or* du château de Dampierre, vision tellement terne qu'elle donne de l'éclat à ce que j'aperçois au loin, en second plan, dans la salle de la « Renaissance catholique », une *Sainte Germaine Cousin, bergère de Pibrac*, venue tout exprès d'une église de Montauban à laquelle Ingres l'avait offerte, et plus près de moi, sur la droite, *La source*, dans sa simplicité lumineuse.

C'est à ce jour ma sixième sortie dans un musée, exception faite de la malheureuse parenthèse allemande. Un étrange sentiment me traverse, celui d'avoir déjà vécu ces instants. Les premiers échos que je perçois de la rétrospective me sont familiers. Je les ai déjà entendus, parfois dans d'autres langues : le regard et le jugement évolueraient-ils moins qu'on ne le dit ?

Ainsi cet Américain en chemise hawaïenne, accablé d'une femme qui me regarde à travers ses lunettes de soleil, ne dit pas autre chose que le vicomte de Beaumont-Vassy lorsqu'il me découvrit au mur de la rue Laffitte : l'un et l'autre jugent l'ensemble merveilleusement harmonieux, même s'ils se disent frappés du rapprochement de couleurs entre la nuance cerise de la robe et le velours grenat du canapé. Pourtant un monde les sépare.

De même, ce matin, je me serais crue transportée en 1848 dans l'atelier d'Ingres le jour de la visite du critique Geoffroy, quand une Américaine du nom de Carol Ockman, qui semblait autant férue de structuralisme que de psychanalyse, a expliqué à ses étudiants groupés autour d'elle face à moi :

« C'est un portrait ravissant mais cela n'en est pas moins la représentation stéréotypée de la Juive exotique et hypersensuelle ! »

Au fond, je ne saurai peut-être jamais ce qui m'embarrasse le plus lorsque je suis exposée à la vue du tout-venant, en l'occurrence plus de cinq mille personnes par jour, de l'ignorance au pas de course des visiteurs en troupeau, ou de la tyrannie des raffinés qui se donnent pour une élite.

Une jeune conférencière me montre à un groupe de provinciaux. J'aime sa douceur et sa patience, l'habileté avec laquelle elle décrit la composition du tableau, le fond neutre et la position assise au plus bas, même si en évoquant le passage du taffetas brillant sur fond mat au coussin de velours grenat elle use d'une « transition texturelle » qui m'écorche les oreilles.

Les musées sont peuplés de gens étranges. Le spectacle n'est pas toujours sur les murs. On n'imagine pas ce qu'un tableau peut voir et entendre dans une vie sous toutes les latitudes : « On croirait qu'elle va parler » est le lieu commun international que je subis avec une certaine patience depuis que l'on m'expose. Je pourrais dresser l'inventaire des clichés que j'ai eu à supporter sur toutes les cimaises privées et publiques : la peinture pue le modèle... toutes les opinions du pinceau s'expriment là... on lui a donné de la boue il en a fait de la chair... une peau à la Ingres... un jus qui ne dénonce pas la main... elle ne repousse pas la lumière... un portrait n'est pas un procès-verbal... on a envie de la caresser... elle lui est bien entrée dans le pinceau... il a fait la toile sans l'achever...

S'ils savaient...

Cet étudiant en histoire de l'art qui s'avance d'un pas décidé vers moi a fait le voyage de Montauban ; il a dû passer quelque temps aux archives du musée Ingres ; les dessins préparatoires à mon portrait n'ont plus de secret pour lui. Il lui manque juste de mieux connaître les us et coutumes de la société de l'époque. Est-ce pour mieux épater la jeune femme qui l'accompagne ? toujours est-il qu'il croit bon de lancer :

« Ingres l'a d'abord peinte nue, puis il l'a habillée. Incroyable, non ? Quelle audace de sa part à elle ! »

Incrédule, elle réclame des précisions, qu'elle n'obtient pas, et pour cause. Ingres faisait toujours des dessins de nus avant de peindre un personnage habillé. Des dessins à la mine de plomb dure et pointue, très rarement gommés, sur un papier à grain fin. Ce sont des modèles, dont la silhouette épousait la nôtre, qui posaient nues à notre place. Cela se sait même si cela ne se dit pas. Il est bon de laisser planer le doute, surtout quand les formes sont avantageuses. Tant mieux si, longtemps après, il en est encore pour croire que la *Grande odalisque* a eu Caroline Murat pour modèle.

« Il la flatte, il l'enjolive, c'est sûr, reprend l'étudiant. Elle ne l'aurait pas permis autrement. Les modelés sont peu ombrés... »

Son amie s'approche du centre, puis recule en secouant la tête et, avec l'assurance de ceux qui prétendent ne rien y connaître, elle lui assène :

« Tu comprends mieux la peinture que les femmes. Regarde son poignet gauche, cette attache épaisse, c'est la vie, la vie même avec ses défauts. S'il l'avait voulu, le poignet serait fin. Il aurait pu lui faire d'aussi belles mains qu'à l'autre, là, comment s'appelle-t-il, déjà? Molé?, mais non. »

Il est vrai que cette attache ne m'avantage pas mais je n'ai rien dit car elle est la vérité même ; je craignais qu'Ingres ne sacrifiât bien davantage l'anatomie à une arabesque, comme il l'avait fait avec Mme de Senonnes en la dotant d'un bras droit disproportionné, de sorte que sa courbe fît secrètement le tableau. L'étudiant est cloué par la remarque de son amie. Il ne lui reste plus qu'à la suivre dans la salle d'à côté. Ils s'en vont en oubliant sur le parapet censé me protéger un châle en cachemire lie-de-vin. Mademoiselle ! Mademoiselle ! Trop tard, elle ne m'entend pas. Par un mystère qui m'échappe, le châle est assorti à ma robe. À croire qu'elle l'a fait exprès.

Le gardien qui épiait leur petit jeu se rapproche alors de moi et m'observe comme jamais, tant et si bien qu'il ne remarque pas l'intrus à mes pieds. Comme s'il me découvrait à travers le détail du poignet imparfait. Il ne saura jamais que je le regarde au même instant car pour la première fois j'aperçois une faible lueur au fond de son regard, l'expression d'une certaine fatigue sous les paupières, un haussement d'épaules conjugué à des soupirs en rafales, qui manifestent son état latent et profond que l'on ne saurait qualifier autrement que comme un indicible et inaltérable ennui. Qui dira jamais la solitude du gardien de musée si bien préparé à surveiller les gens qu'il ne voit pas les tableaux ? Un psychopathe pourrait découper ma toile au couteau afin de me vouer à sa contemplation exclusive qu'il ne s'apercevrait pas de mon absence dans le cadre, quand le moindre crépitement impromptu de flash se fait réprimander dans l'instant.

Il n'empêche que l'autre jour, comme un visiteur lui demandait ce qu'il en était au juste de l'expression « violon d'Ingres », le gardien répondit avec le naturel qui sied d'ordinaire aux experts : « On la doit au journaliste Émile Bergerat, monsieur. Elle désigne une occupation secondaire à laquelle on excelle. Pour Ingres, qui était un musicien amateur plutôt doué, c'était le violon, mais son instrument était en réalité un trois quarts, vous savez, l'un de ces violons de dame en érable de pays… »

Le visiteur repartit aussi éberlué que s'il venait de s'entretenir personnellement avec un théologien de Port-Royal de ce qui distingue le portrait flatté du portrait en vérité.

Dans une salle de musée, les tableaux sont en conciliabule. La nuit surtout. De jour, c'est plus difficile car on rencontre toujours sous toutes les latitudes un noyau de visiteurs qui sont démangés de prurit oratoire dès qu'ils se retrouvent devant une toile. Le regard que nous portons sur les tableaux les éclaire ; c'est lui qui porte la lumière jusqu'à la surface peinte. J'ai déjà entendu un visiteur, un professeur au crâne parfaitement lisse, expliquer à la personne qui l'accompagnait que dans ce cas le regard est dit « lampadophore », un mot que je n'avais jamais entendu auparavant et qui lui semblait être parvenu dans l'instant sur le bout de la langue ; il a une belle sonorité. Cet homme parlait de Manet mais je suppose qu'on pourrait appliquer son invention à d'autres.

La nuit, on nous éteint.

Alors, mais alors seulement, un silencieux colloque se tient entre nous. Les cimaises se mettent à vibrer. Car, si les tableaux ont de la mémoire, les portraits plus encore. Certaines choses se savent non de mémoire d'homme mais de mémoire de portrait.

La nuit, on entend les parquets craquer. Des agents torche en main et des pompiers de garde effectuent leur ronde. L'odorat à l'affût des parfums de brûlé et d'humidité, ils craignent l'eau plus que le feu. Un je-ne-sais-quoi dans leur sensibilité, mélange d'instinct et d'expérience, demeurera à jamais inaccessible aux détecteurs volumétriques et paramétriques reliés à l'ordinateur central.

La nuit est le moment privilégié où l'on peut écouter la peinture.

Ce matin, je suis encore tout enchifrenée de ma sortie de cauchemar. Des hommes en noir m'ont décrochée, la seule de ces dames de « Haute société », emmenée dans un quatrième sous-sol du musée protégé par des portes blindées, là où les cris sont inaudibles, pour me livrer à une terrifiante inconnue. Aglaé, ce monstre dont parlaient des techniciens entre eux l'autre jour. Aglaé, la star du laboratoire de recherche et de restauration, me fera un fond de l'œil. Aglaé, le seul accélérateur de particules jamais possédé par un musée. Mais qu'espèrent-ils donc prouver : que je ne suis pas de la main d'Ingres? que je recouvre des jeunes gens nus échappés de *L'âge d'or*? que les repentirs de l'artiste remettent tout en question? que ma robe fut décidément bleue?

J'ai connu tous les regards, celui du professeur qui me détaille en prenant des notes, celui du Japonais qui ne cesse de secouer la tête, l'oreille vissée à un audioguide, celui de l'érotomane sincèrement convaincu que je n'ai d'yeux que pour lui, celui du dandy désinvolte qui me prétend unique alors qu'il parle en même temps à une autre femme dans son téléphone portable, celui de l'obsédé qui imagine en transparence mon origine du monde, celui du gardien martiniquais qui me fait ses hommages le matin en arrivant et ses adieux le soir en partant, celui de la conférencière qui m'adresse un clin d'œil comme pour prévenir ses abonnés d'une complicité nouée autrefois sur d'autres cimaises, et celui qui m'a tellement regardée qu'il ne me voit plus. J'ai croisé tous ces regards et je les ai soutenus. Mais il n'y a qu'un regard encore inconnu, et qui m'effraie par avance, c'est celui d'Aglaé.

Chardin dit qu'on se sert des couleurs mais qu'on peint avec des sentiments.

Les techniciens du laboratoire de spectrographie n'en sauront jamais rien : ce sont des profanateurs de sépultures qui demeureront à jamais inaccessibles à la vérité cachée des choses. Loin, si loin de l'explication scientifique. Espèrent-ils donc toujours trouver un tableau sous le tableau, et le cercueil d'un enfant sous *L'Angélus* ?

Ce matin, à la veille de l'ouverture officielle de l'exposition, les journalistes sont invités en petit comité. Ils sont moins bavards et moins cuistres que je ne le craignais. Peut-être ont-ils conscience de leurs limites ? Ce n'est manifestement pas le jour des précieux ridicules. En glissant devant moi, l'un d'eux laisse échapper à terre un livre à couverture blanche et liséré bleu, que son confrère ramasse aussitôt :

« Le dernier Chevillard ! Tu l'as déjà reçu ?

— Ce sont des épreuves reliées, tu sais bien. Si ça continue, ils mettront la rentrée littéraire de l'automne sur orbite à Pâques !

— Drôle de titre, *Démolir Nisard* !

— C'est tordant, tu verras. Une véritable œuvre de destruction massive. Ah, les ravages de l'esprit de système ! Le bonhomme en sort pulvérisé par sa bêtise même. D'autant plus drôle que personne ne le connaît, ce Nisard... »

Si, moi. Quitte à gâcher le jeu de massacre de ce M. Chevillard, je dois à la vérité de dire que j'ai conservé un excellent souvenir de M. Nisard. Journaliste déjà fort répandu et professeur d'éloquence latine au Collège de France, il était en quête d'appui pour sa candidature à l'Académie française, où il ne tarda pas à faire son entrée. Succédant chez nous à Léopold Thibaut, qui s'était occupé des enfants lorsqu'ils étudiaient au collège Bourbon, il faisait office de précepteur, entre leurs cours d'équitation au manège de la chaussée d'Antin et leurs répétitions d'anglais et d'allemand.

Je m'étais toujours donné pour règle de participer aux leçons de mes fils et de ma fille, et pas uniquement par solidarité. J'étudiais de concert avec eux afin de m'améliorer encore et toujours : ils bénéficiaient de la science d'excellents professeurs, qui, eux-mêmes, continuaient à apprendre. Albert Cohn pour l'hébreu, par exemple, cet incroyable polyglotte que nous emmenions avec nous en voyage et qui était l'unique auditeur du cours de persan de Silvestre de Sacy au Collège de France. Quant à M. Nisard, j'attendais de lui qu'il m'aidât à perfectionner mon français ; rien n'est humiliant comme de chercher ses mots dans sa langue d'adoption car cela renvoie irrémédiablement dans le camp des petites gens.

« Ce portrait a un accent. Écoute, cette femme a l'accent allemand... » Quelqu'un a encore dit quelque chose comme cela l'autre jour devant moi. Tant que je n'ai pas eu la maîtrise absolue du français, j'ai redouté le jour où un homme, ou plutôt une femme légèrement grisée par l'alcool, excédée par notre réussite, aurait corrigé mon emploi maladroit d'un mot pour un autre puis m'aurait lancé à travers la table au cours d'un dîner : « Mais que faites-vous dans notre pays ? »

Désiré Nisard, je puis parler de lui en connaissance de cause ; il n'est jamais trop tard pour honorer une dette. Sa théorie des deux morales nous a été épargnée ; il aimait mieux nous transmettre des mots oubliés. Ainsi nous avait-il tout appris d'« agélaste » dont Rabelais désignait ceux qui ne savent pas rire et sont affectés d'une forme extrême de gravité — spécimens qui encombraient parfois nos dîners jusqu'à les plomber.

M. Nisard prépara Alphonse au bachot. Le sait-il seulement, ce Chevillard ?

Deux nouveaux visiteurs s'approchent de moi, parmi les presque quatre cent mille que comptera l'exposition. Ils se plantent devant mon portrait avec l'intention de n'en pas bouger pour un moment. Manifestement, ils ne supportent pas le manque de savoir-vivre de ces visiteurs qui ne font que passer mais s'arrangent toujours pour s'interposer avec une certaine désinvolture entre tel spectateur et le tableau. Ils m'étudient et tant pis pour les autres ; on le devine à l'espace restreint qu'ils laissent entre eux et moi, nul ne doit pouvoir se faufiler, pas même la plus mince des Japonaises. Ils cherchent l'échafaudage, le dessin sous la peinture mais ils ne le trouveront pas. Ils se gargarisent des grands mots d'Ingres, le dessin est la probité de l'art, bien sûr, mais aussi un artiste commence à faire des lignes, beaucoup de lignes, et il finit pareillement.

Ils cherchent dans un trait la résonance d'une sensualité raffinée, celle de son maître Raphaël, dont il se disait le fanatique — « l'adorateur rusé », corrigeait Baudelaire, ce qui lui évita de se pétrifier et de se figer dans son admiration de jeunesse pour David. On croit trop qu'Ingres est né pour toujours dans son fameux atelier alors qu'il est né à trois reprises : à Montauban, à Toulouse et à Rome.

Ces deux-là appartiennent certainement à l'espèce qui s'intéresse moins aux tableaux qu'à la manière dont les hommes les ont vus. Cela fait bien une demi-heure qu'ils disputent de moi devant moi comme si je n'étais pas là, empêchant tout autre amateur de faire ses dévotions devant le tableau. À bout d'arguments, avant de se séparer, ils reviennent à leur position de départ :

« Il l'a peinte pour elle-même.

— Décidément, vous n'avez rien compris : il l'a peinte pour ce qu'elle représente. »

On n'ose pas emporter ses toiles de chevet dans la mort : le geste soustrairait à jamais des chefs-d'œuvre au regard des autres. Des collections que j'ai constituées pour mon mari et pour mes enfants, je n'aurais rien voulu garder, sauf deux portraits, mes deux préférés, portraits de femmes qui sont d'abord des visages de mères, celle de Rembrandt et celle d'Holbein. Est-il plus touchant exemple de piété filiale que ces offrandes d'enfants devenus des maîtres ?

Certains musées donnent aussitôt au visiteur le sentiment de se trouver dans un endroit rare, un peu comme à Notre-Dame, où l'orgue dispose de sept secondes de réverbération, deux ou trois de plus qu'ailleurs.

Quels traits nous resteront en mémoire des figures illustres de cette époque ? Ceux tracés par les peintres, ou ceux fixés par Disdéri, le photographe de l'empereur, chez lequel nous nous précipitions toutes, boulevard des Italiens ?

« Un bon tableau vieillit comme le bon vin. Regarde, là, cette beauté dont le temps augmente les appas », murmure un grand-père à sa petite-fille.

Geoffroy, mon premier critique, était convaincu qu'avec la patine mon portrait supporterait la comparaison avec les plus réussis du Tintoret, quand Théophile Gautier me rapprochait de certains Titien et, je m'en souviens, Charles Blanc d'Holbein. Cela devait les rassurer de trouver des parentés à Ingres. Qu'importent les références puisque c'est une indicible sensation, née d'un échange de regards entre le modèle et le spectateur, qui permet à un portrait d'entrer dans le répertoire des souvenirs et de s'installer dans le grain du temps.

La sensualité de *Madame de Senonnes* est enviable, pas son destin. Son portrait n'est resté entre les mains de sa famille que de 1814 à 1852, avant qu'une veuve ne s'en débarrasse pour 120 francs auprès d'un marchand d'Angers, lequel la revendit un an après au musée des Beaux-Arts de Nantes pour 4 000 francs.

Je n'ai jamais quitté les miens et il en sera ainsi tant qu'il y aura des Rothschild.

L'exposition s'est achevée hier. Au matin du 18 mai, les emballeurs et les transporteurs de la maison André Chenue sont à l'œuvre. M. Auguste est arrivé très tôt. Comme à son habitude, après m'avoir adressé un sourire et murmuré un « Mes hommages, madame la baronne » aussi respectueux qu'ironique, il a enfilé ses gants de cardinal et commencé à inspecter mon dos. Il craint toujours que les étiquettes des précédentes expositions, celle de la National Gallery et celle de

Ferrières, ne se soient décollées ; puis, ainsi qu'un rituel, il caresse la marque de son illustre confrère Haro, l'encadreur et restaurateur de la rue Bonaparte à l'enseigne *Au génie des arts*, où Ingres acheta mon châssis.

La salle « Haute société » résonne des bruits d'outils. On me retire du mur en abandonnant un rectangle d'une faible lumière à ma place. Le spot éclaire toujours, mais il éclaire une absence. Seule la vicomtesse d'Haussonville est encore accrochée ; elle résiste de tout son fameux sourire, comme si elle avait triomphé de nous qui ne sommes plus que des étiquettes arrachées de leur cartel. Pour les transporteurs, toutefois, elle n'est jamais que le numéro 158.

Deux techniciens d'art du musée enfilent leurs gants de coton blanc à picots, m'empoignent délicatement sur la table où l'on m'avait posée et me portent en plan incliné jusqu'à la salle des constats. On m'emballe et on me cloue entre quatre planches. Sur une étiquette apposée en tête de ma caisse, on a écrit mon nom, mes mensurations et cette précision inédite : « La valeur totale du colis est de 46 000 000 euros. » Me voici dans les viscères du musée, ville souterraine si vaste que beaucoup y circulent à bord de voitures électriques. Les lourdes portes de la salle du coffre se referment sur moi et quelques autres, sous l'œil d'experts des compagnies d'assurances. Les transporteurs sont allés déjeuner.

Je n'ai jamais eu aussi froid depuis mon séjour dans la mine de sel d'Alt Aussee. Au moment où je quitte le musée, un employé arrache mon étiquette. Je n'ai plus d'identité, je ne suis plus qu'un numéro. On ne doit pas savoir ce qu'il y a à l'intérieur. Le temps du bref trajet du quai du Louvre à l'île Saint-Louis, je jouirai des délices éphémères de l'anonymat, enfin.

6

À l'hôtel Lambert

« Le jour viendra. » La devise et les armes des Czartoryski nous accueillent dès l'ouverture des grandes portes au 2, rue Saint-Louis-en-l'Île. C'est signe que nous sommes enfin rentrés à la maison. Guy n'habite plus vraiment l'hôtel Lambert depuis la disparition de Marie-Hélène ; il s'est retiré dans un coin du domaine de Ferrières. Il ne revient ici que pour y donner des réceptions. C'était le cas hier soir encore si j'en juge par les bouquets de lilas et de pivoines roses qu'il a l'habitude de faire disposer pour s'accorder avec les tons de ma robe, même quand je n'y suis pas, ce qui est plus touchant encore. J'imagine très bien l'étonnement des invités au moment de passer dans la bibliothèque :

« Tiens, Betty n'est pas là ?

— Non, elle est de sortie… »

On me fait reposer contre un mur, dans l'une des loges de la cour, le temps de préparer mon écrin pour mon retour. Deux déménageurs veillent sur moi en bavardant :

« J'ai regardé sur Google : Rothschild, c'est 7 780 000 entrées ! »

Ce qui arrache aussitôt un sifflement d'admiration à son camarade. Tel est l'esprit du siècle qui s'annonce. *O tempora ! o mores !* Après avoir fait ouvrir ma caisse avec une dévisseuse à accus, l'expert des musées nationaux met à profit cette heure passée entre deux portes pour m'inspecter, à genoux :

« L'état de conservation me paraît impeccable et n'a pas évolué depuis hier… une écaille dans le cadre, une ou deux peccadilles ici ou là. »

Les transporteurs me montent dans les appartements de Guy, rez-de-jardin d'un côté, premier étage sur cour de l'autre ; c'est là que je vis, tout au bout d'une enfilade de pièces aux rideaux de la couleur et de la matière de ma robe, dans cette chaude bibliothèque dite « salon de l'amour » où l'on parvient après avoir progressé en majesté dans ce somptueux tunnel qui me sert d'invisible écrin. Une fois accrochée sur un mur de reliures en trompe l'œil, je me sens à nouveau dans mon décor familier, le mien depuis 1975.

Des livres m'entourent, fausses reliures en trompe-l'œil à ma droite, vrais livres à ma gauche, ceux de Pascal et de Bossuet, *Le cabinet des fées* et les œuvres complètes de Goethe dans leur édition originale allemande, une photo de Marie-Hélène sur un guéridon, ma seule rivale dans cette pièce et, à l'autre bout de ce défilé, après la commode de Jean-François Oeben juste à ma droite, le clavecin de Marie-Antoinette, les meubles royaux, *L'hôtel de ville d'Amsterdam* des années 1640 de ce fameux Saenredam dont on ne connaît que cinquante-six tableaux et la suite de panneaux du *Triomphe de David* dans le salon des cuirs de Cordoue, je fais face de loin à un portrait en limoges depuis le salon des Émaux et le cabinet de pierres dures, cet *Érasme* de Jean II Pénicaut qui m'interpelle en permanence : « *In minimo maximum !* »

Chacun voit la fin du monde où il peut. Lors d'un bal chez la princesse de Sagan à la fin des années 1880, pour une raison inconnue, une émeute de valets avait dégénéré en insurrection au premier degré du grand escalier, formant une haie de déshonneur avec lazzis, injures et quolibets à l'endroit de leurs maîtres. Les sergents de ville durent intervenir. Choqués, certains invités crurent y déceler la fin de leur monde quand cela ne faisait que consommer leur déclin.

Il m'en faut davantage. Les signes n'ont pas manqué depuis. Ce matin, j'en perçois un qui m'émeut profondément. Ce n'est pourtant qu'un bruit assez délicat, celui du papier kraft que l'on manipule et que l'on plie avant de le tapisser de papier de soie. Cela fait quelques jours déjà que les déménageurs sont à pied d'œuvre. Aujourd'hui, ils emballent la collection de sèvres verte ; demain, la collection de cristaux de roche ; puis toutes nos collections, qui vont être redistribuées chez les enfants de Guy à l'intention de ses petits-enfants. Une dispersion est toujours un crève-cœur même si celle-ci reste dans les limites étroites du cercle de famille. On se console en imaginant que les objets se réuniront un jour ailleurs — mais il leur manquera ce mystérieux éclat que donne le génie des lieux. Il entre de la mélancolie dans toute dispersion car le mot se dit *diaspora* en grec. Ma maison ne m'a jamais paru aussi triste qu'en ces derniers jours de juin 2007 où elle se défait petit à petit.

L'hôtel Lambert vient d'être vendu. La transaction s'est négociée dans la plus grande discrétion plusieurs semaines avant que Guy ne s'éteigne, à l'âge de quatre-vingt-dix-huit ans. Il a signé l'acte apporté par le notaire sur son lit de Ferrières quelques jours avant d'expirer. Le chiffre de 60 millions d'euros a été avancé. Qui peut bien se rendre propriétaire à un tel prix de la plus belle maison de Paris encore dans des mains privées ? L'État aurait pu en faire un musée qui eût été l'orgueil de l'île de la Cité, de Paris et de la France, naturellement, car la splendeur de cet endroit aux pierres chargées d'histoire le promettait de toute évidence à connaître auprès du public une fortune plus grande encore que celle de l'hôtel Camondo ; mais l'État n'achète plus, il n'arrête pas de vendre, à croire qu'il se débarrasse.

Ces derniers temps, j'ai entendu des visiteurs s'exprimer en russe, d'autres en arabe. L'un d'entre eux s'est attardé, accompagné de ses enfants et de trois experts français, l'un pour les meubles, l'autre pour les tableaux, le troisième pour les tapisseries. Curieusement, l'aîné des enfants semblait aussi instruit sur les objets que les experts. Cet homme paraît ne pas acheter pour revendre ou spéculer mais bien pour y habiter avec sa famille. J'ai entendu que les frais de remise en état égaleraient le prix d'achat. En quelques jours, c'est fait, l'hôtel Lambert est à lui, l'ancien Premier ministre et frère de l'émir du Qatar, sheikh Abdullah bin Khalifa al Thani. Au moins l'endroit ne restera pas une coquille vide : le nom du décorateur Alberto Pinto est déjà sur les lèvres, bien que le classement de cette incroyable demeure au sol en pente, mieux faite pour l'apparat et la parade que pour les commodités, en limite les aménagements.

Il est temps de se retirer. Demain, je m'en irai.

Selon la tradition, j'irai vivre chez l'aîné de la branche française, David, qui a su s'affirmer, de même que mon mari à l'âge d'or des Rothschild, chef de maison et chef de sa maison, à la tête de la banque et de notre famille. Pas de nostalgie ni de regret. Il faut savoir tourner la page. De toute façon, contrairement à Laffitte et à Lafite, à Ferrières surtout, nous n'avons été qu'un moment dans l'histoire de cet hôtel. Il ne fut Rothschild que trente années à peine, une poussière de temps. Son histoire n'est pas la nôtre. Même Lambert, le grand bourgeois dont le nom est au fronton, celui qui l'inventa en en confiant l'édification à Le Vau et la décoration à Le Sueur et Le Brun à partir de 1639, même Lambert ne hante pas ces lieux malgré la présence de son chiffre NLT sur les murs. Pas davantage les fermiers généraux et les fabricants de matelas qui s'y sont succédé, non plus que la marquise du Châtelet, qui y tint pourtant salon. Une illustre famille princière polonaise en est l'âme à jamais. Le prince Adam Czartoryski et la princesse, née Anna Sapienha-Kodenska, l'ont acheté en 1848 et l'ont sauvé de la ruine annoncée ; ils en ont fait le cœur vivant de l'émigration polonaise à Paris, un authentique foyer culturel et politique, et leurs descendants ont entretenu la flamme en ces murs jusqu'à ce que Guy et Marie-Hélène le reprennent, en 1975.

Il se trouve que j'ai bien connu les Czartoryski ; je leur ai même présenté mon professeur de piano, Frédéric Chopin, avide de retrouver des compatriotes ; ils ne se firent pas prier pour lui organiser des soirées musicales, malgré la déplorable acoustique de la galerie d'Hercule après sa restauration par Delacroix ; l'historien curieux qui fouillera un jour dans mes papiers y retrouvera certainement ma correspondance avec Marguerite d'Orléans, fille du duc de Nemours et princesse Czartoryska, ses remerciements chaque fois que je faisais un don à Saint-Casimir, sa Fondation pour orphelins polonais ; et, près d'un demi-siècle et demi après, Alexis de Rédé, ce personnage d'un autre temps, esthète extravagant, auquel les Czartoryski louaient un étage de l'hôtel depuis 1947, leur fit connaître mon arrière-petit-fils. La ronde du temps réserve d'étranges surprises à qui aime traîner dans son sillage le cortège des siens. Nul doute que, dans la chronique historique de la capitale, seuls les Czartoryski auront inscrit leur maison en chaque pierre de cette maison.

Désormais vidé de nos collections, l'hôtel Lambert se retrouve dans son jus, décoré par ses seules fresques et habité par ses fantômes familiers. La galerie d'Hercule, qui en est le clou puisqu'elle préfigure la galerie des Glaces, apparaît encore comme l'exemple abouti d'une galerie d'ostentation, moins destinée à la danse qu'à l'affirmation d'un rang social. Le génie de l'architecte y surgit dans son grand art de la distribution, d'autant que l'absence de recul et la situation en pointe de l'île telle la proue d'un navire lui rendaient la tâche impossible.

Quelle empreinte laisserons-nous dans ces murs ? Le souvenir fugace, certes grandiose mais exclusivement mondain, de dîners d'un raffinement d'un autre âge sous le plafond de Le Brun dans la grande galerie, ou sous l'œil de l'ultime Vermeer dans des mains privées jusqu'à ce que *L'astronome* soit donné en dation au Louvre en 1985, et des fêtes les plus fastueuses, ne fût-ce que pour goûter la suprême volupté de ne pas inviter certaines personnes.

Encore faut-il les voir non pas comme la mise en valeur des vanités d'une caste, mais comme la mise en scène d'une collection unique dans une maison unique. Un subtil soupçon de Grand Siècle égaré dans des temps ordinaires. Au soir de sa vie, Guy n'en conservait pourtant aucune nostalgie. L'autre jour, alors qu'il recevait un écrivain qui s'est bizarrement mis en tête de voir ce que mes yeux ont vu, je l'ai entendu lui confier :

« Ce temps est révolu et ce n'est pas plus mal. La seule nostalgie qui m'anime est celle du Ferrières de mon enfance, une image toute de légèreté, d'insouciance et de bonheur dans un décor féerique. Le passé est passé, les traditions doivent être adaptées. »

Tout cela est fini désormais. Inutile d'élever une protestation silencieuse, de toute façon ce monde était en sursis.

L'hôtel Bollioud de Saint-Julien au 17, rue Laffitte, où mes parents vécurent, est devenu l'ambassade ottomane avant d'être rasé en 1899. L'hôtel du 11, rue Berryer a été donné dans un mouvement de colère par ma belle-fille Adèle au ministère des Beaux-Arts, à charge pour lui d'en faire une maison d'art, ce qui est le cas puisqu'il abrite désormais sous le nom de Salomon de Rothschild la Fondation nationale des arts graphiques et plastiques. Notre hôtel de la rue Laffitte a été démoli en 1967. Notre hôtel de la rue Saint-Florentin a été vendu en 1948 à l'ambassade des États-Unis, située de l'autre côté de la place, qui en a fait son consulat. Dans la rue du faubourg Saint-Honoré, au 33, l'hôtel de Nathanael abrite désormais le Cercle de l'Union interalliée ; au 41, l'hôtel de Pontalba, qui appartenait à Edmond, est la résidence de l'ambassadeur des États-Unis. Juste derrière, au 23, avenue de Marigny, dans l'hôtel édifié par Gustave, l'Élysée loge ses hôtes de marque. L'hôtel du 19, avenue Foch, où vivait Béatrice Ephrussi de Rothschild, est l'ambassade de la République d'Angola, tandis qu'elle a légué à l'Institut de France sa villa de Saint-Jean-Cap-Ferrat. L'OCDE occupe le château de la Muette, qui fut la résidence d'Henri. Les hôtels des 45, 47, 49 de la rue de Monceau, où se succédèrent Adolphe et Maurice, sont des sièges de sociétés. La villa que je m'étais fait construire à Cannes dans le quartier

des Anglais sur les ruines de la villa Marie-Thé-
rèse, celle-là même où j'ai tant aimé passer les
derniers hivers de ma vie terrestre, cette villa est
devenue la bibliothèque municipale de la ville.
Ferrières n'est plus aux Rothschild. Au début des
années 70, la charge de l'entretien du domaine
étant apparue insupportable (à la grande époque,
nos gens comptaient une centaine de personnes,
jardiniers et gardes-chasse inclus), il fut décidé de
s'en séparer ; Guy s'était néanmoins fait construire
un chalet dans le parc afin de continuer à sé-
journer dans ce lieu où il a passé une grande
partie de son existence. Il a envisagé d'en faire
don à l'État mais Marie-Hélène, cédant aux pressions du recteur Mallet, obtint que le château et
ses 130 hectares soient donnés plutôt à la chancellerie des universités de Paris. C'est désormais
une coquille vide, visitée par des touristes quand
elle n'est pas louée à des producteurs. On y a
tourné *Bel-Ami* et *Le guignolo*. Quel gâchis ! On
aurait pu en faire le musée du goût du second
Empire en rassemblant certaines des collections
que les Rothschild ont données à l'État, sur le
modèle du musée de la Renaissance au château
d'Écouen. De grandes époques se sont mieux
achevées. Ferrières a même perdu son enveloppe
mélancolique. Ce n'est plus rien, au fond. Ne demeure que la nostalgie de ses grandes heures et le
regret de ce qui n'est plus et ne pourra plus revenir. Comment ne pas songer le cœur serré à ces

lignes de son testament par lesquelles James pré-
voyait que les Rothschild ne seraient plus tout à
fait ce qu'ils avaient été le jour où le chef de famille ne serait plus en mesure de réunir tous les
siens à Ferrières ?

Voilà où nous étions et où nous ne sommes
plus.

En revanche, nous sommes toujours chez nous
à Lafite et Mouton. Il y a deux côtés des Rothschild, comme on dirait deux clans, malgré l'affection qu'ils se portent et la mitoyenneté des terres :
le côté de Lafite et le côté de Mouton. Les propriétaires tirent leur caractère de leur terre. À
Mouton, on est expansif et aventureux ; à Lafite,
discret et sage. Chaque membre de la famille
choisit son côté. Mais c'est le vin qui décide car
c'est lui qui est comme ça. Le côté de Lafite est
classique, celui de Mouton exubérant. C'est surtout vrai depuis l'après-guerre, depuis que les châteaux se sont identifiés à des Rothschild qui
s'occupent du vin autrement qu'en se contentant
de le boire, Philippe d'un côté, Élie de l'autre ; ils
se sont souvent opposés, notamment sur ce que
doit coûter le vin, sans être dupes de cette tension
vicinale aux relents de Clochemerle ; les journalistes adoraient monter leur discorde en épingle
et eux laissaient faire car, au fond, cela les amusait beaucoup.

On me dit que Lafite conserve aujourd'hui
encore mon empreinte. Dans une chambre à

l'étage, un portrait photographique joliment encadré d'un homme à larges favoris et dédicacé :
« À la meilleure et la plus tendre des mères. Son
fils affectionné et dévoué, Salomon. 29 octobre
1859. » Au rez-de-chaussée, dans le salon, sur le
bureau où Bismarck écrivit en 1871, enfin celui
sur lequel il signa le traité de Francfort, une reproduction de mon Ingres en petit format. À
gauche, Charlotte par Scheffer. Et, sur le plumier,
le papier à lettres encadré de noir et frappé de mes
armes du temps de mon veuvage ici. Aujourd'hui
ce papier, dont le stock est loin d'être épuisé, sert
à donner des ordres de vin au maître de chai.

James a été l'un des premiers membres du
Jockey Club, en un temps où la qualité des haras
de l'impétrant l'emportait sur ses quartiers de noblesse. Mais Alphonse dut s'y reprendre à trois
fois pour s'y faire admettre. David a été élu au
début des années 1980, non sans provoquer de
remous. Tout un symbole. Après un siècle d'absence, un Rothschild, un Juif pénétrait à nouveau dans ce concile de semblables dont toute
l'existence, des tout premiers instants de la vie
jusqu'à leur dernier souffle, se sera parfois déroulée à l'abri de la rumeur du monde et du fleuve
tempétueux de la vie publique, entre cour et
jardin.

Peu de grandes familles de l'aristocratie de ce
pays peuvent assurer que du sang Rothschild ne

coule pas dans leurs veines. L'expression, avec tout ce qu'elle charrie de biologique, me fait horreur mais elle dit bien ce qu'elle veut dire. Des généalogistes sont parfois venus bavarder ici avec Guy, lequel évoquait avec une pointe d'admiration mêlée de stupéfaction un épais volume intitulé justement *Le sang des Rothschild*. Liliane avait raison de dire que c'était entre les lignes un bottin clandestin de la noblesse française. Ne disait-on pas que ce qu'il y avait d'original et d'attachant dans les plus anciennes familles princières de la vieille Sicile, c'était justement un je-ne-sais-quoi du grand Frédéric, comme un léger vent de Souabe ?

Je crois savoir à présent ce qui demeure de nous en nous. Un nom, des valeurs morales, la confiance. L'ombre radieuse de notre fortune passée, le mythe de notre puissance, la réalité d'une légende, des maisons qui ont vécu, des collections qui vivent encore et l'infinie gratitude des musées nationaux.

Un peu plus que de beaux restes mais beaucoup moins que ce qui fit notre gloire.

Qu'importe puisque notre nom se défend. Les Rothschild sont toujours là, des frères et des cousins presque tous unis, rare dynastie bancaire née au début du XIXe siècle encore en activité, unique famille aristocratique israélite en Europe, si toutefois ces choses ont encore un sens en ce début de XXIᵉ siècle.

L'esprit de la famille désormais, c'est s'amuser à être Rothschild alors que les moyens ne sont plus ce qu'ils étaient. C'est continuer comme autrefois à être dans la vie et hors de la vie. C'est entreprendre et aller de l'avant. Un Rothschild inactif est un Rothschild mort. Mais le narcissisme et l'orgueil de la dynastie, ce sont les femmes qui l'entretiennent le mieux, surtout celles qui ne sont pas nées avec le nom et qui auront tendance à en faire un peu plus que les autres.

Ce qu'il y a encore de Rothschild chez les Rothschild ? La prudence et la circonspection, la discrétion dans les relations d'affaires à mi-chemin entre le secret professionnel et le devoir de réserve, la volonté de s'intégrer et donc de ne pas répondre aux provocations antisémites, le sens des devoirs envers notre communauté, la loyauté absolue entre tous les membres de la famille. Et, au-dessus de tout, la famille elle-même. Les tribus de la noblesse sont obsédées par l'idée qu'après elles leur maison n'existera peut-être plus. Leurs chefs s'effraient à la perspective d'être les derniers d'une très ancienne lignée, ceux qui ferment la marche et rompent la chaîne. L'esprit de fratrie tel qu'on l'a gravé dans notre inconscient nous préserve d'un tel souci : le jour n'est pas venu où l'on pourra

présenter un baron comme « le dernier des Rothschild ».

Il y a une telle tradition du portrait chez les
Rothschild que, pour bien marquer le territoire
de la famille dans les mémoires, nous avons fait
exécuter plusieurs copies, certaines en miniature,
du tableau d'Ingres. L'une d'elles, exécutée par
Paul Flandrin, le propre frère d'Hippolyte, se
trouve au musée d'Israël. Leur existence est
consignée dans mon testament, à charge pour
mes descendants de les transmettre. Je fis moi-
même photographier le tableau par Disdéri afin
d'en établir une carte de visite. Est-il plus doux
rappel que celui d'une image pour donner aux
enfants et petits-enfants le sens de la lignée ?
Ingres fera des émules jusque sur nos murs. Curieux comme, à un siècle d'intervalle, Gérôme et
Balthus ont tous deux subi son influence lorsqu'ils ont exécuté « leur » baronne de Rothschild.

M. Auguste se fraie un chemin parmi les
déménageurs affairés. Il vient faire ses adieux non
à moi-même, car il sait qu'il me retrouvera bientôt
sur d'autres cimaises familiales, mais à ma présence dans cette maison. Cent vingt et une années
ont passé depuis ma mort terrestre. On se senti-
rait à moins recrue de jours. Je suis à la merci
d'un vol, d'un incendie, d'un bombardement et,

plus encore, d'une lente désaffection pour la peinture d'Ingres, une certaine indifférence à son génie, il ne faut jurer de rien. La perspective est rien moins qu'excitante car, avec la mort en contrepoint, chaque instant devient une grâce.

Puissé-je avoir la force de caractère de me contempler à tout moment, mon corps comme mon cœur. Le vieillissement est une vue de l'esprit pour qui se sent entrer dans la splendeur de l'âge. Il est vrai que ma situation est un peu particulière, puisque la patine du temps augmente la qualité du regard que l'on portera sur moi. Mais une femme doit être solidaire de tous ses âges, fût-elle une femme faite œuvre.

Heureusement, le regard sèche plus vite que la peinture. Qui ne voudrait mourir en pleurant des pétales de rose ? Malgré le spleen et la mélancolie, ou plutôt cette indicible *Sehnsucht* qui pousse si fort à désirer ce qui n'est pas là, il n'y aura pas de chagrin dans les derniers mots de ces réminiscences d'un monde enfui. Nous ne serons jamais plus comme nous étions, c'est ainsi.

RECONNAISSANCE DE DETTES

À Liliane de Rothschild, en souvenir affectueux

Outre la consultation approfondie des lettres et documents de The Rothschild Archive (Londres), celle de cette bibliographie, non exhaustive, me fut précieuse.

Duchesse d'Abrantès, *Mémoires*; Marie d'Agoult, *Mémoires, souvenirs et journaux* (édition de Charles Dupêchez), Mercure de France, 2007; Amaury-Duval, *L'atelier d'Ingres*, 1878, réédition critique Arthena, 1993; Mme Ancelot, *Un salon de Paris 1824-1864*, Dentu, 1866; *Anthologie bilingue de la poésie allemande*, édition établie par Jean-Pierre Lefebvre, Gallimard, Bibliothèque de la Pléiade, 1993; comte d'Antioche, *Changarnier*, Plon, 1891; comte Rodolphe Apponyi, *Vingt-cinq ans à Paris (1826-1850)*, 4 volumes, Paris, 1914; *Le comte Anton Apponyi*, in numéro spécial « Ambassade de Pologne », *Beaux-Arts magazine*; Louis Aragon, *Henri Matisse, roman*, Gallimard, Quarto, 1998; Daniel Arasse, *Histoires de peintures*, Denoël, 2004, et Folio Essais; William G. Atwood, *The Parisian Worlds of Frédéric Chopin*, Yale University Press, New Haven et Londres, 1999 ; Philippe Alexandre et Béatrix de l'Aulnoit, *Le Roi Carême*, Albin Michel, 2003 ; Valérie Bajou, *Monsieur Ingres*, Adam Biro, 1999 ; Victor de Balabine, *Journal*, Émile-Paul, 1914 ; Honoré de Balzac, *Correspondance, Lettres à l'étrangère* ; *La femme abandonnée* ; *L'enfant maudit, Un homme d'affaires, Lettres à Mme Hanska, La maison Nucingen* (édition d'Anne-Marie Meininger), Folio, 1989 ; Constance Battersea, *Reminiscences*, Mac Millan, Londres, 1922 ; vicomte de Beaumont-Vassy, *Les salons de Paris et la société parisienne sous Louis-Philippe*, 1866 ; Charles Blanc, *Ingres, sa vie et ses ouvrages*, 1870 ; Charles Bocher, *Mémoires 1760-1907*, Flammarion, 1935 ; H. Bouchot, *Le luxe français. La Restauration*, La Librairie illustrée, 1893 ; Jean Bouvier, *Les Rothschild. Histoire d'un capitalisme familial*, Complexe, Bruxelles, 1992 ; Boyer d'Agen, *Ingres d'après une correspondance inédite*, Daragon, 1909 ; marquis de Breteuil, *Journal secret, 1886-1889*, Mercure de France, 2007 ; J.G. Bulliot, *Le général Changarnier*, Autun, 1877 ; F. Capdebielle, *Les dames Rothschild qui étaient nées Rothschild*, 7 pages, printemps 1986, hors commerce ; Antonin Carême, *Le cuisinier parisien ou L'art de la cuisine française au dix-neuvième siècle*, Firmin Didot, 1828 ; Andrew Carrington Shelton, *Ingres Portraits*, 1999, *Ingres and his Critics*, 2005 ; Jean des Cars, *La princesse Mathilde*, 2006 ; Jean Cassou (sous la direction de), *Le pillage par les Allemands des œuvres d'art et des bibliothèques appartenant à des Juifs en France*, Éditions du Centre, 1947 ; Castellane, *Journal du maréchal de Castellane*, Plon, 1897 ; Gilles de Chaudenay, *Physiologie du Jockey-Club*, Éditions mondiales, 1958 ; Frédéric Chopin, *Correspondance 1810-1849*, La Revue musicale/Richard-Masse, 1981 ; Egon César, comte Corti, *La maison Rothschild*, Payot, 1929 ; Virginia

322

Cowles, *The Rothschilds. A Family of Fortune*, Weidenfeld and Nicolson, Londres, 1973 ; Alfred Cuvillier-Fleury, *Journal*, Plon, 1903 ; Jean-Pierre Cuzin et Dimitri Salmon, *Ingres regards croisés*, Mengès-RMN, 2006 ; Henri Delaborde, *Ingres, sa vie, ses travaux, sa doctrine, d'après les notes manuscrites et les lettres du maître*, 1870 ; duchesse de Dino, *Chroniques de 1831 à 1862*, 1909-1910 ; Benjamin Disraeli, *Letters*, University of Toronto Press, 2004 ; J.H. Donnard, *Qui est Nucingen ?*, AB, 1960 ; Thomas Drelon, *Le portrait et son double*, Lorsange, 2006 ; Pascale Dubus, *Qu'est-ce qu'un portrait ?*, L'Insolite, 2006 ; Léo Ewals, *Ary Scheffer*, Paris-Musées, 1996 ; Jules Favre, *Gouvernement de la défense nationale* (entrevue de Ferrières), Plon, 1876 ; Hector Feliciano, *Le musée disparu. Enquête sur le pillage des œuvres d'art en France par les nazis*, Austral, 1995 ; Niall Ferguson, *The World's Banker. The History of the House of Rothschild*, Weidenfeld and Nicolson, Londres, 1998 ; Ernest Feydeau, *Mémoires d'un coulissier*, Librairie nouvelle, 1873 ; Théophile Gautier, « L'atelier de M. Ingres en 1848 », in *L'Événement*, 2 août 1848 ; L.G. Louis de Geoffroy, « Vénus Aphrodite. Portrait de Mme de R. par M. Ingres » in *La Revue des Deux Mondes*, 1er août 1948 ; Bertrand Gille, *Histoire de la maison Rothschild*, Droz, Genève, 1965 ; Mme de Girardin, *Lettres parisiennes du vicomte de Launay*, Mercure de France, 1986 ; Edmond et Jules de Goncourt, *Journal. Scènes de la vie littéraire*, Laffont, Bouquins, 1989 ; Élisabeth de Gramont, *Au temps des équipages*, Mémoires 1, Grasset, 1929 ; Cyril Grange, « La haute société juive. Dans les cercles et clubs parisiens de la fin du XIXe siècle à 1914 », in *Élites et sociabilité en France*, Perrin, 2003 ; Henri Heine, *Lutèce, lettres sur la vie politique et sociale de la France, 1861*, Slatkine, Genève, 1979 ; Hénault, *Abrégé chronologique de l'his-*

toire de France depuis Clovis jusqu'à la mort de Louis XIV, revu par Michaud de l'Académie française, 1836; Georg Heuberger (sous la direction de) *The Rothschilds. Essays on the History of a European Family*, Thorbecke-Boydell & Brewer, Sigmaringen, 1994; Gabrielle Houbre (sous la direction de), *Le livre des courtisanes. Archives secrètes de la police des mœurs*, Tallandier, 2007; Thomas Carr Howe Jr, *Salt Mines and Castles : the Discovery and Restitution of Looted European Art*, Bobbs Merrill, New York, 1946; Philippe Jullian, *Les styles*, Le Promeneur, 1992; Victor Klemperer, *LTI, la langue du IIIe Reich*, Albin Michel, 1996; Isabelle Le Masne de Chermont et Didier Schulman, *Le pillage de l'art en France pendant l'Occupation et la situation des 2 000 œuvres confiées aux musées nationaux*, La Documentation française, 2000; Henry Lapauze, *Ingres, sa vie, son œuvre*, 1911; Iris Lauterbach (sous la direction de), *Bürokratie und Kult. Das Parteizentrum der NSDAP am Königsplatz in München. Geschichte und Rezeption*, DeutscherKunstverlag, Munich, 1995; Isidore Loeb, *Biographie d'Albert Cohn*, Durlacher, 1878; Herbert Lottman, *La dynastie Rothschild*, Seuil, 1995; Anne Martin-Fugier, *La vie élégante ou la formation du Tout-Paris 1815-1848*, Fayard, 1990; *Les salons de la IIIe République*, Perrin, 2003; Éric Mension-Rigau, *Aristocrates et grands bourgeois*, Plon, 1994; princesse Pauline de Metternich, *Souvenirs 1859-1871*, Plon, 1935; Eugène de Mirecourt, *Rothschild*, Havard, 1859; Paul Morand, *Vie de Guy de Maupassant*, Flammarion, 1952; Frédéric Morton, *The Rothschilds, A Family Portrait*, Atheneum, New York, 1962; C. R. Vassilevitch, comte de Nesselrode, *Papiers*, Lahure, 1988; Lynn H. Nicholas, *Le pillage de l'Europe. Les œuvres d'art volées par les nazis*, Seuil, 1995; Carol Ockman, *Ingres's Eroticized Bodies. Retracing the Ser-*

pentine Line, Yale University Press, New Haven et Londres, 1995 ; Ernst Pawel, *Le poète mourant. Les dernières années de Heinrich Heine à Paris*, Actes Sud, 2006 ; Mgr Perraud, *Éloge funèbre du général Changarnier*, Autun, 1877 ; duc de Persigny, *Mémoires*, Plon, 1896 ; *Pillages et restitutions. Le destin des œuvres d'art sorties de France pendant la Seconde Guerre mondiale*, actes du colloque organisé par la Direction des musées de France, 17 novembre 1996, DMF-Adam Biro, 1997 ; Christine Piette, *Les Juifs de Paris (1808-1840). La marche vers l'assimilation*, Presses de l'université Laval, Québec, 1983 ; Michel Pinçon et Monique Pinçon-Charlot, *Les Rothschild. Une famille bien ordonnée*, La Dispute, 1998 ; Vincent Pomarède *et alii, Ingres 1780-1867*, Gallimard-Musée du Louvre, 2006 ; Louis-Antoine Prat, *Ingres*, Musée du Louvre, cabinet des dessins-5 Continents, 2004 ; S.S. Prawer, *Heine. The Tragic Satirist*, Cambridge, 1961 ; *Heine Jewish's Comedy : a Study of his Portraits of Jews and Judaism*, Oxford, 1983 ; Pauline Prévost-Marcilhacy, *Les Rothschild bâtisseurs et mécènes*, Flammarion, 1995 ; G.L. Pringué, *Trente ans de dîners en ville*, Éditions Revue Adam, 1948 ; Marcel Proust, *À la recherche du temps perdu* (texte établi sous la direction de Jean-Yves Tadié), Gallimard, Quarto, 1999 ; M.E. Ravage, *Grandeur et décadence de la maison Rothschild*, Albin Michel, 1931 ; Cyril Ray, *The Story of Château Lafite-Rothschild*, Peter Davies, Londres, 1968 ; Michel Rayssac, *L'exode des musées. Histoire des œuvres d'art sous l'Occupation*, Payot, 2007 ; Aileen Ribeiro, *Ingres in Fashion. Representations of Dress and Appearance in Ingres's Image of Women*, 1999 ; John Reeves, *The Rothschilds. The Financial Rulers of Nations*, Sampson Low, Londres, 1887 ; François G. Roche, *Les Rothschild à l'abbaye des Vaux-de-Cernay*, IDC, Paris, s.d. ; James Rorimer, *Survival. The Salvage and*

Protection of Art in War, 1950, Abelard Press, New York; Guy de Rothschild, *Contre bonne fortune...*, Belfond, 1983; *Les surprises de la fortune*, Michel Lafon, 2002; Henri de Rothschild, *La lignée française de la famille de R. 1792-1942*, Porto, 1943 (hors commerce); Frédéric Rouvillois, *Histoire de la politesse de 1789 à nos jours*, Flammarion, 2006; Robert Rosenblum, *Jean-Dominique Ingres*, Éditions Cercle d'art, 1968; *Réponse de Rothschild Ier, roi des juifs à Satan*, Paris, 1846; Laura S. Schor, *The Life and Legacy of Baroness Betty de Rothschild*, Peter Lang, New York, 2006; Simpson, Elisabeth (sous la direction de), *The Spoils of War. WW II and his Aftermath. The loss, Reappearence and Property of Cultural Property*, Harry Abrams, New York, 1997; Hugh Craig Smyth, *Repatriation of Art from the Collecting Point in Munich after World War Two*, Maarsen, Schwartz, La Haye, 1988; Daniel Ternois et Marie-Jeanne Ternois, *Lettres d'Ingres à Gilibert*, Bibliothèque des correspondances, Mémoires et journaux, 2005; Gary Tinterow et Philip Conisbee (sous la direction de), *Portraits by Ingres. Image of an Epoch*, The Metropolitan Museum of Art, New York, 1999; Rose Valland, *Le front de l'art*, RMN, 1997; Joseph Valynseele et Henri-Claude Mars, *Le sang des Rothschild*, L'Intermédiaire des chercheurs et curieux, 2004; Alexandre Weill, *Les grandes Juives*, Dentu, s. d.; Michael Werner et Jan-Christoph Hauschild, *Heinrich Heine*, Seuil, 2001; Derek Wilson, *Rothschild. A Story of Wealth and Power*, André Deutsch, Londres, 1988; Jean-Claude Yon, *Jacques Offenbach*, Gallimard, 2000.

Et toute ma gratitude à Guy de Rothschild, Élie de Rothschild, David de Rothschild, Éric de Rothschild,

Nathalie Rheims, Mélanie Aspey, Claire Iafrate, Henri Loyrette et José Alvarez.

Pour en savoir plus :
http//www.rothschildarchive.org/ta/et, pour l'arbre généalogique de la famille, http//www.angelfire.com/in/heinbruins/Rothschild.html

passouline5@hotmail.com

DU MÊME AUTEUR

Biographies

MONSIEUR DASSAULT, Balland, 1983

GASTON GALLIMARD, Balland, 1984 (Folio, n° 4353)

UNE ÉMINENCE GRISE : JEAN JARDIN, Balland, 1986 (Folio, n° 1921)

L'HOMME DE L'ART : D. H. KAHNWEILER (1884-1979), Balland, 1987 (Folio, n° 2018)

ALBERT LONDRES, VIE ET MORT D'UN GRAND REPORTER, Balland, 1989 (Folio, n° 2143)

SIMENON, Julliard, 1992 (Folio, n° 2797)

HERGÉ, Plon, 1996 (Folio, n° 3064)

LE DERNIER DES CAMONDO, Gallimard, 1997 (Folio, n° 3268)

CARTIER-BRESSON, L'ŒIL DU SIÈCLE, Plon, 1999 (Folio, n° 3455)

GRÂCES LUI SOIENT RENDUES : PAUL DURAND-RUEL, LE MARCHAND DES IMPRESSIONNISTES, Plon, 2002 (Folio, n° 3999)

ROSEBUD, ÉCLATS DE BIOGRAPHIES, Gallimard, 2006 (Folio, n° 4675)

Entretiens

LE FLÂNEUR DE LA RIVE GAUCHE, AVEC ANTOINE BLONDIN, François Bourin, 1988, La Table Ronde, 2004

SINGULIÈREMENT LIBRE, AVEC RAOUL GIRARDET, Perrin, 1990

Enquêtes

DE NOS ENVOYÉS SPÉCIAUX (avec Philippe Dampenon), J.-C. Simoën, 1977

LOURDES, HISTOIRES D'EAU, Alain Moreau, 1980

LES NOUVEAUX CONVERTIS, Albin Michel, 1982 (Folio Actuel, n° 30)

L'ÉPURATION DES INTELLECTUELS, Complexe, 1985. Réédition augmentée, 1990

GERMINAL, L'AVENTURE D'UN FILM, Fayard, 1993

BRÈVES DE BLOG. LE NOUVEL ÂGE DE LA CONVERSATION, Éditions des Arènes, 2008.

Récit

LE FLEUVE COMBELLE, Calmann-Lévy, 1997 (Folio, n° 3941)

Romans

LA CLIENTE, Gallimard, 1998 (Folio, n° 3347)

DOUBLE VIE, Gallimard, 2001. Prix des Libraires (Folio, n° 3709)

ÉTAT LIMITE, Gallimard, 2003 (Folio, n° 4129)

LUTETIA, Gallimard, 2005 (Folio, n° 4398). Prix Maison de la Presse, 2005

LE PORTRAIT, Gallimard, 2007 (Folio n° 4897). Prix de la Langue française, 2007

LES INVITÉS, 2009